U0750880

The Mudbound

泥土之界

［美］希拉莉·乔顿————著

房小然————译

浙江出版联合集团

浙江文艺出版社

媒体热评

"一曲扣人心弦的家庭悲歌,一段浪漫爱情与种族仇恨交织的情感旋涡……本书最后三分之一简直令人窒息。"——《华盛顿邮报·图书世界》

"《泥土之界》在突出展现战争之于人类影响的同时,亦发出对人性与平等的呐喊……故事发展既出人意料,亦在情理之中,令人不忍释卷……宛如一部经典悲剧,于跌宕起伏中直抵高潮。是一部叙事恢宏的小说处女作。"——《达拉斯晨报》

"仅读过简短的开篇第一章,便身陷其中无法自拔……故事结构精巧,引人深思,爱恨交织的情节令人潸然泪下。"——《明尼阿波利斯明星论坛报》

"一部了不起的作品,令读者在与故事人物同悲同喜的过程中,对从课本上所了解的 20 世纪 50 年代的历史产生怀疑……"——Paste 杂志四星推荐

"于自觉与不经意间，揭开种族主义的伤疤。"——《丹佛邮报》

"本书将一个时代鲜活生动地展现于读者面前：至今尚未根除的恶行带给世人的伤痛，历历在目的残酷过往。你甚至可以感受到希拉莉·乔顿笔下三角洲暴风雨的惊心动魄。书中人物从 20 世纪 40 年代的密西西比河畔直接跃然于纸上，在激起我的同情、愤怒与爱的同时，亦令我的心隐隐作痛，久久无法平息。"——芭芭拉·金索沃（美国当代著名作家、美国人文领域最高荣誉"国家人文勋章"获得者）

乔顿以深刻且极具代表性的故事揭开人类或许永远无法根除的种族主义歧视的伤疤，故事恰到好处的心酸与悬念留给读者无尽遐想：换作今日，这些鲜活生动的人物又会有怎样的生活和期盼？"——《圣安东尼奥快报》

"本书充分且细致入微地刻画了六个人物错综复杂的关系。他们之间的裂痕最终演变成一场针锋相对的冲突，这一幕堪称今年我个人最喜爱的精彩情节。"——《克利夫兰老实人报》

"一旦翻开，欲罢不能。悲痛的主题因乔顿笔下充满生活气息的人物而令人无法抗拒。"——《里士满时讯报》

"绝非说教，以引人入胜的故事讲述了一个严肃深刻的主题。"——英国《观察家报》

"《泥土之界》戏剧性地展现了人类因盲目仇恨而付出的代价……（乔顿）让暴力和不公之后的光明似乎也成为一种可能，淋漓尽致地体现了小说语言的魅力。小说中的每位人物，无论肤色黑与白，都栩栩如生，令人难忘。"——《亚特兰大宪法报》

"如果希拉莉·乔顿的新书《泥土之界》改编成电影，很可能会成为奥斯卡奖名单上的佼佼者。因为本书不但文笔精妙，还触及了一直困扰着这个国家、被广为讨论的情感历史问题。"——《奥尔巴尼时报》

"乔顿因本书获赞的确是实至名归……《泥土之界》不只讲述了一个种族主义的故事，还传递了某种超越爱和友情的精神力量。"——《奥斯汀政治论坛报》

"丰富入微的细节描写、多角度的叙事方法、饱满立体的人物，书从开篇就牢牢抓住了读者的心。"——《创意休闲报》（亚特兰大）

"(一部)令人心碎的小说处女作……乔顿优美、富有冲击力的文笔让人不忍卒读。"——糖果生活网站

"本年度最出色的小说之一……土地的羁绊，孤寂的呐喊，令随后发生的悲剧既无可避免，又让人心碎。"——Dame 杂志

"令人感到震惊与不安……一个关于英雄主义、忠诚、尊严和恒久之爱的故事。"——《落基山电讯报》

"无可否认，喜欢坦诚叙事风格的读者一定会迷上这本书。"——《孟菲斯飞鸟报》

"希拉莉·乔顿的小说处女作令人印象深刻，这是一个关于家庭忠诚、可怖的战争后遗症和难以置信的种族主义暴行的故事。"——BookPage 每月书评

"一部漂亮的小说处女作……淋漓尽致地展现了源于种族主义的暴怒和恐怖。"——《出版人周刊》

"一部凄美动人的小说处女作……情节逐步递进，最后的结局则令人震惊，乔顿无可挑剔地再现了20世纪40年代的价值观。强烈推荐。"——《图书馆杂志》重点书评

"一个由愧疚、义愤以及势不可当的各方声音汇集而成的历史悲情故事。"——斯图尔特·奥南，《为将逝者祈祷》和《昨夜在红龙虾餐厅》的作者。

目　录

泥土之界　　**001**

第一部　005

第二部　127

第三部　199

希拉莉·乔顿访谈　　**304**

泥土之界

如果可以的话，我并不打算写下只言片语，而选择以照片取而代之。其他的东西还有碎布料、棉花团、土块、谈话记录、木块、铁块、气味瓶、装食物的盘子和排泄物……

或许，一块饱受摧残的尸体碎片更能说明问题。

——詹姆斯·艾吉《现在，让我们赞美伟大的人》*

* 詹姆斯·艾吉（James Agee，1909—1955），美国小说家、剧作家、电影评论家和新闻记者。詹姆斯·艾吉本打算通过对亚拉巴马州的分成制佃农悲惨生活的调查研究，给《财富》杂志撰写一篇配有图片的文章。詹姆斯·艾吉负责撰文，沃克·埃文斯拍摄照片，结果却写成足有五百页之多的一本书——《现在，让我们赞美伟大的人》（ Let Us Now Praise Famous Men ）。

第一部

杰 米

我和亨利挖了一个坑，足有七英尺深。挖太浅的话怕下次洪灾暴发，尸体会随着洪水破土而出，在水中一浮一沉，仿佛在向我们点头致意：小子，你们好！还记得我吗？一想到这个情景，我们也顾不得手上磨起的水泡破了再起，忙不迭地继续往深挖。我们每挥动一下铁锹都伴着一阵钻心疼——这老家伙，连死都不放过我们。我倒觉得这样疼点好，免得我多想，勾起过往的回忆。

坑越挖越深，渐渐连铁锹也触不到底了，我无奈地爬到坑里继续挖，亨利则在坑边踱着步，察看着此刻的天气。土壤经过雨水的浸泡，挖起来感觉像挖生肉一样难，我不得不先停下，用手刮掉糊在锹尖上的泥巴，嘴里同时恨恨地骂上几句。雨已经不停不歇连下了三天，好不容易才让人有片刻喘息时间，我们必须抓住机会埋掉尸体。

"我们得抓紧了。"亨利道。

我抬头瞧着头顶上色如土灰的云朵，北面天空上则已经黑云密布，正乌压压地向这边赶过来。

"来不及了。"我有些急道。

"肯定来得及。"亨利道。

亨利就是这种人，对自己的期望有种近乎执拗的自信：来得及抢在暴雨倾盆之前，埋掉尸体；土壤肯定会及时干透以补种棉花；明年肯定是个好年头；他的小兄弟绝不会背叛他。

我手上加快速度，每挖一下都疼得一咧嘴。我知道只要我想停随时可以停下来，亨利会接着继续挖，不会有任何抱怨——毫不介意他已年近五十，而我才二十九。可或许是为了逞强，或者是出于倔强，也许两者皆有之，我一直挖没停。等亨利说"行了，换我来"时，我浑身已疼得犹如火烧，嘴里呼哧呼哧大口喘着粗气，就好像一台又旧又破的发动机。亨利把我拉出坑来时，我必须紧咬牙关才忍住没哭出声来。亨利根本不知道，那一顿拳打脚踢让我身上好多地方现在还隐隐生疼呢。

但亨利永远也不会知道那件事的。

我跪在坑边，瞧着亨利继续挖。亨利的脸和手上都沾上了厚厚的泥巴，如果这时恰巧有人路过，没准还以为挖坑的是一个黑人呢。我自己也好不到哪儿去，同样一身脏脏的泥巴，可因为我那头红发，谁也不会误认为我是黑人。我父亲也有一头漂亮的棕红色头发，女人见了都忍不住想伸手感受下发丝拂手而过的顺滑。但我却对这头红发恨得牙根痒痒。它们像火葬时的一团烈火，在我头上熊熊燃烧，向全世界宣告我的体内流淌着父亲的血，每次照镜子时，它们都不忘记提醒我这一点。

等挖了大约四英尺深时，亨利的铁锹突然"砰"的一声，碰到一个硬梆梆的玩意。

"什么东西？"我纳闷道。

"好像是石头。"

可那并不是石头，而是一块人骨——人的头盖骨，后脑还破了一个大洞。"该死的。"亨利举着头盖骨对着亮光察看，嘴里抱怨道。

"我们现在怎么办？"

"我也不知道。"

我们都抬头向北瞧去。天上的黑云越积越厚，阴沉沉的一眼望不到边。

"重新挖肯定来不及了，"我说道，"这雨只要下起来，说不定又是连着几天都不停。"

"那可不行，"亨利道，"我可不想再等了。"

亨利低下头继续挖，一边挖，一边将翻出来的骨头递给我：人的肋骨、臂骨，还有盆骨。我刚接过腿骨，突然听见从坑底传上来的金属碰撞声。待亨利举起一根胫骨，我瞧见腿骨上竟然锁着镣铐，锈迹斑斑的镣铐下方还连着一根断开的铁链。

"我的天啊，"亨利道，"这原来是奴隶的坟墓。"

"那可不一定。"

亨利拿起那块破损的人头骨。"你瞧见这洞了吗？他是头部中枪死的。肯定是逃跑时被抓到了。"亨利摇摇头，"完了。"

"什么完了？"

"我们不能把父亲葬在黑鬼的坟墓里，"亨利道，"再没什么比这更让父亲厌恶了。来，拉我上去。"亨利伸出沾满泥巴的手。

"说不定是逃跑的犯人呢，"我争辩道，"是白人。"虽然我说的也有可能，可我知道自己其实是在狡辩。见亨利面露迟疑，我继续劝他道："那个监狱离这儿多远，不过六或七英里吧？"

"要十多英里呢。"亨利答道，不过他把刚伸出来的手又收了回去。

"来吧,"我伸手道,"你休息一下,换我挖一会儿。"亨利抬手握住我的手时,我强忍着才没让自己笑出来。亨利刚说的一点没错:没什么比把父亲葬在黑鬼的坟墓里会让他感到更深恶痛绝的了。

轮到亨利继续挖的时候,我瞧见劳拉正小心翼翼地穿过被水淹没的田地,两手各提着一个篮子,向我们走来。我用手指把口袋里的手帕勾出来,用它擦掉脸上的泥巴——爱慕虚荣,这是我从父亲身上继承到的另一个特点。

"劳拉来了。"我告诉亨利道。

"把我拉上去。"亨利道。

我拽住亨利的手,把他从坑里拉出来,刚一用力,疼得我不禁闷哼了一声。亨利嘴里喘着粗气,跪在坑边挣扎着想站起来,他的头一低,帽子突然掉了下来,露出他光光的头顶上那片粉色的头皮。瞧见如此情景,我的心猛地一阵抽疼。亨利老了,我心中暗道,总有一天他也会离我而去的。

亨利抬起头,四下打量找劳拉。在瞧见劳拉的那一刹那,他的眼睛里深情满满,让我羞于直视,他的目光里透着期盼、希望,还有些许担忧。"我接着挖。"此话一出,我转身拿起铁锹,半跳半滑下到坑底。坑已经深到我站在坑底看不到上面了,这样也好。

"你们挖得怎么样了?"我听见劳拉在问。她的声音一如往常,像冰冷清澈的河水流淌过我的心底。那本该是以美妙声音诱惑人的海妖,或是天上的天使这类神物发出的声音,而不该出自一个密西西比河畔中年农妇之口。

"快挖好了，"亨利答道，"再挖一英尺就差不多了。"

"我给你们拿了点儿水和吃的。"劳拉道。

"水！"亨利苦笑一下，"来得正好，我们正渴着呢，越多越好。"我听到勺子刮擦水桶和亨利大口喝水的咕噜咕噜声，随后，劳拉从坑边探出头来，把勺子递给坑下的我。

"给你，"劳拉道，"喝点水吧。"

我大口喝着水，心中暗想这如果是威士忌该有多好。三天前，就在洪水把桥吞进肚子、切断我们去往镇子的唯一通路时，我刚好喝光了我的威士忌。河水已经下降，桥现在应该可以通过了，但前提是我得先从这个该死的坑里出去。

我谢了劳拉，把勺子递还给她，但劳拉没瞧我，眼睛盯在坑底另一侧散落的人骨头上。

"天啊，那些是人的骨头吗？"劳拉问道。

"没办法，"亨利道，"我们挖了四英尺之后才发现这些东西。"

劳拉的目光扫过镣铐和铁链，我注意到她的嘴唇抖了一下。劳拉抬手捂住嘴，回头对亨利道："记得把它们弄走，别让孩子们看到。"

待坑顶高过我的头足有一英尺多时，我停下不再挖了。"过来瞧瞧，"我大声喊道，"我觉得够深了。"

亨利的头探出坑边，我抬头看过去他的脸是上下颠倒的。他点点头。"是的，够深了。"我把铁锹递给他，可亨利根本没法把我拉上去。坑太深了，而我的双手和坑的四壁也都太滑了。

"我去取个梯子过来。"亨利对我道。

"快点儿。"

　　我一个人留在坑底等亨利回来，四周是臭烘烘又在渗水的泥巴，头上则是一片长方形的铅灰色天空。我站在坑底仰着头，留意听着亨利回来时靴子的咯吱咯吱声，心里纳闷：他怎么去了这么久还没回来。万一亨利和劳拉出了什么事，我心中暗想，就没人知道我还在坑里。我用手抠住坑的边缘试图爬出去，可一抓就是一把泥巴，根本用不上力。

　　这时，一滴小雨突然落在我的脸颊上。"亨利！"我狂吼起来。

　　此时还只不过是毛毛细雨，但用不了多久就会暴雨倾盆，到时坑里就会灌满雨水。我仿佛已经感到水正漫过我的大腿，渐渐升至腰部，接着到了我的胸膛，最后开始漫过我的脖子。"亨利！劳拉！"

　　我如同一只发狂的熊向坑壁狠狠扑去。此刻的我仿佛一分为二，变成两个人，我的分身正摇着我的脑袋，斥责我怎么会蠢到留在坑底，可怒骂对帮助一头熊爬出坑一点作用也没有。我的恐慌肯定不是因为幽闭症，我曾经成千上万个小时窝在战斗机狭小的机舱里，一点问题也没有。我害怕的是水。在战斗飞行时，我总尽一切可能绕过大海，虽然这意味着我的飞机会遭到来自地面防空火力的侧面攻击。这也正是为什么我会获得那些勇敢勋章的原因。出于对幽蓝色、一望无际、深不可测的海水的极度恐惧，我的飞机"英勇"地一头扎进德国人密集的防空炮火之中。

　　我只顾在坑里疯狂嘶吼，连亨利已经来到坑边都没听见。"我来了，杰米！我来了！"他对我大喊道。

　　等亨利放下梯子，我马上慌慌张张爬了上去。亨利本想抓住我的胳膊拉我上去，却被我一把推开了。我弯着腰，双手支着膝盖，努力让自己恢复冷静。

“你没事吧？”亨利纳闷道。

我只顾低头喘气，没瞧他，也没这个必要。此时的亨利肯定皱着眉头，噘着嘴巴——脸上露出一副“我的兄弟，你疯了吗”的表情。

“我还以为你打算把我丢在坑里不管了。”我努力挤出一阵大笑道。

“我干吗要那样做？”

“我只是在开玩笑，亨利。”我上前把梯子从坑里拉出来，夹在腋下。“我们走吧，赶紧把活干完。”

我们急匆匆穿过田地，先在抽水机旁洗掉脸上和手上的泥巴，然后去谷仓取棺材。棺材是用废木头边角料做的，看上去有点惨兮兮的，不过没办法，这已经是我们能找到的最好的木料了。亨利抬起棺材的一头，眉头一皱：“要是能到镇里去一趟就好了。”

“我也是这么想的。”我答道，可我心里想买的其实是威士忌，而不是木料。

我们抬着棺材走过门廊，经过敞开的窗户时，听到劳拉冲我们喊道：“给帕比下葬之前，你们先喝点热咖啡，换下衣服吧。”

“不了，”亨利道，“没时间。暴风雨马上就来了。”

我们将棺材抬进披屋[①]，放在铺着厚厚木板的地上。亨利撩起裹尸布，看了父亲最后一眼。帕比看上去宁静祥和，像一位因为岁月流逝而自然死亡的老人，除此之外看不出任何异样。

我抬着帕比的脚，亨利抬着他的头。“轻点。”亨利道。

“好吧，”我说道，“可别伤着他。”

---

① 披屋指同正房两侧或后面相连的小屋，多用来堆放杂物。（本书脚注若无特殊说明，均为译者注。）

"我说的不是这个意思。"亨利怒道。

"抱歉,哥。我太累了。"

我们像抬珍宝一样轻手轻脚地把尸体放进棺材。亨利拿过棺材盖,说道:"剩下的交给我,你去告诉劳拉和孩子们做好准备。"

"好的。"

我走进正屋时,亨利正用锤子砸下第一枚钉子,我听到了那预示着一切已尘埃落定的动听声音。孩子们却被这声音吓了一大跳。

"这梆梆声是什么动静,妈妈?"阿曼达·莉问道。

"是你爸爸在给爷爷钉棺材盖呢。"劳拉答道。

"爷爷不会生气吗?"贝拉提心吊胆地小声问道。

劳拉目光凝重地匆匆瞪了我一眼。"不会的,宝贝。"她说道,"爷爷已经死了。他再也不会对谁发火了。来,穿上你们的衣服和靴子。我们该去送送爷爷了。"

我心中暗自庆幸,幸好亨利不在,听不到劳拉的声音里透出的欢喜。

劳　拉

一提到农场，我首先想到的是泥巴。泥巴给我丈夫的手指甲镶上黑边，跑到孩子的膝盖和头发上结成硬壳。它们倔强地粘在我脚上，像嗷嗷待哺的新生儿扑进母亲怀里吃奶，打死也不肯分开。房间里铺的厚木地板上到处都是泥巴留下的印记，犹如一块块靴子状的补丁。泥巴是不可战胜的，它们吞噬着所有的一切。想打败泥巴，门儿也没有。

只要天一下雨——这可是常有的事儿，农场的院子立刻摇身一变，变成厚厚的黏土地，院里的房子则像被水淋透、浮在黏土之上的饼干。每逢下暴雨河水必定上涨，将唯一一座通向外界的桥吞进肚里，彻底切断我们和桥对面世界的联系——那个拥有灯泡、铺设好的道路、衬衫洁白如新的世界。

时光荏苒，我始终履行着身为一个妻子的义务，一双手从不停歇：抽水压水、翻转搅拌、擦抹洗涮、刮擦打磨。哦，还有做饭，我总在不停做饭。掐豆子、拧断鸡脖子、揉面和面、剥玉米、挖土豆芽眼。刚服侍过早餐，收拾好桌子，我就得开始准备午餐，接着便是晚餐，然后再是早餐，如此周而复始，日复一日。

清晨，我迎着第一道曙光起床，冬天冻得瑟瑟发抖，夏日汗如雨下，一年三百六十五天一刻也不停歇，睁开眼就得干活。先趁老母鸡不注意，偷几个鸡蛋，费九牛二虎之力从柴火堆里抽出木头生炉子。烤饼干，切火腿，配上鸡蛋玉米渣煎一煎。然后，从床上拎起女儿们，伺候她们刷牙洗漱，穿衣穿袜穿靴子。再抱着小女儿到门廊，把她举得高高的，让她敲钟通知田里的丈夫回来吃饭，顺便叫醒讨厌的公公，他住在我们房子旁的披屋里。喂饱一家老小之后，我还得在端坐一旁的公公的监督之下，清洗铁锅、给孩子洗脸，刮掉地板上沾着的泥巴。老头子喜欢指手画脚："小妞，你得给她们拌点绿叶菜吃；地该拖一拖了；要管管这帮调皮鬼，教她们懂规矩；她们的衣服该洗了；要给她们吃鸡肉；去把我的手杖拿过来。"因为吸烟的缘故，老头子的嗓音沙哑沉闷，一双眼睛则狡诈阴沉，漆黑的眼眸总在恶狠狠地盯着你。

他喜欢吓唬小孩子，尤其喜欢捉弄我胖墩墩的小女儿。

"过来，小猪。"他冲小女儿喊道。

小女儿躲在我身后，从我两腿间向外窥探，打量着老头子泛黄的牙齿，瘦骨嶙峋的黄色手指，翻着的厚指甲看上去犹如远古动物的犄角。

"过来，坐我腿上。"

老头子没兴趣抱小女儿或其他小孩子，只喜欢瞧着她们畏缩害怕的可怜样儿。见小女儿不肯过去，于是他开始说：反正你也太胖了，让你坐在我腿上，说不定会压断我的骨头。小女儿听了放声大哭，我则恨不得立马把他送进棺材，幻想着拿着棺材板盖住老头子的脸，把他下到坑里的情景。突然，我听到外面有动静，有人走过来了。

"公公，"我嘴上像抹了蜜，甜甜地问道，"您要来杯咖啡吗？"

故事一定要从头开始讲才好，但哪里是"头"？这真让人颇费心思。刚决定从某处讲起，可稍一斟酌就发现事出有因，该从更早处讲起，如此这般反倒牵出了更多头绪。即便一本书以《出生》开篇，也免不了要先交代一下先人和前因后果。比如，为什么年轻的大卫没有父亲呢？[①] 狄更斯在书中告诉我们，大卫的父亲早逝是因为体弱多病。可他父亲为何身体如此羸弱？狄更斯却没讲，只留给后人妄加揣测。说不定，大卫父亲的先天不足是得母遗传，若深究起来，则要怪大卫母亲的妈妈为和她无情的父亲怄气，屈尊下嫁。而她父亲脾气不好则因为从小遭到保姆的毒打，保姆也是个可怜人，她丈夫的马车阴差阳错地在女帽商店门前坏了轮子，恰好碰到一个女人去店里修帽子，两人就此勾搭成奸，保姆惨被移情别恋的丈夫抛弃，不得已才被逼为奴。如此说来，年轻大卫的父亲之所以早逝，是因为大卫的曾曾祖父的保姆的丈夫的未来情妇去修帽子。

按照这个逻辑说，我的公公之所以被杀，要怪我姿色平平，不够漂亮。故事完全可以由此展开，但还有其他的原因：因为亨利在 1927 年密西西比大洪水时救了溺水的杰米；因为我公公卖掉了本属于亨利的土地；因为杰米在战争中投下了太多炸弹；因为一个名叫荣塞尔·杰克逊的黑人太桀骜不驯；因为某个男人忽视了自己的妻子，父亲背叛了自己的儿子，一个母亲想要复仇。故事到底该从何讲起，取决于由谁来讲。但有一点毫无疑问，尽管

---

① 此处指狄更斯的小说《大卫·科波菲尔》。

每人在讲这个故事时的开局不同，结局却都是相同的。

农场发生的事着实让人心生唏嘘，不禁要感叹命运无常。可事实上，生活就好像"三子棋"游戏，一切早有定数。在棋盘中间落子，这局棋注定就会是平局；下在角落则稳操胜券。但凡谦恭礼让，让对方占了先机，就难免会满盘皆输，道理就是这么简单。

然而，真相从来就不会如此简单，而是藏于层层迷雾之中。死亡或许无可避免，但爱，却非命中注定。对于爱，你必须做出抉择。

我就以爱开始这个故事。一切都始于爱。

《圣经》里很多地方都提到了忠诚。男人女人忠于上帝。丈夫忠于妻子。骨头忠于表皮。于是人们心中就形成了一种观念——忠诚是好事。忠于某人是正派的事，反之则大逆不道。

在我结婚当天，我的母亲教育我——试图委婉地让我对下流的床笫之事有所准备——无论亨利做什么，我都要顺着他。"一开始会疼，"她这样说道，与此同时她把她的珍珠项链在我脖子上系紧，"不过很快就好了。"

然而，母亲的话只说对了一半。

遇见亨利·麦卡伦是在 1939 年的春天，当时我已经三十一岁了，正稳步从一名老处女向"活化石"进化。我的生活圈小得可怜，日子波澜不惊，一切都熟悉得不能再熟悉了。我从出生到现在就一直和父母住在一起，我原来和姐妹住一个房间，现在那个房间里已只剩下我一个人了。我在私立男校教英语，加入了加略山圣公会教堂的唱诗班，还给我的侄子侄女做保姆。每个星期一的晚上我会和已婚的朋友们打打桥牌。

从小到大，我一直不像我的姐妹们那样漂亮。范妮和埃塔继承了我母亲娘家人的金发碧眼，我却完全随了父亲沙佩尔：身材娇小，肤色显黑，长相带有浓烈的法国高卢人特征，我的身材根本驾驭不了我年轻时流行的直筒低腰连衣裙，我也和轮廓消瘦纤细毫不相称。每当母亲的朋友来家里做客，她们只会夸我可爱的双手、卷曲的头发和热情的性格。我年轻时就是这样的一个女人。然后，某一天——对我来说，似乎是突然之间——我一下子就老了。在我三十岁生日当天的晚上，我是伴着母亲的哭声度过的。当家庭聚会的碗碟被洗净放好，兄弟姐妹和他们的另一半以及他们的孩子和我吻别，各回各家之后，母亲的哭声突然飘过走廊，传到我房间里。她肯定正躲在枕头下，或者头抵在父亲肩膀上放声大哭，我当时正睁着眼躺在床上听北美夜莺、蝉和雨蛙聊天呢。它们似乎在对我说：你老了！你老了！

"我老了。"我轻声地自言自语，声音听起来空洞沉闷，像火柴盒里蟋蟀狂躁的叫声一样毫无意义。在忍受了几小时的痛苦煎熬之后，我终于进入了梦乡。

第二天早上一睁眼，我整个人反而轻松了许多。从此往后，我就被清理出未婚待嫁的队伍，正式升级为不被考虑的对象。大家对我已不抱任何幻想，注意力都转移到其他值得考虑的人身上，至于我，任由我自生自灭就好了。我的身份从此定格为受人尊敬的教师、惹人喜爱的女儿、姐妹、侄女和姨妈。我觉得这也不错。

我不知道那会是一种怎样的生活？还没结婚的姨妈，没有孩子的学校老师，成为社会边缘极少数的一撮人，那种生活幸福吗？我不知道，因为一年后不久，亨利就闯进了我生活，一把将我从悬崖边上拉回到正常的生活轨道之中。

　　某个星期天，我兄弟特迪带亨利来我家吃晚饭。特迪是陆军工程兵团的民用土地评估师，亨利则是他的新上司，一个四十一岁的单身汉——这可是不可思议的稀有之物。亨利之所以看上去像四十多岁，主要因为他的秃顶和白发。他块头不大，却很壮实。他走起路来跛得厉害，后来我才知道这是因为他在战场上受过伤，但这丝毫没影响他的自信。他的动作沉稳迟缓，四肢仿佛沉重到放到哪儿都会压坏东西似的。他那双漂亮的手强壮有力，但该剪指甲了。让我惊讶的是，亨利的手无论交叠放在膝盖上，还是放在碟子两侧，甚至在谈论政治时，也一动不动。他说话时带着密西西比河三角洲地区含糊可爱的口音——嘴里好像塞满了香浓美味的甜点。亨利多数时候都在和特迪或我的父母交谈，可我发现他那双灰眼睛整个晚上都在瞧我，投向我的目光闪闪发亮，瞧一会儿就挪开，不一会儿又再回来。我记得自己当时燥热出汗，如芒在背，伸去拿水杯的手也在微微发颤。

　　但凡有男人对女人动了情，这种事绝对逃不过我母亲的法眼。在接下来的谈话中，母亲开始时不时插入颂扬我贤良淑德的美言，令我如坐针毡。"哦，麦卡伦先生，这么说原来你也是大学毕业啊？你知道吗，我们家劳拉也上过大学，她在西田纳西州立大学获得了教师资格。没错，麦卡伦先生，我们都会弹钢琴，不过我们家劳拉是这个家里最棒的音乐家。她唱歌也很动听，我说得没错吧，特迪？你真该尝尝我们家劳拉做的奶油桃馅饼。"如此等等。在晚餐的大多数时间里，我都羞得不知道该把眼睛放哪里，只好紧盯着自己的盘子。每当我试图找点小差事躲进厨房里，母亲就毅然决然地要么亲自出马，要么指使特迪的妻子伊莱扎去做。伊莱扎只得乖乖照办，同时对我投来深表同情的目光。特迪则兴奋地两眼放光，一会儿瞧瞧这个，一会瞧瞧那个，待晚餐快结束时他因为憋笑差点呛着自己，而我真恨不得把特迪和母亲两人都掐死。

待亨利起身告辞，母亲热情邀请他下周日再来做客。亨利在答应前先瞧了瞧我，我尽可能对他回以礼貌的微笑。

在接下的一周里，母亲只要张口，必然谈及迷人的麦卡伦先生：他的谈吐如何轻声细语，温文尔雅，甚至还获得了母亲最高级别的赞赏——他不用葡萄酒佐餐。父亲也很喜欢亨利，因为亨利上过大学，这点我倒丝毫不感意外。父亲是一位退休的历史教授，对他来说，再没什么比大学文凭更能证明人的价值了。即便是耶稣本人闪着圣光亲自来相亲，要想讨我父亲的欢心，没大学文凭连门都没有。

父母的殷切希望让我大受刺激，心中竟也隐隐燃起了危险的希望火花，我绝不允许自己有任何幻想。我警告自己，亨利·麦卡伦先生的温文尔雅和大学文凭跟我一点关系也没有。他刚来孟菲斯，还没朋友，所以才会接受母亲的邀请。

事实证明了我有多么可悲。周日，亨利手捧着送给我和母亲的百合花现身，彻底粉碎了我之前的想法。晚餐后，亨利提议出去散步。我带他去了欧弗顿公园。公园里的茱萸开得正艳，在花下漫步时，一阵微风吹过，飘洒而下的白色花瓣落在我们头上。此情此景宛如电影里的梦幻画面，只不过女主角不是哪个大明星，换成了对爱想也不敢想的我。亨利从我的发丝中摘下一朵花瓣，手指轻抚过我的面颊。

"花瓣很漂亮，是不是？"亨利问道。

"是的，可惜透着哀伤。"

"此话怎讲？"

"它们让我想起耶稣受的苦。"

亨利眉头紧皱，眉间一条深深的竖沟。瞧得出来他对我刚才的话深感不解，亨利不像多数男人那样故意不懂装懂，敢于承认自己的无知，这点我喜欢。我指给他看四朵花瓣上像在流血的钉子眼的印迹。

"原来如此。"亨利恍然大悟道，然后握住了我的手。

亨利就这样牵着我的手，一直陪我走回家，还邀请我下周六去孟菲斯露天戏院看《巧克力士兵》。我们家全体女眷如临大敌，都围着我团团转，替我为周六的约会忙了起来。母亲带我去洛温斯坦百货商店，给我买了件白色泡泡褶衣领和灯笼袖的裙子。星期六一大早，姐妹们带着各色胭脂水粉和深深浅浅的红色粉色口红赶到我家，不由分说在我脸上逐一测试起来，那感觉就像大厨在挑选调味酱汁。这帮人对我修修剪剪、涂脂抹粉，直到满意之后才肯放过我，她们举着镜子让我瞧，仿佛镜子里的人是送给我的礼物。我瞧着镜子里那个陌生人，说那不是我。

"等见了亨利你就知道了。"范妮哈哈大笑道。

可亨利接我时，仅说了句你今天看着不错。不过晚些时候他第一次亲了我，亨利双手捧着我的脸，毫不扭捏，驾轻就熟，仿佛捧着他喜欢的一顶帽子或是一直用来刮脸的碗。此前从未有男人深情地吻过我，不知是因为亨利，还是我自己的缘故，总之我抑制不住浑身颤抖。

亨利拥有我所缺乏的自信，他似乎无所不知：帕卡德汽车 [①]

[①] 帕卡德（Packard Motor Car Company）是一家美国豪华汽车生产商，1899 年成立于密歇根州"汽车城"底特律市。在公司成立之后曾经生产过诸多经典的老车，不过后来由于一系列决策上的错误，逐渐没落。

是最好的美国车；肉不应该半生不熟地吃；美国国歌应该是欧文·柏林的《天佑美国》，而不是那首难唱的《星条旗之歌》；洋基队会赢得世界大赛①；欧洲会再次爆发大战，不过美国会置身事外；劳拉，你适合穿蓝色。

渐渐地，我把衣服都换成了蓝色。在接下来的几个月里，我把我的一生都讲给了亨利听。告诉他我最喜爱的学生是谁；夏天曾在默特尔海滩当宿营顾问；向他汇报了从我往下两到三辈的所有亲戚；我在大学两年里，如何喜欢狄更斯和勃朗特三姐妹，讨厌梅尔维尔②和数学。亨利聚精会神地听着我跟他分享的每件事，时不时点头表示赞同。很快，我发现自己渴望亨利的肯定，默默记着他的每次点头或是不赞同，最终不可避免地将自己最可能被他认可的一面呈现在他面前。我并非故意要将自己女性化的一面展示给他。此前从没有男人喜欢过我，我现在只想获得更多的宠爱，这彻底改变了我的生活。

我好像从头到脚都变了一个人。因为你谈恋爱了——对于我的变化，母亲如此解释道，而且逢人便讲——这让我在朋友和亲戚面前，第一次感受到了这辈子从未有过的荣耀。我似乎连人都变得更漂亮风趣了，也配得上拥有更好的东西了。

亲爱的，你今天看起来真可爱。大家都是如此跟我打招呼，然后还会补充一句，我发誓，你现在看着真是容光焕发！劳拉，过来，坐我旁边，给我讲讲你那位麦卡伦先生。

---

① 世界大赛（World Series）是美国职业棒球大联盟每年10月举行的总冠军赛，是美国以及加拿大职业棒球最高等级的赛事。

② 赫尔曼·梅尔维尔（Herman Melville, 1819—1891），19世纪美国最伟大的小说家、散文家和诗人之一，与纳撒尼尔·霍桑齐名，梅尔维尔生前没有引起应有的重视，在20世纪20年代声名鹊起，被普遍认为是美国文学的巅峰人物之一。

　　我的麦卡伦？对此我心里依然忐忑，并无十分把握，但随着春去夏来，亨利对我的态度始终如一，我心中难免也开始有些蠢蠢欲动，希望他就是我的麦卡伦先生。亨利带我去吃饭看电影，沿着密西西比河散步，去附近郊区玩一整天，给我讲郊区土地和农场的特点。他对农作物和牲畜的了解令我惊叹，简直称得上了如指掌。当我指出这点时，亨利对此的解释是，我从小是在农场长大的。

　　"你父母还住在农场里吗？"我问道。

　　"没有。经过 1927 年那场洪灾之后，他们就把农场卖了。"

　　亨利的语气中透着惆怅，我以为他只是怀旧，根本没想过问他是否有天会自己经营农场。亨利上过大学，找到了工作，当上了工程师，完全可以选择在孟菲斯——文明的中心——生活，难道还会去当一个脸朝黄土背朝天、靠拼死拼活才能勉强度日的农民？亨利怎么可能会动这种念头呢？

　　"我弟弟这周末会从牛津过来，"七月的一天，亨利突然向我宣布，"我想让他见见你。"

　　让我和他的弟弟见面。听到这话，我的心不禁扑通扑通狂跳。亨利经常谈起杰米，他是亨利最喜欢的弟弟，瞧着亨利提起杰米时那又爱又恨的样子，我总忍不住面露微笑。杰米在密西西比大学学习艺术（"一门毫无用处的学科"），同时还做男装模特（"男人不该做这种不体面的工作"）。杰米梦想成为演员（"这根本不能养家糊口"），一有时间就鼓捣戏剧（"他就喜欢惹人注目"）。虽然亨利嘴上不饶人，可显然很喜欢这位小弟弟。每次一谈起杰米，亨利就两眼放光，甚至会抬起一贯冷漠、岿然不动的双手在空中用力比画。让杰米和我见面显然暗示着我们的关系有了进一步发展。但出于长久以来的思维定式，我努力想扼杀这种念头，可这念头偏偏在我心里顽强地生根发芽了。当天晚上，我一边为晚餐的土豆削皮，一边幻想着亨利向我求婚的情景：他在客厅向我下跪，一脸殷切的盼望，又略微透着一丝不安——担心万一我拒绝他怎么办？第二天早上，起床整理自己的小床时，我仿佛看见自己正在抚平铺着白色簇状图案的双人床床罩和依然留有两人睡痕的枕头。第二天上课，提问学生介词从句时，我想象着孩子躺在柳条编织的摇篮里，用像亨利一样的灰色眼睛瞧着我。这些景象简直如不曾见过的奇花异草，在我脑海里灼灼怒放，令我这些年心如止水的修炼全部付之东流了。

与杰米见面是在一个星期六，我从头到脚精心打扮了一番，穿上深蓝色的亚麻套装——我知道亨利喜欢这套衣服，耐着性子坐着，让母亲折腾我蓬乱的头发，把头发向上高高梳起，完全可以上杂志广告了。亨利开车来接我，然后我们一起去火车站接杰米。到了车站，下了火车的人流一下子就把我们淹没了，我在人群中四处张望，试图找到一个年轻版本的亨利，可突然出现在我眼前的年轻人看起来和亨利一点也不像。我仔细打量着眼前抱在一起的两个男人，一个体格壮实，饱经风霜，另一个则身材瘦高，满面春风，头发的色彩好像崭新铸造的便士的颜色。两人先抱在一起，接着如男人拥抱后常做的那样，拍拍彼此的后背，然后分开，端详着对方的面容。

"哥，你看上去气色不错，"杰米道，"是田纳西的空气很适合你，还是另有其他原因？"

杰米转身看向我，咧嘴一笑。杰米很帅，除此之外我想不到其他词来形容他。他五官精致，棱角分明，皮肤细嫩到都能瞧见太阳穴上细微的血管。他浅绿色的双眸像绿宝石一样隐隐发光。那时他刚二十二岁，比我小九岁，比他哥哥亨利年轻十九岁。

"这位是沙佩尔小姐，"亨利介绍道，"我弟弟，杰米。"

"很高兴见到你。"我忙不迭地打招呼道。

"真让我倍感荣幸。"杰米一边说道，一边接过我伸过去的手，彬彬有礼地吻了我的手背。

亨利翻了一个白眼。"我弟弟还沉浸在他的戏剧人物里呢。"

"哈，但是哪一位人物呢？"杰米竖起食指问道，"哈姆雷特？浮士德？还是哈尔王子①？沙佩尔小姐，你觉得呢？"

我不假思索，脱口说出自己想到的第一个人物。"我觉得你更像迫克②。"

听了我的回答，杰米粲然一笑。"亲爱的夫人，您所言极是，我正是那游荡于深夜的快活生灵。"

"迫克是哪位？"亨利纳闷道。

杰米装作无可奈何地摇摇头，叹道："我的上帝啊，这些肉眼凡胎真是愚鲁至极！"

瞧见亨利站在弟弟身影之中，双唇紧咬，我突然为他感到难过。"迫克是一种爱恶作剧的精灵，"我解释道，"麻烦精。"

"是个淘气鬼，"杰米懊恼道，"抱歉，哥哥，我只想在沙佩尔小姐面前卖弄一下。"

亨利抬起胳膊搂住我。"想让劳拉另眼看待可不容易。"

---

① 出自莎士比亚的《亨利四世》。
② 莎士比亚《仲夏夜之梦》中的精灵。

"你们正好般配！"杰米道，"现在两位可以带我欣赏一下你们这座城市了吗？"

我们带杰米去了皮博迪酒店，那里有孟菲斯最好的饭馆，周末还有摇摆乐队演奏。在杰米的坚持之下，我们要了一瓶香槟。此前我只在我兄弟皮尔斯的婚礼上喝过一次，一杯香槟下肚我就有点飘飘然了。当乐队奏响乐曲，杰米问亨利他是否可以和我共舞一曲。（因为跛脚的缘故，亨利当晚没有跳舞，之后也从没跳过。）我和杰米随着艾灵顿公爵、本尼·古德曼和汤米·多尔西的乐曲转了一圈又一圈，我曾和我的兄弟们以及年轻的侄子们在我家客厅里跟着收音机里的乐曲翩翩起舞，可都完全比不上今晚来的令我陶醉。我觉得亨利的双眼一直在盯着我们，其他人也一样——女人们那充满嫉妒的目光。这是一种我从未有过的新奇体验，我忍不住得意扬扬起来。几首曲子跳毕，杰米送我回到桌旁，然后就离开了。我坐下时，满脸通红，上气不接下气。

"你今晚看上去特别漂亮。"亨利道。

"谢谢夸奖。"

"杰米对女孩子很有一套。她们都因为他变得光彩照人。"亨利语气平和，只像在陈述事实。如果他心里有嫉妒自己的弟弟，我能察觉得到。"他喜欢你，我看得出来。"亨利继续道。

"我相信没有他不喜欢的人。"

"嗯，至少不是所有穿裙子的他都喜欢，"亨利苦笑道，"瞧。"亨利指着舞池，我瞧见杰米正搂着一位深褐色头发、身材苗条的女人。那女人身穿一件露背绸缎礼服，杰米的手放在她裸露的肌肤上。瞧着那个女人轻松地做出一系列复杂的旋转下腰动作，我突然意识到自己刚刚看起来一定笨手笨脚，难看至极。我羞愧难当得差点双手捂脸，刚才我的所想所感肯定都赤裸裸地暴露在亨利眼前，我的嫉妒、羞愧，还有愚蠢的渴望。

我心慌意乱地站起身，不知该说什么。不过不用我费心了，因为亨利也站起来，握住我的手。"天晚了，"亨利道，"我知道你明天早上还要去教堂。走吧，我送你回家。"

亨利的体贴善良令我感到一阵惭愧。当我稍后在床上辗转反侧时，我突然意识到，我那种不加掩饰的丑态在亨利眼里其实并不新鲜。他此前一定也曾见过，而且在杰米面前，亨利也一定无数次曾和我心有同感——渴望能在众人面前光芒四射，却注定是痴心妄想。

随着杰米返回了牛津，我也将他从我的记忆中抹去了。我不傻，知道像他那种男人绝不可能喜欢我这样的女人。亨利能喜欢我已经是奇迹了。但我却不确定自己是否真的爱亨利，我对他的感激之情胜过了所有其他感觉。是亨利把我从人生的悬崖边拉了回来，没让我沦落成一个可怜、被人鄙视、令人垂怜的老处女。不过，更确切的说法应该是，亨利只是有可能拯救我，因为我还不确定他是否真的爱我。

一天晚上我在唱诗班排练时，当我的眼睛从赞美诗上移开，我发现亨利正坐在教堂后排的条凳上看着我，一脸热切与严肃。错不了了，我心中暗道，他要向我求婚了。我心不在焉地熬过剩下的排练，以至于错过演唱被指挥呵斥了两顿。之后，在唱诗班的更衣室里，当我手忙脚乱地脱下唱诗班的长袍时，我脑中突然闪现出新婚之夜亨利脱下我睡衣的情景。我不知道和亨利同床共枕，任由他抚摸我会是什么感觉。我的姐妹埃塔是一名注册护士，在我二十一岁时，她跟我聊过性的事。她完全照本宣科，也从没用她和她丈夫杰克举过例子，不过我瞧她讲的时候的一脸窃笑，新婚之夜应该并不像她说的那样可怕。

亨利正在教堂外倚着他的车等我，他身上穿着一成不变的白衬衫、灰裤子，头戴一顶灰色浅顶软呢帽。亨利总是这身打扮，他对穿衣不讲究，经常衣不合身——裤子吊在裤腰之下，裤腿拖地，袖子不是过长，就是太短。一想起瞧见他衣橱的情景，我就忍不住大笑。我心中已经燃起了要为他缝缝补补的渴望。

"你好，我的宝贝，"亨利打起招呼，然后道，"我是来和你说再见的。"

再见。这个词宛如从我们两人中间突然喷涌而出的巨浪，直冲我滚滚而来，将我彻底淹没。

"他们正在亚拉巴马建一座新的飞机场，让我过去监工。我会去几个月，也许要更久。"

"我知道了。"我答道。

我盼着他能多说几句：说他如何想念我；说他会如何给我写信；说他如何希望我等他回来时去接他。可亨利什么也没说，时间一分一秒地过去，我们两人一直默默无言，我心中充满了自我憎恨。我就不该梦想结婚生子，那根本不属于我，从来都与我无关。如果我想结婚，那根本就是痴人说梦。

那一刻我的灵魂仿佛出了窍，将自己的肉体抛在身后，离亨利渐行渐远，我们的样子也渐渐变得模糊。我耳中听到亨利说要开车送我回家，接着听到自己礼貌地回绝，借口说想呼吸点新鲜空气，然后祝他在亚拉巴马好运。我瞧见亨利向我俯身，又瞧见自己的头闪开，因此亨利的吻落在我的脸颊，而不是唇上。我瞧见自己腰杆挺得笔直，高傲地离开了亨利。

我一进家门，妈妈就迎面扑了过来。"亨利刚刚来过，"妈妈道，"他在教堂找到你了吗？"

我点点头。

"他好像急着有话要对你说。"

我几乎不忍直面我的母亲，无法面对她那洋溢着希望的灿烂笑容。"亨利要走了，"我说道，"他不知道要去多久。"

"什么……他就只说了这些？"

"是的，就说了这些。"我上了楼梯，向自己的房间走去。

"他会回来的，"身后传来母亲的大喊，"我知道他会回来的。"

我回身瞧着楼下的母亲，痛苦的她此刻竟显得异常可爱。她那一只白皙纤细的手扶在栏杆上，另外一只手紧紧攥着裙子，不停揉搓。

"哦，劳拉。"母亲的声音听着显然在颤抖。

"千万别哭，妈妈。"

母亲没哭，她为此必定付出了艰苦卓绝的努力，她可是一个连瞧见蝴蝶殒命、酱汁凝结这丁点儿小事都会落泪的人。"亲爱的，我真替你感到难过。"母亲说道。

我突然感到脚下无力，双腿一软坐在第一级台阶上，把头埋在膝上。耳边传来母亲上楼脚踩楼梯的嘎吱声，她坐在我身旁，搂住我，亲吻着我的头发。"我们不提他了，"母亲道，"以后再也不提那个人了。"

母亲不但说到做到，也一定嘱咐了家里其他人，从此之后再没人提起过亨利，连我的姐妹们也集体失声了。可她们的善意真让我有点不堪重负，她们不但不切实际地将我夸成了一朵花，而且为了转移我的注意力，还变着法子让我忙得团团转。他们请我共进晚餐、一同打桥牌、上街购物，各种活动让我应接不暇。我努力表现得兴高采烈，所以过了一段时间，大家就不再对我另眼相看，认为我已经走出了悲伤，可他们错了。我心里其实充满了愤恨——恨自己，也恨亨利。以貌取人，这个残酷的自然法则令男人无法对我倾心，导致我因为无人爱而终日戚戚然。此前的心满意足不过是个谎言。赤裸裸的愤怒让我看清楚了自己：我其实因为极度渴望而感到空虚。事实上我一直如此。亨利的出现只不过让我看清了真相而已。

两个月快过去了，亨利一直杳无音信。一天我回到家，瞧见母亲正在门厅一脸焦急地等我。"亨利·麦卡伦回来了，"母亲道，"他正在客厅呢。过来，你头发乱了，我给你弄好。"

"我就这样自然地去见他。"我扬起头道。

可一瞧见亨利，我就有点后悔刚才不该违抗母命。亨利看上去肤色黝黑，身材匀称，显得比从前更加英俊潇洒了。我怎么就没想到起码该抹点口红呢？不——别傻了。这个男人曾哄骗我，然后又抛弃了我。分别这么久他连一张明信片也没寄过，我为什么还要在意自己在他眼里是否漂亮呢？

"劳拉，见到你真是太好了，"亨利道，"你还好吗？"

"还好，你呢？"

"我一直都惦记着你。"亨利答道。

对此我默默无言。亨利走上前抓住我的双手。我的手心潮湿，他的手则冰冷干爽。

"我必须要先确定我对你的感觉，"亨利道，"现在我确定了。我爱你，我想娶你。嫁给我吧。"

就这样，就在我以为我这辈子再也听不到男人问我这个问题时，求婚突然发生了。虽然这与我的想象有点差距，亨利没有下跪，他的求婚听起来不像在征求我的许可，更像是自我陈述。他心中若真有丝毫忐忑，那他可真称得上深藏不露了。这让我非常恼火。他消失了这么久，哪来的勇气这么自负？难道他以为求婚就像进屋宣称我是被他遗忘的一件大衣那么简单吗？但与亨利想娶我的"逆天大罪"相比，我的恼怒根本不值一提。我暗自劝慰自己，亨利将我置于他的股掌之上是他一贯的行事方式。肉不应该半生不熟吃，你适合穿蓝色，嫁给我吧。

瞧着亨利坦诚的灰色眼睛，我脑中不由自主地闪现出那天在皮博迪酒店舞池中，杰米一边搂着我转圈，一边低头微笑瞧着我的样子。亨利算不上时髦潇洒，也不能说浪漫，只能说体格壮实，相对朴实。但是他爱我，我知道他会养活我、忠于我，而且我们会有强壮聪明的孩子。鉴于以上这些原因，我当然也会爱他。

"是的，亨利，"我答道，"我愿意嫁给你。"

亨利点了点头，开始吻我，他的大拇指扒开我的唇，把舌头伸进了我嘴里。那一刻我立即咬紧了牙关，倒不是因为其他原因，更多是出于惊讶。对我来说，上次法式热吻还是很多年以前的事，亨利粗厚的舌头对我的嘴来说是一个异物，那感觉很奇怪。当我听到亨利大声发出呻吟时，我才意识到刚才自己咬到了他。

"抱歉，"我结结巴巴道，"我没想到你会这么做。"

亨利默默没说话，只是又重复了刚才的动作，再次吻起我来。这次我没反抗，乖乖接受了他对我的侵占，亨利似乎对我的表现感到非常满意，因为过了几分钟后，他就放过我，去和我父亲谈了起来。

六周后，我们举办了一场简单的圣公会婚礼。杰米是亨利的伴郎。亨利将杰米带到家时，杰米给了我一个大大的熊抱，还送了我一束粉色玫瑰花。

"亲爱的劳拉，"杰米道，"我很高兴亨利没有丧失理智。我告诉他，如果他不娶你，他就是个白痴。"

婚礼举办的两天前，在杰米的热情引荐之下，我见过了麦卡伦家的其他人。从我迈进门的那一刻起，这帮人就明白无疑地摆出一副屈尊下顾沙佩尔家的姿态，而（他们一定知道）我父亲拥有法国血统，我母亲身上则流淌着联军将军的血液。那个周末我没怎么见过亨利的父亲帕比和麦卡伦家的其他男人，他们都去做婚礼时男人该做的事去了，但在和麦卡伦家女眷的频繁接触中，我意识到亲如一家人根本是我天真幼稚的幻想。亨利的母亲冷漠高傲，喜欢指手画脚，麦卡伦家的女人对一切人和事大都持有消极态度。亨利的两个姐姐，埃博琳和塔莉娅，身为嫁入大户人家的格林维尔市前"棉花女王"①，恨不得逢人便讲她们的光荣历史。婚礼前一天，我母亲为双方女眷举办了一场午餐会，范妮问她们是否上过大学。

塔莉娅扬起精心修剪的眉毛，答道："女人上大学做什么？坦白说，我觉得那一点用也没有。"

"当然，除非你家境贫寒，或者姿色平平。"埃博琳插嘴道。

说完，埃博琳笑了笑，塔莉娅也跟着咯咯直笑。我的姐妹和我只得面面相觑。难道亨利没有告诉过她们，我们都上过大学吗？之后范妮安慰我，她们肯定不知情，轻蔑并非有心之举，可我觉

---

① 20世纪30年代美国的一种选美比赛，16岁至26岁的女孩将照片寄给报社，被选中的女孩将获得"棉花女王"称号，并在棉花企业工作一天。

得她们就是故意的。

尽管如此，亨利家这帮令人不快的亲属并没影响婚礼当天我的幸福。我们在查尔斯顿市度了蜜月，然后回到亨利在长青街租的小房子，新家离我父母的住处并不远。从此我们开始了两个人的生活，我喜欢家庭生活中的琐碎小事，也喜欢家庭给我的归属感。我的时间从此一分为二，身为亨利的女人，服侍丈夫成了我生命的意义所在：做他喜欢的可口饭菜，盥洗熨烫衬衫，每天盼他回家。1940 年 11 月，我们的女儿阿曼达·莉来到了世上，两年后伊莎贝尔也呱呱坠地，这时的我不仅要服侍丈夫，还要每天围着孩子们转。

结婚六年，我才意识到"矢忠（于）"（cleave）这个词在字典里还有另外一个意思："因遭受重击，如刀劈斧剁，从而一分为二。"

杰 米

梦中，在埃博琳位于格林维尔市的老房子的屋顶上，我一个人孤零零地瞧着洪水上涨。梦中的我通常是十岁的孩子，有时年纪稍大，有次甚至变成了一个老头。我叉开腿，跨坐在屋脊上，两条腿悬在房梁两侧，湍急的洪水裹挟着各种东西，比如一棵楝树，一盏水晶吊灯，或者一头死牛，向房子飞快冲过来，或是绕过去仿佛唾手可得。我使劲猜着它们会冲向房子的哪一侧。四帷柱、带蚊帐的大床会从左侧经过，户外厕所会去右侧，与它一起的还有威尔霍伊特先生的那辆斯图兹勇士跑车。猜谜游戏的代价很高：我每猜错一次水就上涨一英尺。当水涨至脚踝时，我只能尽量保持平衡，用力向上抬高双腿。耳边听着洪水奔流发出的怒吼声，我骑在房子上，像骑马一样一路向北，冲入迎面滚滚而来的洪水之中。虽然我不懂洪水的语言，但我知道它在说什么：它要把我吞进肚里去。洪水之所以要这么做，倒不是因为我有什么特殊之处，而是因为洪水想吞噬一切。我一个又瘦又小、身穿破裤子的小孩子怎抵得过凶猛的洪水呢？

我被洪水吞没之时，既没用力挣扎扑腾，也没试图浮在水面上，只是睁着眼张开嘴，任由水灌入我的身体。我的肺部开始痉挛，可我却一点儿也不感到痛苦，我终于不用再担惊受怕了。我随波浮沉，漂在水中，这仿佛像我一生的写照，我一直像这样浮浮沉沉地流浪。

突然，黑漆漆的前方有什么东西在闪闪发光，随着我离它越来越近，光也愈发明亮起来，晃得我眼睛生痛。难不成天上的星星也陨落了？我心中纳闷，难道河水吞噬了一切，连天空也没能幸免？如同星星般闪亮的东西中间射出五道光，光前后晃动，像在寻找着什么东西。与光擦身而过的那一瞬间，我才发现那五道光原来是五根手指，而闪亮如星星的东西竟然是一只白色巨手。我不想被巨手发现，因为我已经与水融为一体了。

可一切由不得我做主，我突然感到一阵剧烈头痛，整个人被拉出了水面，回到屋顶，或是一艘船上——梦境变化多端。但那只巨手永远是亨利的手，手里总攥着一束我的头发。

那场洪水夺走了一千多人的生命，多亏了亨利，我才幸运地活了下来。当时埃博琳家的房顶上其实不只我一个人，还有埃博琳和她的父母，以及她的丈夫弗吉尔和他们家的女佣德西埃。洪水也没涨到将我淹没，是我自己不小心掉进了水里，因为当时一瞧见亨利划着船过来救我们，我就贸然站了起来。

都是因为亨利。我今天变成这个样子，还有我过去的所作所为，都是因为亨利。我所记得的小时候的事儿，就有第一次见到亨利的情景。我母亲当时正抱着我，把我抱在怀里摇啊摇，然后她把我递到一位身材魁梧、头发灰白的陌生人手上。我先是感到一阵恐惧，接着就不怕了——我只记得这些。但根据母亲的说法，我先是惊慌失措，但当亨利把我举到身前说"你好，小弟弟"

时，我就立马停止了哭泣，还把手指伸进亨利的嘴里。无论何时，只要父亲或其他男人想抱我，我就哭号得像个印第安人，只肯让哥哥亨利抱。那时我才一岁半，亨利二十一岁，刚从第一次世界大战的战场返回家。

正因为亨利，我从小到大一直痛恨德国佬。德国兵曾想在法国某个森林里杀死亨利。正是因为那帮人，亨利的腿才落下了残疾，头发也变白了。他们还夺走了亨利的其他东西——到底是什么，我也说不清，但总感觉亨利少了点什么。亨利从不谈论那场战争。倒是父亲帕比总用话试探亨利，想打探一点儿关于战争的事，比如亨利杀了多少人，是怎么杀的。"你杀死了不止十个人吗？有五十多人？"帕比还会问，"你是用刺刀杀的，还是从远处开的枪？"

可亨利什么也不说。我只在八岁生日那天听他谈过那场战争。那天亨利正好回家过周末，于是他带我去猎鹿。那是我人生中第一次手拿真正的武器（如果雏菊 25 型气枪算得上真正的武器的话），我心中充满了男子汉的骄傲。不过我没打算真打到猎物，除了打中几棵树之外，亨利则打中一只头有八只叉角的雄鹿。那一枪没直接要了鹿的命，等我们走到鹿倒下的地方时，发现鹿还活着，挣扎着想再站起来。可它的努力都是徒劳的，碎骨从它大腿的伤口中戳了出来。那头鹿双目圆睁，一脸的迷惑不解。

亨利伸手掠过他的脸，然后用力握住我的肩膀。"答应我，"亨利道，"如果你必须参军，要想方设法去当飞行员。据说天上的战斗比地上的仁慈多了。"

听见我答应他之后，亨利跪在地上，切断了鹿的喉咙。

从那天起，每当洒农药的飞机从农场上空飞过，我就假装自己是个飞行员。只不过我开着飞机杀死的不是棉铃虫，而是德国佬。我坐在家房后枫香树最高的树杈上，想象着自己击落了几百架德国王牌飞行员的飞机。

如果说亨利激发了我对蓝天的向往，林德伯格①则用他只身飞过大西洋的壮举点燃了我成为飞行员的梦想。洪水暴发之后还不到一个月，格林维尔市和我们的农场仍被淹没在十英尺的洪水之下，我们只好暂住在迦太基市的叔婶家里。房子里人满为患，我只得住在阁楼上，和体格壮实、满脸粉刺、一口龅牙、喜欢欺负人的表兄弟阿尔宾和埃弗里挤在同一张床上。夜晚，夹在两个坏小子中间，我又梦到了洪水，梦到猜洪水把东西冲向哪一侧的游戏，梦到洪水的怒吼和那只白色的巨手。我梦中的呻吟声惊醒了两位表兄弟，他们拳打脚踢把我弄醒，说我是个胆小鬼。他们口口声声威胁说要闷死我，把我扔出窗外，把我扔进蚁穴，往我眼睛里灌糖浆，可依然无法阻止我继续做噩梦。我几乎每晚都做相同的噩梦，梦中的我每次都屈服于洪水的淫威，任凭洪水将我吞没，这正是我惧怕之处。这似乎是种可耻的软弱，哥哥亨利绝不会向洪水乖乖投降，即使在梦里也不会。亨利会竭尽全力抗争，即便在咽下最后一口气时，他也会不甘心地拼命挣扎——而我却根本没有抗争。至少我十分确定自己没有挣扎。最要命的是，除了梦中的情景，我不记得现实中从我落水到获救期间到底发生了什么，这愈发证实了我的担心。随着时间的流逝，我渐渐认定日复一日重现在我梦中的情景是真实的。我曾在洪水面前乖乖缴械投降，任由洪水将我吞噬，但如果再给我一次机会，我肯定会挣扎，会抗争。

_____

① 林德伯格（Charles Augustus Lindbergh，又译林白，1902—1974），美国飞行员与社会活动家，首个进行单人不着陆跨大西洋飞行的人。

我开始抗拒洗澡。阿尔宾和埃弗里在给我起的各种绰号里又加了一个"猪猡"，我的父亲帕比用鞭子把我屁股抽得鲜血淋淋，怒吼着说，他绝不会让自己的儿子一身臭气，像黑鬼一样到处丢人。最终，还是母亲威胁要亲自给我洗澡才让我放弃了抵抗。一想到让母亲瞧见我光屁股，我就乖乖进了澡盆，但盆里的水永远只有几英寸高。

恰在此时，林德伯格的名字开始出现在报纸和广播里。一个名为雷蒙·奥泰格的法国人设立了两万五千美元的奥泰格奖，用以奖励首位驾驶飞机不着陆、完成纽约至巴黎两地之间飞行的飞行员。该奖项自 1919 年设立以来，吸引了众多飞行员去尝试，但无一例外都以失败告终，还有六人为此付出了生命。

我坚信林德伯格会成功，即使他比之前失败的飞行员更年轻且缺乏经验，又有什么关系呢？他就是神——无所畏惧，永生不死。他绝不会失败，但本地报纸可不像我这么乐观，在得知林德伯格要独自飞行、没有副驾驶员时，他们给他起了一个绰号："飞行傻瓜。"我暗自对自己说，他们才是真正的傻瓜。

林德伯格飞行当天，我们全家人都围在收音机旁，收听着广播里的实时报道。林德伯格的飞机飞过新英格兰上空，接着出现在纽芬兰，随后就彻底消失了，整整十六个小时不见踪影，那真是我生命中最长的十六个小时。

"他完蛋了，"阿尔宾嘲笑道，"他肯定睡着了，飞机掉海里去了。"

"他没有！"我反驳道，"林迪 ① 在飞行时从不睡觉。"

---

① 林迪为林德伯格的昵称。

"或许他是迷路了。"埃弗里道。

"说得没错,"阿尔宾道,"也许他太笨找不到路了。"

这两个坏小子是在拿我几天前迷路的事取乐。他们本该带我去钓鱼,却带着我兜圈子,然后他们偷偷躲到树林里。我因为对迦太基市郊区不熟悉,花了三个小时才回到家,母亲已经担心得要发狂了。阿尔宾和埃弗里因此挨了一顿鞭子,可这并没让我心里觉得好受。他们现在又拿这事儿来嘲笑我。

可这次他们会失望的,林德伯格会给他们点颜色看看,为了我和他自己,林德伯格会赢得奖金的。

果不其然,他做到了。那个"飞行傻瓜"最终成了报纸上的"孤胆雄鹰",林迪的胜利也是我的胜利。当林德伯格的飞机安全降落在巴黎–勒布尔热机场时,连我的那两位表兄弟也不禁纵情欢呼。谁不会为他的英雄伟绩感到骄傲呢?谁又不想成为下一个林德伯格呢?

那天吃过晚饭,我出了家门躺在湿润的草地上,仰头望着天空。黄昏的天空呈现出不可思议的蓝紫色,几分钟后就陷入了往常的黑暗之中。我真想一头扎进那片蓝色中,沉沦于此。我当时一定觉得那里很不错。不会有污秽浑浊要人命的褐色洪水。没有丑恶,也没有仇恨。除了蓝色、灰色,以及介于两者之间的上万种颜色,每种色彩都那么赏心悦目。

我要成为像林德伯格那样的飞行员,经历伟大的历险,勇敢捍卫国家领土,那是一种荣耀,我也要像神一样伟大。

十五年之后,我终于如愿以偿,参军成为飞行员。可结果和梦想有点不同,我也没有因此而变得伟大。

荣塞尔

白人称呼我们为"埃莉诺·罗斯福[1]的黑鬼"。说我们根本不会战斗，一听见枪响就会夹着尾巴溜走。还说我们骨子里不懂规矩，当不好士兵；智商低下，开不了坦克。我们天生品德败坏，集各种罪恶于一身——谎话连篇、鸡鸣狗盗、奸淫白人妇女。他们说我们在黑夜里比白人士兵看得更清楚，因为我们更像野兽。在温伯恩，一位我从没见过的英国女孩走到我身边，突然拍了我屁股一下，面对我不知所措的质问，女孩回答说："我想看看你是不是真的长了尾巴。"

"你怎么会这么想？"我纳闷道。

女孩告诉我，白人美国兵一直对英国的姑娘们说，黑人不像人，更像猴子。

我们做任何事都要和白人分开，黑人要在指定的营房睡觉，去指定的食堂吃饭，大小便也要去指定的厕所，甚至连输血用的血也是单独供应——上帝绝不允许白人的血管里流淌着黑鬼的血。

---

① 安娜·埃莉诺·罗斯福（Anna Eleanor Roosevelt，1884—1962），美国第32任总统富兰克林·德拉诺·罗斯福的妻子，曾为美国第一夫人，提倡女权并保护穷人。

　　我们只配拥有糟粕，连长官也是。我们的中尉多是从其他职位上淘汰下来的南方人。如醉醺醺的酒鬼、胆小怕死的懦夫和心地狭窄的偏执狂，他们甚至连大白天走出只有一个房间的简易棚屋都成问题。军队把军官下放到黑人部队作为一种惩罚手段。这帮人一无是处，只知道鄙视我们，而且会确保我们明白这点。在军官俱乐部里，他们喜欢用《银色圣诞》这首歌的曲调唱"我们梦想有朝一日回到白人军营"。他们放声歌唱时，黑人士兵不得不在旁伺候。这些事儿都是黑人士兵告诉我们的。

　　如果我们的所有长官都是这个德行，那我和战友们也许难逃在法国和比利时农田给地施肥的命运。幸运的是，我们还碰到一些优秀的白人军官。尤其是出自西点军校的军官，他们最公平正派，我们的指挥官一直对我们以礼相待。

　　"他们说你们比其他人脏，"长官对我们道，"想回应这个说法很简单。你要比你这辈子见到的所有人都干净，尤其是那些白人混蛋们。让你们的制服看上去比他们的更整洁，让你们的靴子更闪亮。"

　　我们也正是这样做的。我们要让761营成为军中最棒的坦克营。

　　我们先去了克莱伯恩兵营，随后又去了胡德兵营，我们一直在努力训练。每辆坦克配五名士兵，每人不但要各司其职，还要掌握彼此的技术。我负责驾驶坦克，参军的第一天我就觉得我该开坦克。有趣的是，大多数农场出身的小伙子最终都开上了坦克。既然能让骡子乖乖听话，那谢尔曼坦克自然也不在话下。

　　射击场几乎成了我们的家，我们轮番训练使用各种武器：.45口径手枪、机关枪和榴弹炮。随后，我们去了吉赛奇国家森林公园参加军事演习，还进行了实弹对抗演习。我们明白这其实是想测试我们的胆量，我们的成绩一路飘红，成功通过了测试。相比被子弹打中，我们中大多人其实更担心被蛇咬到。那地方有些水蝮蛇竟然有十多英尺长，我这可一点儿也没说瞎话。

1942 年 7 月，部队首次有黑人被晋升为中尉。尽管只有三个黑人，但自此之后我们走起路来腰杆也硬气了一些，至少在营地里是这样。不过如果外出自由活动，我们还必须谨言慎行。在基林镇主街的街尾挂着一幅巨大的警示标语：黑鬼必须在晚上九点前离开本镇。为突出警示效果，标语上的大字都是用血淋淋的红色油漆写的。基林镇里没设立种族隔离区，只有一半左右的小镇子里才有。典型的如克莱伯恩兵营附近的亚历山德里亚镇，镇里只有一座摇摇欲坠的电影院和两家破破烂烂、带自动点唱机的小酒吧才允许黑人进入。那里没有东西卖，也没地方让你坐下吃饭。除此之外，镇上的其他场所都禁止黑人入内。如果军警或当地警察在只允许白人出入的地方发现黑人，他们会把你打得死去活来。

在当地白人眼中，即使黑人穿上军服也改变不了他们对黑人的歧视。对此，我已基本不抱任何幻想了，但来自北方州和西部的黑人则对我们的遭遇深感震惊。报纸上刊登的《吉姆·克劳法》①是一回事，而公共汽车司机挥舞着手枪，呵斥黑鬼挪挪屁股或下车，给大腹便便的白人农民让座则是另外一回事。无论我如何向他们解释，他们就是无法理解。我告诉他们，跟白人在一起，只能卑躬屈膝、

① 《吉姆·克劳法》(Jim Crow laws) 泛指 1876 年至 1965 年间美国南部各州以及边境各州对有色人种（主要针对非洲裔美国人，但同时也包含其他族群）实行种族隔离制度的法律。这些法律强制规定公共设施必须依照种族的不同而隔离使用，且在隔离但平等的原则下，种族隔离被解释为不违反宪法保障的同等保护权，因此得以持续存在。但事实上黑人所能享有的部分与白人相比往往是较差的，而这样的差别待遇也造成了黑人长久以来处于经济、教育及社会上较为弱势的地位。

忍气吞声以求自保，可他们很多人就是不听。我们营中的大多数人都在诺克斯堡进行基础训练，其中有个来自北方州的黑人士兵和白人店主发生了口角，起因是店主不肯卖香烟给他，结果白人店主用绳子将那位士兵绑在汽车挡泥板上，然后开着车把他在街上拖来拖去。这不过是我们听说过的众多黑人死亡事件中的一件而已。

与来自其他州的黑人相处得越久，我心中的怒火就燃烧得愈加猛烈。那些白人恨我们如同仇恨德国佬和日本鬼子一样，甚至更糟，而我们却参军准备为他们献出生命。军队对我们没采取任何保护措施，任凭当地人为所欲为。对于当地警察殴打黑人士兵的行为，军队假装视而不见。如果黑人士兵死在军营外，军警甚至都懒得去调查凶手。拳打脚踢、难以下咽的饭菜和指派给我们的一无是处的军官等，其实都说明了一件事：军队不希望我们成功。这点但凡有点脑子的人都看得出来。

接受了两年漫长的训练，到 1944 年的夏天时，我们对能上战场已经不抱幻想了。根据《信使报》的报道，美国军方向海外共计派遣了十多万黑人士兵，但只有一支队伍参加了战斗，剩下的都只是在削土豆、挖战壕和打扫厕所。

然而到了八月份，突然从上面传来消息，军队派巴顿将军来领导我们。他看过我们在吉赛奇的演习，决定让我们给他的第三集团军打头阵。这真是太他妈棒了，我们为此感到无比自豪！这是一个向全世界证明自己的好机会。我们要让上帝和祖国知道，我们在为我们的人民和自己的尊严战斗。

八月末，我们离开了胡德兵营。此前我从未因为离开某地而欢欣雀跃。那个该死的地方只有一点让我不舍，那就是马利耶·辛普森，一个在基林镇和我一起的姑娘，她是个学校老师。马利耶的岁数比我大很多，可能有三十岁了，我从没问过，也不在乎。别看她身材娇小，笑起来却极其爽朗。她懂的那些东西，就是我父亲称为"本能"的那些事，我家乡的女孩根本想象不到。有些周末，除了出去买酒，我们几乎没下过她的床。马利耶爱喝杜松子酒，酒里不掺任何东西，直接喝，一口一杯下肚。她总说一次只喝半杯会招来厄运。可对我来说，即使一口下肚，我的生活依然充满了坎坷，但我从不抱怨。跟马利耶·辛普森告别时，我发自内心地感到悲伤。我想我将很久都不会再有自己的女人——据说在欧洲除了白人就是白人。

可事实证明我错了。欧洲确实有很多白人，但他们与我家乡的白人不同，他们不仇恨黑人。我们奔赴欧洲的第一个月是在英格兰度过的，那里有些人此前从未见过黑人，对我们感到无比好奇。待他们搞明白黑人其实和白人一样时，他们没有歧视我们，对待黑人像对待白人一样，一视同仁，包括女孩也一样。竟然有个白人女孩破天荒地请我跳舞，当时我惊讶地差点从椅子上掉下去。

"去吧。"吉米在我耳边低声道，我的这位战友来自洛杉矶。

"吉米，"我说道，"你疯了吧。"

"如果你不去，那我可就去了。"见吉米这样说，我就和那位白人女孩下了舞池。我不能说自己喜欢和白人女孩跳舞，起码第一次并不开心。因为我紧张地流汗不止，那感觉不像跳舞，倒像在农场里摘棉花。我的眼睛几乎没瞧过那女孩，而是忙着留意舞厅里的每一个白人。我的手放在女孩的腰上，她的一双手则挂在我湿漉漉的脖子上。我尽可能伸直手臂，可舞池太拥挤了，女孩的身体依然不断撞在我身上。

"你怎么了，"跳了一会儿之后，女孩问道，"你不喜欢我吗？"她的眼中满是不解。那时我才恍然大悟：女孩根本不在意我的肤色，只觉得我是个大傻瓜。于是我把她拉近身旁。

"我当然喜欢你，"我说道，"我觉得你是我见过最漂亮的女孩。"

我们在英格兰停留了很短时间，但我对英国人一直心存感激，感谢他们对我们的热情友好，让我在人生中第一次意识到自己首先是一个人，其次才是一个黑人。

十月，我们终于奔赴战场了，我们去了法国。穿过英吉利海峡，在奥马哈海滩①登陆。瞧着眼前战场上的惨状，我们简直不敢相信自己的眼睛。沉船残骸、冒烟的坦克、支离破碎的吉普车、滑翔机和卡车。尽管没看到一具尸体，可大家脑海中都想象得到沙滩上尸横遍野的悲惨画面。之前，我们一直以为我们的国家，包括我们自己都是战无不胜的。奥马哈沙滩上残酷的现实如同一桶从头浇下的冰水，将我们彻底惊醒了。原来我们并不是不可战胜的，大家对此感到非常沮丧。

再向东前进四百英里，就是诺曼底。我们用了六天时间抵达那里，来到一座名为圣尼古拉斯港的小镇。几英里之外的枪炮声犹在耳畔，可我们没接到上战场的命令。在镇子里继续停留了三天之后，大家心急如焚得像热锅上的蚂蚁。一天下午，我们突然接到命令，全体人员做好战斗准备，随后一队军警开着装有机枪的吉普车出现了，待他们将车停在我们的坦克周围之后，一辆吉

---

① 诺曼底登陆战役中战斗最为激烈的海滩。盟军在奥马哈滩头遭受了巨大的损失，仅阵亡者就达 2500 人，因此又称"血腥奥马哈"。电影《拯救大兵瑞恩》中开始那一段经典的战争场面就取材自奥马哈海滩登陆战。

普车开了过来。从车上下来一位三星中将，他站在半履带车的引擎盖上。当我瞧见中将那把象牙柄手枪时，我意识到站在我眼前的正是铁血将军本人——巴顿将军。

"士兵们，"巴顿将军道，"作为美国军中首支黑人坦克部队，如果你们不够优秀我就不会请来你们。因为我的部队里只有最棒的士兵。只要你们奋勇向前干掉那帮德国鬼子，我根本不在乎你们的皮肤是什么颜色。"

第一次听到巴顿将军的声音，我大吃了一惊，他的声音竟然尖得像个女人。我猜这也许就是他为什么总爱骂人的原因吧——他不想让人认为他是个娘娘腔。

"所有人都在关注着你们，希望你们有所作为。"巴顿将军继续道，"更重要的是，你们肩负着你们种族的希望。千万不要让他们失望，该死的，也不要让我失望！人们说为国牺牲是爱国的表现。那好吧，那就让我瞧瞧，这些德国鬼子能让我们多少人变成爱国者。"

关于巴顿将军的事迹我们当然有所耳闻。比如，他曾在意大利的一间医院里拦住并殴打了一名生病的士兵[①]。他疯疯癫癫，并且痛恨有色人种。但无论别人怎么说，我觉得他是个真正的战士，当别人弃我们如敝屣时，他认可了我们。我知道不只我一个人这么想，黑豹营的其他人都和我一样。我们称自己为"761黑豹坦克营"。"勇往直前"是我们的座右铭。在圣尼古拉斯港的那天，这

---

① 1943 年，正在前线巡视的巴顿将军到医院看望伤病员。在挂了彩的士兵中间，一个既无绷带又无夹板的士兵引起了他的注意。他询问士兵患了什么病，得到的回答是："我的神经有病。"这位易于动怒的将军立即打了对方一记耳光，同时摸着手枪命令他返回前线，否则就交由行刑队枪毙。巴顿将军殴打这位被医生诊断患有忧郁型神经官能症的士兵事件，被视为严重违犯军规，在军内外引起轩然大波，此事险些断送了巴顿的前程。

句话还只是印在我们旗帜上的口号，但我们即将用行动去证明这不仅仅是个口号。

一个坦克机组就像一个小家庭。五名机组成员每天朝夕相处，我们别无选择，只能变成亲密的兄弟。随着时间的推移，五人的配合亲密无间，就好像手的五根手指。当一个人想说：去做这个，未等话出口，其他人就已经把事儿做好了。

我们根本无法洗澡，因为没有时间。而且坦克外面冰冷刺骨，所以坦克里面的味道可想而知。在一次战斗中，我们的坦克炮手沃伦·威克斯，一个从俄克拉何马来的傻大个，拉肚子。他蹲在翻过来的头盔上面，一边哼哼唧唧排泄，一边对着德国坦克开火。坦克里当时的味道差点让我把肚子里的早餐都吐出来。

克里夫中士对沃伦怒吼道："该死的，威克斯！我们真该把你装到炮筒里，对着德国鬼子开炮，他们马上就会缴枪投降的。"

听了这话，大家都笑得肚子疼。第二天，沃伦大半个头就被穿甲弹炸飞了。他的鲜血和脑浆喷了我和其他人一身，连坦克白色的内壁都染红了。我不知道军队为什么要将坦克里面漆成白色。不过那天坦克里全是鲜红色，我们身上带着着沃伦尸体的碎片，一直战斗到太阳落山、双方停火为止。我已经记不清那是哪场战役了，只记得是在比利时的某个地方——巴斯托涅①，或者蒂耶②。在坦克

---

① 比利时东南部的一座城市，位于卢森堡边界，是第二次世界大战期的巴斯通战役 (1944 年 12 月至 1945 年 1 月) 美军防御线的重要据点。

② 1944 年 12 月，阿登战役开始后，美军第 101 空降师被围困在巴斯托涅(Bastogne)，第 3 集团军受命解围。在其他单位的行动受阻之时，第 761 坦克营一举推进至巴斯托涅以西约 9.6 公里的蒂耶（Tillet），之后转而向北，切断了列日（Liège）和巴斯托涅之间的主干道，关闭了围困巴斯托涅的德军部队的一条主要补给线。

里，你已经没有了时间的概念，也不知道今天是星期几。只有一场接一场，无休无止的战斗，耳边只听到步枪枪声、哒哒哒的机枪声、火箭筒的发射声、炮弹地雷的爆炸声和濒死之人发出的呻吟声。我们心里都清楚下一个倒下去的很有可能就是自己，而你的战友身上将溅满你的鲜血。

有时当战场上的炮火过于猛烈时，步兵会乞求躲进坦克里。至于让不让他们进坦克，我们视情况而定。有一次，我们的坦克正停在斜坡上，有个光着脑袋、没戴头盔的白人士兵向我们冲过来。对战场上的步兵来说，再没有比丢头盔更糟糕的事了。

"嗨，你们还有地方让我进去吗？"那位士兵大吼道。

克里夫中士扯着嗓子问道："伙计，你是哪里人？"

"巴吞鲁日市，路易斯安那州[①]！"

听到这话，我们放声大笑，心里都知道这意味着什么。

"抱歉，白鬼子，"中士说道，"今天人满了。"

"我这有从死掉的德国鬼子身上搞到的酒。"这个白人士兵从上衣口袋里掏出一个大小适中的银酒壶，他举起酒壶道，"这玩意能让你忘了痛苦，很管事。如果你们让我进去，我就把它给你们。"

中士扬起一条眉毛，目光扫过大家。

"我是浸礼会教徒，不喝酒。"我如此说道。

"我也是。"山姆道。

中士大声呵斥道："你这是想让我们下地狱吗，伙计？"

"当然不是，长官。"

"你很清楚，喝酒是罪过。"

---

① 路易斯安那州为美国种族歧视最严重的州之一。

我们每个人都有太多理由恨白鬼子了，可我们所有的仇恨加起来也抵不上中士对白人的恨意。据说他有个妹妹在塔斯卡卢萨县被一群白人糟蹋了，中士来自塔斯卡卢萨县。

"求求你们了！"白人士兵乞求道，"就让我进去吧！"

"走开，白鬼子。"

估计那个白人士兵当天就死在了战场上。按说我该为此感到内疚，可我没有，因为我已战斗得筋疲力尽，精神彻底麻木了。

在给家里写信时我从不提这些事，即使能通过信件审查，我也不想多说，我不想让父母为我担心。我只在信中告诉他们这里的雪什么样，当地人对我们如何热情友好（对法国女孩的某些事略去未提）。我告诉父母这里的食物很有趣，莲纳·荷恩①来劳军为我们唱歌时，穿了一条闪闪发光的裙子。父亲则回信告诉我家乡的情况：今年蚊子特别厉害。鲁埃尔和马龙长高了整整两英寸。莉莉·梅开始在教堂的唱诗班独唱了。家里的那头骡子又跑到长芒刺的杂草丛里去了。

我感觉密西西比离我如此之远，仿佛远在天边。

---

① 莲纳·荷恩(Lena Mary Calhoun Horne, 1917—2010)，美国歌手、女演员和舞蹈员，也是第一代好莱坞黑人女星。

劳　拉

　　1941 年 12 月 7 日，这一天改写了所有人的命运。珍珠港遇袭几天后，杰米和我的兄弟们都应征入伍。特迪依然在陆军工程兵团，皮尔斯加入了海军，杰米则报名参加了空军飞行员的训练。杰米梦想成为一名王牌战斗机飞行员，可军队却对他另做了安排。最终杰米开上了巨大的轰炸机，接受了 B-24 轰炸机、代号为"解放者"的飞行员训练。杰米去英国前接受了两年的训练，我的兄弟们早已奔赴海外。特迪去了法国，皮尔斯则去了太平洋战场。

　　我留在孟菲斯，整天为他们提心吊胆，与此同时，亨利来往于南方各州，忙着为军队建设基地和机场。作为一战受伤老兵，亨利被免除了兵役，没有二次入伍，为此我深感欣慰。一旦适应了亨利经常出门的日子之后，我发现生活没有那么难熬了。很快，我意识到这种生活反而让我对亨利更感兴趣了。另外，我还有阿曼达·莉在身边陪我。1943 年 2 月，伊莎贝尔降生了。这两个孩子的性格简直天差地别。阿曼达像亨利：安静、较真、自控力强。伊莎贝尔则完全相反。从她呱呱坠地的那一刻起，就时刻离不开大人的怀抱，我一把她放进婴儿床，她就放声哭号。亨利对这个小缠人精感到甚是恼火，我却觉得她的可爱远大于她带来的麻烦。

我沉醉于照顾两个小家伙和日常生活的美好之中，尽管深陷战争，日子还得一天一天过，而且让人们更懂得珍惜。除了给孩子换尿布、给我的维多利亚式花园除草之余，我还给红十字会卷绷带，做些缝缝补补的活。我和我的姐妹、表亲们组织起来，负责给军队运送破铜烂铁、丝袜和尼龙袜，军队用它们制作炸药包。那是一段让人既提心吊胆，又充满悲伤的日子，不过大家都精神十足。头一回，我们觉得活着不仅仅是为了过自己的小日子，还是为了实现更伟大的目标。

与大多数家庭相比，我们家算是幸运的。我只失去了两个表亲和一个叔叔，我的兄弟们都活了下来。皮尔斯大腿受了伤，未等太平洋战况变得惨烈之前就返回了家乡。1945年的秋天，特迪也安全回家了。杰米除了冻掉一根手指头，也再未受其他伤。但他退伍后没直接回家，而是留在了欧洲——据他所说，他想四处游历一番。这次他不在天上，而是脚踏实地地到处走走瞧瞧。亨利对此感到莫名其妙，他觉得杰米有些不对，肯定有什么事儿瞒着没说。杰米写给我们的所有信中，字里行间透着欢乐，幽默风趣，他给我们描述了他所到过的地方，遇到的人和事。亨利觉得信里的这些话言不由衷，都是装出来的。我倒觉得这符合杰米的天性，在部队四年里事事听从指挥，他现在肯定想享受一下自由的生活。

战后的几个月里，全国上下，包括我们，都沉浸在喜气洋洋的气氛之中。大家团结一致，最终取得胜利。男人们又回到了家乡，我们又有了糖、咖啡和汽油。亨利有更多时间留在孟菲斯，我则希望能再怀一胎。我已经37岁了，希望趁自己还能生，再要一个男孩。

哪知世事难料，事前一点儿征兆也没有，倒霉事突然落到了我们头上，而且正好是在圣诞节的当天。和往常一样，我们先在孟菲斯和我的家人共度平安夜，第二天一早驱车赶往格林维尔市。每年圣诞，埃博琳和她丈夫弗吉尔都会在他们位于华盛顿大街上的漂亮房子里面举办盛大的家庭晚宴。我非常讨厌每年的这个家庭晚宴。埃博琳总能找到办法让我自惭形秽，让我觉得自己枯燥乏味，土里土气，她的孩子每次都会把我的孩子搞得哇哇大哭。可今年的晚宴比之前的更糟糕，因为塔莉娅和她的家人也要从弗吉尼亚州开车赶过来。这两姐妹在一起就是高纳里尔和里根，而我则是那个被她们欺负的倒霉蛋考狄利娅①。

当我们的车在埃博琳家门前停下，亨利的父亲帕比到车前接我们。自从亨利的母亲在1943年的秋天过世之后，亨利的父亲就一直就住在埃博琳家。一瞧见亨利父亲脸色铁青，我们就知道出事了。

"嗯，"亨利的父亲一张口，就说道，"你妹妹那个马屁精丈夫死了，自杀了。"

"我的天啊，"亨利惊讶道，"这是什么时候的事儿？"

"就昨天晚上，在我们都上床睡觉之后。埃博琳刚刚发现了他的尸体。"

"在哪儿发现的？"

"阁楼上，他上吊了。"帕比道，"圣诞快乐。"

"他留遗言说为什么要自杀了吗？"我问道。

帕比从口袋里掏出一张纸递给我。纸上的墨迹已经因为滴上

---

① 高纳里尔、里根和考狄利娅均出自莎士比亚著名戏剧《李尔王》，是剧中李尔王的三个女儿。

的泪水泅开了。信以"我亲爱的妻子"开头。弗吉尔用颤抖的笔迹向埃博琳坦白，他们的大部分钱都被玻利维亚银矿的骗局卷走了，剩下的钱也都输在了一匹名为"巴克利之光"的赛马身上。信中说，他之所以选择自杀，是因为他无法承受告诉妻子真相的痛苦。（等我对公公有了更深了解之后，我怀疑弗吉尔也许是不想再和帕比在同一个屋檐下生活，所以才选择自杀的。）

遭受了丧夫之痛的沉重打击，埃博琳就此卧床不起，连安慰孩子都顾不上了。于是，照顾她孩子的工作就落在了我的肩上，除此之外，我还要忙着给一屋子的人做饭。亨利暂时没让女仆走，可无法留住园丁和厨师，我只得尽力帮忙操持这个家。尽管我非常讨厌埃博琳，可还是对她的遭遇感到深深的同情。

葬礼过后，我和孩子们返回了孟菲斯的家里，亨利则留在埃博琳家帮她处理后事。亨利一开始说只需要几天时间而已，可几天变成了一星期，接着又变成了两星期。亨利在电话里告诉我，情况复杂，安排妥当需要更多时间。

一月中旬，亨利终于坐上火车回了家。他看上去心情不错，几乎可以称得上兴高采烈，当天晚上他在床上也表现得激情四射。一番云雨过后，亨利与我五指相交，他清了清嗓子。

"亲爱的，我有件事要跟你说。"亨利如此说道。

我直起身子，猜不出亨利的这句开场白之后会蹦出什么话来，一切都有可能：亲爱的，我有件事要跟你说，我们的芥末没了，你能去商店买点吗？亲爱的，我有件事要跟你说，我今天早上出车祸了。

这次，亨利说的是："亲爱的，我有件事要跟你说，我在密西西比买了一座农场。两周后我们就要搬过去。"

亨利接着告诉我，那座农场距离格林维尔市四十英里，位于一座名为玛丽埃塔的小镇附近，那地方我听都没听过。亨利在镇里租了房子，我们住镇里，亨利每天开车去农场工作。

"你这么做是因为埃博琳吗？"等我从震惊中完全缓过神来，问道。

"不全是因为埃博琳，"亨利用力握住我的手，"弗吉尔的财产状况一团糟，要想理清需要几个月的时间，我不能走太远。"我当时脸上的表情肯定是半信半疑。"埃博琳和她的孩子现在没人可以依靠，"亨利稍微提高了嗓门，"我有责任照顾他们。"

"那你父亲呢？"我问道。我这么问其实是想说，难道你父亲不能帮忙照顾他们吗？

"现在不能指望埃博琳照顾帕比了。他会过来和我们一起住。"亨利迟疑了一下，补充道，"他下周会把卡车开过来。"

"什么卡车？"

"我买了一辆给农场用的卡车。我们需要用它搬家具。我们不可能一次性把所有东西都搬过去，等安定下来之后，我会回来再搬一次。"

搬到密西西比偏僻的乡下，且只有两周准备时间。

"我还买了辆拖拉机，"他说，"约翰迪尔 B 系列。那真是个棒家伙，你肯定不相信它犁起地来有多快。用它我一个人就可以耕 120 英亩地。你能想象吗！"

见我默不作声，亨利单肘支起身，低头瞧着我的脸。"你怎么这么安静。"亨利道。

"我这是震惊。"

亨利眉头紧皱，不解道："但你知道我一直想要一座自己的农场。"

"不，亨利。我完全不清楚。"

"我之前肯定提过这事。"

"没有，你从来都没说过。"

"那好吧，"亨利道，"那我现在告诉你了。"

就这样，我的人生从此天翻地覆。亨利根本没考虑过我的感受，马上要离开已生活了三十七年的家乡，搬到密西西比州中部的乡下去，身后还跟着亨利那位满腹牢骚的父亲，他不问，我也不和他讲。搬家这事全是他做的主，就像照顾孩子、厨房做饭和教堂祈祷是我说了算一样，我们小心翼翼地互不干涉各自的地盘。但在迫不得已的情况下，我们会悄悄越界，而且一直深入腹地。

听说我们要走，母亲流下了眼泪，但与我预想的相差甚远，没有号啕大哭，更像一场夏天的毛毛雨，接着开始告诫我打起精神，随遇而安。父亲只不过叹口气。"好吧，"他说，"我想我们把你留在身边够久了。"这就是女儿的命运，父母的脸上似乎在说：我们把你从小拉扯到大，上帝保佑终于有人要你，最终他会带你离开，这不但顺理成章，还是一件值得庆祝的事儿。

我努力打起精神，可这真是太难了。每一天，我都在和我喜爱的人与物告别。比如门廊处的秋千，那是我十七岁生日当晚的初吻对象比利·埃斯库送给我的；位于长青街上，我那间有蕾丝窗帘和印花壁纸的小房子；附近动物园里传来的狮子吼声，初到此地时，我一听到那声音就感到惶恐，但现在已经习以为常；还有教堂里在仰头祈祷人的脸上洒下流光溢彩的那盏灯。

亲人们熟悉的面容此刻看起来让我心如刀割。母亲和姐妹们那可爱的高额头，大大的蓝眼睛；父亲和蔼灿烂的笑容，还有那总也无法好好架住眼镜的斜鼻子。

"这将是一次探险。"父亲如此说道。

"那儿也并不是很远。"埃塔安慰道。

"那儿的人肯定都不错。"母亲如是说。

"我相信你们说的都对。"我这样答道。

可事实上，我一个字也不相信。玛丽埃塔是位于密西西比三角洲地区的一个小镇——据我之后了解，那里人口总计才有412人——其中大多是农民、农民的妻子和农民的孩子，半数应该是黑人，所有人毫无疑问都是浸礼会教徒。我们将要长途跋涉，背弃文明，置身于一群每周日在教堂里喝着葡萄汁、只知道谈论天气和庄稼的乡巴佬之中。

命运似乎觉得这样惩罚我还不够，还派帕比跟我们住在一起。此前我从未与我的公公打过太多交道，直到上周在孟菲斯，亨利去工作，我不得不整天和公公待在一起时，我才意识到之前的我实在太不懂感恩了，完全没意识到从前的生活有多幸福。帕比是个满腹牢骚、颐指气使、爱慕虚荣的人。他的裤子必须沿缝对叠，手帕要按特定方式叠好，衬衫必须浆洗。他一天要换两次衣服，不为别的，就因为吃饭时溅脏了。唯一能让帕比动起来的只有两件事，卷烟和指挥我打包。我想方设法搜集了几本书，寄希望于读书能让帕比分分心，可他一脸不屑地挥手回绝了我的好意。读书是在浪费时间，受教育是道学先生和娘娘腔该做的事，帕比如此说道。我实在纳闷，这样的帕比怎么会生出亨利和杰米这样的儿子。我希望等搬到玛丽埃塔镇之后，帕比和亨利会去农场忙着干活，把家留给我和女儿们。

　　若不是房子还让人有点盼头，这次搬家根本让人提不起精神。那所房子是亨利从一对夫妇手中租到的，夫妇两人的孩子不幸在战争中牺牲了，所以准备搬到西部去。根据亨利的描述，那所两层楼、南北战争前样式的房子有四间卧室、环形门廊，最令我着迷的是竟然还有一棵无花果树。我一直都喜欢吃无花果。在我一边用报纸包好碗碟，将台灯、书籍和床上用品装箱打包时，我也一边用想象打发枯燥无趣的时间，想象着自己走出房子后门，从无花果树的树枝上摘下成熟的果子，然后像个贪吃的孩子一般，洗都不洗就放到嘴里。我想象着自己用无花果做的那些馅饼和果馅，还可以将它们储藏起来过冬。但我从未对亨利讲过我的这些盼望，不想让他为自己擅自做主搬家的决定感到开心。每天晚上吃饭时，亨利都会讲一些此前忘记说了，而我却感到很喜欢的关于房子的细节。他之前提过房子里有现代电烤炉吗？我怎么会知道住在那儿，只要走三个街区就有小学，明年该上学的阿曼达·莉完全可以就近上学呢？

　　“听着不错，亨利。”我只是不置可否地附和一下。

　　搬家当天，不等天色放光，大家就都起床了。特迪和皮尔斯赶来帮亨利把家具装到卡车上，其中包括我最引以为傲的财产——一架1859年的史泰福牌立式钢琴，配有伊斯特莱克式雕花花梨木的钢琴盖子。这架钢琴是祖母传给我的，祖母教会了我弹钢琴，我现在正在教阿曼达·莉。

　　在我对房子进行最后一次检查以免落下东西时，我父亲竟然赶来了。我完全没想到还会见到父亲，因为昨天晚上我已经和父母道过别了。父亲给我们带来了妈妈做的饼干和一罐苹果酱。我们八个人就站在几乎空空如也的客厅里，吃着热乎乎刚出炉的饼干，一边冷得哆哆嗦嗦，一边舔着黏糊糊的手指。吃完饼干，父亲和我的兄弟将我们送到车前。父亲先和帕比握了手，然后是亨利，随后抱了抱孩子们，最后转向我。

父亲用只有我能听到的声音温柔地说道："你一岁时得了风疹，医生说你可能不行了。他说你也许活不过两天。你妈妈听了简直要疯了，但我告诉你母亲，医生根本什么都不懂。我们的劳拉是一名战士，她会好起来的。对于这一点，我始终坚信不疑，从未动摇。你记住我这句话，当你需要时，就想想，记住了吗？"

我哽咽着点点头，拥抱了我的父亲，最后又抱了抱我的兄弟们。

"好了，"亨利说道，"我们该走了。"

"照顾好我的三个姑娘。"父亲嘱咐道。

"我会的，她们也是我的姑娘。"

离开孟菲斯的路上，孩子们和我一路欢歌。我和孩子并排坐在迪索托牌汽车的前排座位上。亨利和帕比开着卡车，装着我们的全部财产，走在我们前面。辽阔的密西西比河在两辆车的右边静静流淌。

"你要保持——积——极——乐——观。"我们如此唱道，但在唱这句歌词时，我却觉得自己的样子很傻，因为我心里其实空落落的，一点底气也没有。

当我们的车子转上图珀洛大道，暮色已经苍茫。这个街道名我熟悉，这就是那所房子所在的街道，我的心随着亨利卡车的每一次减速而悸动。终于，亨利把车停了下来，我瞧见了那所房子：一座漂亮迷人的老房子，跟亨利的描述大致差不多，但有很多令人欣喜的细节亨利没提过，这就是亨利，他看到房子时可能根本没注意到这些细节。房前院子里立着一棵高高的山核桃树，蜿蜒而上的紫藤爬满房子的一侧，像给房子披上了粗糙的绿色斗篷。春季花开时节，每天晚上我们可以伴着花香入眠。夏天，紫色的花朵洒落在草坪上，变成星星点点的装饰。房子前门两侧各有两扇凸窗，窗下成簇的杜鹃花正在怒放。

"亨利，你可没说过我们还有杜鹃花。"我一边嗔怪亨利，一边给小家伙们裹得严严实实的，带她们下车。

"我们确实有杜鹃花。"亨利微笑道。瞧得出来亨利对我的反应感到洋洋得意。我是发自真心的喜欢，这房子看上去确实不错。

阿曼达·莉打了个喷嚏，身子沉沉地依在我腿上，她妹妹则躺在我怀里半梦半醒。两人的鼻子都有些不通气。"孩子们累坏了，"我说道，"快让她们进屋吧。"

"钥匙应该在地垫下。"亨利道。

我们刚踏上步行道，门廊的灯突然亮了，接着有人打开了前门。一个男人从房子里走出来，站在门廊上。那个男人身材高大弓身耸肩，好像一头狗熊。他身后则站着一位身材娇小的女子，正透过男人肩膀的上方向我们窥探。

"你们是什么人？"男人一张口就透着不客气。

"我们是麦卡伦一家，"亨利回答道，"是这所房子的新租户。你们是谁？"

男人迈开双腿，双手交叉抱在胸前。"奥里斯·斯托克斯，这所房子的新主人。"

"新主人？三星期前，我刚从乔治·萨德思手中租下这地方。"

"是吗，萨德思上周把房子卖给我了，他没跟我提过租户的事儿。"

"真的吗，"亨利道，"看来我需要给他提个醒。"

"你找不着他了。他三天前就离开镇子了。"

"我付了他一百美元定金！"

"这事儿我完全不知道。"奥里斯·斯托克斯道。

"你有字据吗？"帕比问亨利。

"没有。我们只是口头协定。"

老头子对着大街愤愤道："真搞不懂，我怎么会有你这么蠢的儿子。"

我瞧着自己的丈夫，亨利此刻一脸恍然大悟，意识到自己上当了，更糟的是，他显然无力改变结局。亨利瞧着我。"我给了他一百美元现金，"他继续说道，"就在这房子的客厅里。我还和他，还有他妻子一起吃了晚餐。我还给他妻子看了你和孩子们的照片。"

"你们最好上车走吧，"奥里斯·斯托克斯道，"这儿没有你们的房子。"

"妈妈，我要尿尿。"阿曼达·莉孩子气地小声道，可声音大得谁都听得见。

"小点儿声。"我对孩子道。

这时，那个女人从她丈夫背后现出身来。她就好像一只小鸟，皮肤上长着雀斑，一双小手还在颤抖。多么柔弱的女子，我心中暗道，可一瞧见她的下巴我就知道自己错了。那女子的下巴尖而翘，像一把小铲子。我猜奥里斯·斯托克斯一定不止一次见识过"小铲子"的厉害。

"我是爱丽丝·斯托克斯，"女子道，"你们走之前，为什么不进屋和我们一起吃点饭呢？"

"爱丽丝，等等。"她的丈夫急忙喊道。

爱丽丝没理会她的丈夫，自顾自地和我聊了起来，就好像那三个大男人不存在似的。"我们炖了汤，还有玉米面包。算不上美味佳肴，但我们很愿意和你们分享。"

"谢谢你，"不等亨利拒绝，我抢先应承道，"真是太感谢了。"

房子里装饰简陋，很多地方还可以装饰得更好一些。房子天花板高，空间宽敞，散发着过去时代可爱的气息。我忍不住想象着我的东西放在斯托克斯家里的模样：把钢琴放在起居室的凸窗旁，在会客室手工雕花的壁炉架前放上我的维多利亚式双人沙发。坐在爱丽丝的天然松木桌旁吃晚餐时，我心里在想，如果天花板华丽的圆形浮雕下摆着我的餐具，那看上去肯定会更棒。

吃饭时，听到奥里斯在当地开了家种子商店，亨利的话这才多了起来。奥里斯和亨利谈了一会儿牲畜，又讨论了每个品种猪的优点，亨利在这方面知识渊博得令人感到吃惊，随后他们谈起了农场劳动力的问题。

"该死的黑鬼，"奥里斯抱怨道，"他们都搬到北方去了，搞得我们都没法种地了。应该立法禁止黑鬼北迁。"

"在我那个年代，我们是不会让他们离开的，"帕比道，"半夜想溜走的黑鬼绝不会有好下场。"

奥里斯点头表示赞许道："我兄弟在亚祖市有个农场。你们知道吗，去年十月因为找不到足够的黑鬼摘棉花，他只能让棉花都烂在地里了！而他找到的肯干活的黑鬼的工资是每摘一百磅棉花要两美元五十美分。"

"一百磅棉花两美元五十美分！"亨利惊呼道，"这价格会让三角洲所有农场主都喝西北风的。到那时没人雇他们，没人给他们地方住，看他们怎么办。"

"等那帮黑鬼有所觉悟，你还是省省吧。"帕比道。

"记住我的话，"奥里斯道，"如果政府再不管控工资，他们今年的要价会更高。"

"这帮该死的黑鬼。"帕比道。

吃过晚饭已经晚上八点了，孩子们已经困得对着眼前的碗直磕头，所以爱丽丝提议让我们留宿时，我马上就答应了。从这里去格林维尔市的埃博琳家还需要开两小时的车，我可不想开着战时生产的劣质轮胎，摸黑挑战坑坑洼洼的道路。亨利和奥里斯貌似都反对我们的安排，可谁也敢没出声。趁三个大男人出门，为了防止晨露去给卡车上的家具盖苫布，爱丽丝正在厨房里忙着收拾时，我把孩子们放上床。等她们睡着之后，我开始帮爱丽丝铺我和亨利的床。

"这房子真大，"我说道，"就你和斯托克斯先生两人住吗？"

"是的，"爱丽丝轻声答道，语气里透着悲伤，"1942 年的秋天，小奥里斯因为白喉死了，去年我们的女儿玛丽也因为肺炎没了。你女儿们现在睡的就是他们的床。"

"真是抱歉。"我不知该如何安慰她，只好忙着套枕套。

"我怀孕了，"过了一会儿，爱丽丝害羞地偷偷告诉我，"我还没告诉奥里斯。我想等确定了再说。"

"希望这次是个健康强壮的宝宝，爱丽丝。"

"我也是这么希望的。我每天晚上都祈祷。"

随后，爱丽丝跟我道过晚安就出去了。我走到窗边，窗户正对着房子的后院。我瞧见了亨利所说的那棵无花果树，尽管此刻树枝光秃秃的没有叶子，可在月光下看着依然那么漂亮。要是他签了租约该多好，我心中暗想。如果他不是这个性格该多好。亨利从来都看不准人，总以为大家都像他一样：言出必行，行则必果。

听见房门打开，我没回头。亨利走到我身后，把手搭在我肩膀上。我迟疑了一下，然后伸手搭在亨利手上。摸着他那柔软如纸一般薄的皮肤，我的心底突然涌起一股爱怜之情，既为他随着时间而老去的双手，也为他受伤的自尊。亨利吻了一下我的头顶，我叹了口气，倚在他怀中。我怎么会希望他变成另外一个人呢？变得冷酷无情、猜忌多疑，像他父亲一样？我为自己刚才的想法感到羞愧。

"我们会找到其他房子的。"我安慰亨利道。

我感觉到亨利在摇头。"这是这镇里唯一对外出租的房子。现在到处都是返乡的士兵，房子都被他们租去了。我们只能住在农场里了。"

"那附近其他镇子呢？"我问道。

"来不及去别的地方找房子了，"亨利道，"我现在必须开始耕地。已经晚了一个月了。"

亨利离我而去，我听见皮箱打开的动静。"农场的房子很简陋，但我知道你会把它收拾好的。"亨利道，"我现在去刷牙。你该上床休息了。"

片刻之后，房门打开又关上。我听见亨利的脚步声在走廊里越来越远，我瞧着窗外那棵无花果树，想象着夏天来的时候，树上就会结满无花果，不知道爱丽丝·斯托克斯喜不喜欢无花果，她会迫不及待地采摘果实，还是任由它们掉在地上腐烂呢。

第二天早上，我们告别斯托克斯夫妇，去镇里的杂货店买食物、煤油、水桶、蜡烛和农场生活需要的其他东西。这时我才知道农场里既没有电，也没有自来水。

"前院有个抽水泵，"亨利道，"厨房里有像炉子一样的东西。"

"抽水泵？房子里没有水管吗？"

"没有。"

"有卫生间吗？"我问道。

"没有卫生间，"亨利的语气里透着些许不耐烦，"只有室外厕所。"

亲爱的，我有件事要跟你说。

杂货店柜台后站着一位身材矮壮、身穿男式方格衬衫和吊带工装裤的女人。"你们就是刚买下康利农场的人吧？"

"正是我们。"亨利道。

"你们需要给农场的炉子准备些木柴。我是萝丝·特里克班克，这是我的商店，是我和我丈夫比尔的。"

女人伸出手，和我们一一握了手。她手上满是老茧，力量十足。一握之下，我瞧见连亨利都疼得睁大了眼睛。除了举手投足像个男人之外，萝丝·特里克班克的相貌也与萝丝这个名字所代表的玫瑰花毫不搭边。她有一头红褐色的头发，乱蓬蓬包裹着一张圆脸，嘴看上去好像丘比特的弓箭。耳后夹着的那根香烟本该会破坏一个女人的整体形象，可放在萝丝身上，效果甚微。

"你们今天最好备齐所需的东西，"萝丝道，"今晚有暴风雨，雨也许会下上整整一周。"

"那有什么关系？"帕比纳闷道。

"一下雨河水就会上涨，到时从康利农场通向外面的路就会被切断。"

"现在是麦卡伦的农场了。"

等我们付过钱之后，萝丝不顾亨利的劝阻，一个人就举起一个箱子，帮我们把箱子抬到了车旁。她从兜里掏出两块甘草绳糖递给阿曼达·莉和伊莎贝尔。"我也有两个小女孩。露丝·安跟你岁数差不多。"萝丝拨弄着阿曼达的头发说道，"她和卡洛琳现在正在学校呢，不过我希望你们能很快来找我们玩。"

我答应了萝丝我们会来的，能在镇里有个朋友，姑娘们也有玩伴挺不错的。待萝丝一走远，亨利嘟囔道："这女的简直像个男人。"

"说不定她就是个男人，只是她丈夫还没发现。"帕比道。

两人哈哈大笑起来，我却有点生气。"我喜欢她，"我说道，"我打算等一安定下来就来拜访她。"

亨利闻言眉毛一挑。我拿不准亨利会不会禁止我见萝丝，如果那样的话，我该怎么办？可亨利只说道："农场里有好多活要做，有你忙的。"

从镇子开到农场大概需要二十分钟，可道路凹凸不平，布满车辙印，再加上路上一成不变的风景，让人感觉远远不止二十分钟车程。农民耕种的土地难免需要平整，这也就导致景色看上去平淡无奇，毫无吸引人的地方。正在劳作的黑人们星星点点散落在田间，他们正赶着骡子拉犁耕地。缺乏勃勃绿色的土地尚未吐露生机，看过去一片荒凉，仿佛一望无垠的褐色海洋，而我们正在这片海上起起伏伏。

我们穿过嘎吱作响的老桥，桥下小河流水潺潺，两岸净是柏树和柳树。亨利从卡车窗探出头，对跟在后面的我大喊道："我们到了，亲爱的！这就是我们的农场。"

我强挤出一丝笑意，对着亨利挥挥手。在我看来，眼前这片土地和刚经过的地方根本没有任何不同。都是棕色的土地，脏兮兮的院子，没漆过的佃农棚屋，还有分不清确切年龄、从三十岁到六十岁都有可能的女人们正在往当中已下垂的晾衣绳上挂洗好的衣物，一群乱哄哄、打着赤脚的孩子们站在门廊上，无精打采地瞧着眼前的一切。不一会儿，我们来到一间相对大一点、看着似乎有年头没人住过的棚屋前。亨利将卡车停下，和他父亲下了车。

"怎么停在这儿了？"我向他们喊道。

"我们到了。"亨利答道。

变形的铁皮屋顶，紧闭的窗户既没玻璃也没有挡板，一长栋房子看上去已经快要散架了。门廊与房子同长，将房子与披屋连在一起。脏兮兮的院子里有一棵不知为何没被原主人铲除的橡树，院子正中有个抽水泵。另外，还有一个谷仓、一片牧场、一间棉花房、一间玉米穗仓库、一个猪圈、一个鸡笼，外加一间室外厕所。

这就是我们的新家。

阿曼达·莉和伊莎贝尔争先恐后下了车，开心地绕着院子疯跑，看什么都觉得新奇。我跟在她们后面，一脚就陷到了泥里，泥巴直没到我的脚踝。几周之后我才知道，在农场里一定要瞧清楚再下脚，因为随便一脚下去你根本不知道自己会踩到什么：也许是一个泥潭、一坨粪便，也许是一条响尾蛇。

"爸爸，我们会养鸡吗？那猪呢？"阿曼达·莉问道，"我们会养牛吗？"

"当然会养，"亨利道，"你知道吗？"亨利指着身后河边的一排树，"瞧见刚才经过的那条河了吗？我打赌河里肯定都是鲶鱼和小龙虾。"

　　河上有一座建筑物，距离我们大概有一英里远。即便我离远看，也瞧得出那座建筑比房子还大。"那是什么地方？"我问亨利。

　　"是一座老锯木厂，早在内战前就有了。你和孩子们离那里远点，那随时都可能倒塌。"

　　"要倒的可不只那玩意儿，"帕比指指我们的房子，"房子的屋顶需要维修，那些台阶看上去已经烂掉了。有些百叶窗也没有了，你最好赶紧换了，不然我们会被冻死的。"

　　"我们会把这儿都修好的。"亨利道，"房子不错，你们等着瞧吧。"

　　亨利这话不是对着帕比说，而是说给我听的。事已至此，你就将就一下，亨利目光灼灼地盯着我，别在父亲和孩子面前让我下不来台。这让我心中腾地升起一股怒火。我当然会将就，即使不为了别的，也还要为孩子着想。

　　在一位黑人佃户的帮助之下，亨利卸了车，把家具搬进了屋里。帮忙的佃户叫哈普·杰克逊，是个讲话喋喋不休、皮肤并不黑的黑人。一进屋我就发现根本不用再从孟菲斯搬东西过来了。房子里只有三个房间：最大的主卧包含厨房和客厅，剩下两间卧室都仅能放下一张床和一个五斗柜。房子里没有衣柜，只有墙上的隔板上钉着挂钩。地面和墙上只铺了粗木板，风和各种虫子在木板的缝隙中自由出入。屋里所有东西的表面看过去都是脏兮兮的。我心里又升起一股怒火。亨利怎么可以把我们带到这样的地方来？

　　对这个地方感到不满的显然不只我一个人。"你们让我睡哪儿？"帕比质问道。

亨利求助的目光落在我身上，我只对他耸耸肩。我们现在落得如此下场都拜亨利所赐，既然他做决定时不和我商量，那现在就自己解决好了。

"我想你只能睡披屋了。"亨利道。

"我不去那儿睡。那里连地板都没有。"

"除此之外没别的地方了，"亨利道，"房子里已经满了。"

"把钢琴处理了就有地方了。"帕比道。

钢琴勉勉强强挤在大房间的角落里。

"把放钢琴的地方腾出来，"帕比道，"正好可以放下一张床。"

"这样可以。"亨利赞同道。

"不行。"我反对道，"我们需要留着钢琴。我正在教孩子弹琴呢，这你知道的。另外，我也不想在客厅中间摆张床。"

"我们可以用帘子把床围起来。"帕比道。

"说得没错。"亨利道。

两人都瞧着我，亨利一脸不悦，他父亲则一脸得意。亨利最终肯定会妥协的。这点我从亨利的表情上就看得出来，帕比当然也瞧得出来。

"我得跟你单独谈谈。"我瞧着亨利道。我出了房子来到前门廊。亨利也跟着我出来，关上房门。

我压低声音，对亨利道："当你说要带我们到这儿来，让我离开我的家人和我熟悉的一切，我什么都没有说；当你告诉我你父亲要和我们住在一起时，我也没反对；当奥里斯·斯托克斯站在那儿，说你被租房的人骗了，我也什么都没说。但现在我要告诉你，亨利，那台钢琴必须留下。它是这里唯一代表文明的东西，孩子和我都需要它，我们要把它留下。所以你要回屋里，告诉你父亲，他睡披屋。要么他就和你睡一起，要是没了钢琴，我也不会留在这儿了。"

亨利瞧着我，那感觉好像我嘴里长出了獠牙。我强忍着没低头，两眼回瞪着他。

"你太累了。"亨利道。

"不，我很好。"

我等着亨利做出让步，觉得自己的心都快要蹦出胸膛了！我还从未如此明目张胆公然反抗过我的丈夫或跟我如此亲近的人。此刻我既有如履薄冰的胆战心惊，又感到有些兴奋。我听见孩子们在屋里吵了起来，随后伊莎贝尔放声大哭，但我依然紧紧瞪着亨利。

"你最好进屋去瞧瞧孩子。"亨利终于开口了。

"那钢琴呢？"

"我会给披屋铺上地板，让父亲睡披屋。"

"谢谢，亲爱的。"

当天晚上，亨利在床上表现得异常粗鲁，没有任何温存的前戏。我虽然感觉疼，可忍住没吭一声。

亨 利

我六岁时，即将不久于世的外祖父把我叫到他床前。我不想过去——房间里弥漫着疾病与老朽的气息，外祖父骨瘦如柴的样子让人毛骨悚然——但我从小就是听话的好孩子，只好乖乖去了。

"跑到外面给我抓把土。"外祖父说道。

"要土做什么？"

"听话。"外祖父挥挥苍老粗糙的手，"去吧。"

"好的，外祖父。"

我出去抓了一把土，返回房间，外祖父问我手里拿的是什么。

"土。"我答道。

"你做得对。现在把土给我。"

外祖父双手托起，中过风的手哆里哆嗦。我把土倒进外祖父手里，小心不让土掉在床单上。

"我手里现在捧着的是什么？"外祖父又问道。

"土。"

"不对。"

"土壤？"

"不对，孩子，这是我的土地。你知道我为什么这样说吗？"
外祖父双眼圆睁，浓密灰白的眉毛像电线一样拧在一起。

我摇摇头，搞不懂其中原因。

"因为它属于我，"外祖父说道，"有一天，它也将属于你，
成为你的农场。但对于现在的你和其他并未拥有的人来说，它只
是土而已。给你，趁你妈妈没瞧见，拿到外面去吧。"

外祖父把土又倒回我手里。我转身刚要走，他突然挣扎着起
身扯住我的衣袖，双眼泛红，泪汪汪地盯着我道："记住，孩子。
你可以相信很多东西——上帝、金钱，或是其他人——但将来某
一天，只有土地才是靠得住的，这也是唯一真正属于你的东西。"

一周之后，外祖父撒手人寰离我们而去，母亲继承了外祖父
的土地。我在这片土地上渐渐长大成人，虽然我 19 岁就离家去外
面闯荡，但我心里清楚，无论经历过多少风雨，我终究还会回到
这片土地上。在远赴国外作战的几周里，我的脸埋在浸满鲜血的
异国土地里，哪怕在接下来漫长的几个月里我躺在军队医院的病
床上，腿散发着恶臭，抽痛发痒，直到最终痊愈，我知道我会回
去；当我在牛津求学时，那儿的土地竟然不是平整的，像海水一
样起起伏伏，但我知道我会回去；到了工程兵团，我有机会去很
多陌生地方，它们中有些看着眼熟，但都不是我的家乡，我知道
我会回去。直到 1927 年格林维尔市遭受洪灾，洪水不但冲毁了我
们的房子，还让当年的棉花收成彻底泡了汤，不过我没想到，父
亲竟然决定放弃重建，不再继续种庄稼了。母亲的家族在那片土
地上已辛勤劳作了近百年。当年，我外高祖父带着他的黑奴，经
过与漫天遍地的藤蔓荒草搏斗，才一寸一寸把土地清理出来。受
了灾再继续补种，三角洲地区的农民们都是这样做的。

可我父亲却是一个例外。1928 年 1 月，洪灾暴发的九个月后，父亲卖掉了农场。当时我住在遥远的维克斯堡市，经常因工作出差。等我知道农场被卖掉时，已经太迟了。

"都是被该死的洪水逼的，"帕比搬到镇上，在铁路工作时，他常跟别人这样说，"否则我绝不会卖掉农场。"

这是一个彻彻底底的谎言，但不过是他编造出来的众多瞎话之一。事实上他巴不得离开那片土地，他讨厌且害怕耕地。他害怕变化无常的天气和冷酷无情的洪水，讨厌从早到晚一个人在地里汗流浃背地干活。甚至在我小时候，当父亲仰头看天时，我就瞧出他有多么渺小；还有当父亲结束一天的劳作，洗掉手上泥土时的样子，令人感觉他手上沾着的不是土，而是粪便。洪水不过是他一心想卖掉农场的借口罢了。

我差不多用了二十年的时间，才攒够买下农场的钱。这期间经历了经济大萧条，还再次爆发了战争。我还要养活我的妻子和两个孩子。我尽量存下每一分钱，期待有一天梦想能够成真。

日本宣布投降的那天，我终于攒够了钱。我打算再工作一年作为过渡，第二年夏天开始寻找自己中意的土地。这样的话，在一月份新的耕种季节到来之前，我可以有足够的时间了解土地情况，购买种子和所需的设备，雇佣佃户，等等。另外，我还可以利用这段时间做我妻子的思想工作，我非常了解她，她肯定不愿意离开孟菲斯。

按照我的计划，一切本该从容不迫，按部就班，可没想到全被埃博琳那个一无是处的丈夫给毁了。他在圣诞节当天上吊自杀，结束了自己的性命。我一直觉得我的那个妹夫以及所有西装革履打扮的男人都不太靠谱。另外，弗吉尔还酗酒成性，满嘴跑火车，这种人本就够糟了，还一点儿不考虑自己的行为会给家庭带来怎样的耻辱和不幸，铁了心要自杀，什么样的人才能做出这种事来？让我妹妹破产，变成穷光蛋，让我的外甥没有了父亲。即使那个混蛋没把自己吊死，我也会亲手杀了他。

埃博琳和孩子需要有人照顾，除了我他们也指望不上别人了。待弗吉尔一入土，我就开始在埃博琳家附近物色农场。可我在附近并没找到合适的，不过听说向东南方向走四十英里，有个叫玛丽埃塔的小镇，那里有一座二百英亩的农场要卖。农场归一个姓康利的寡妇所有，她丈夫不幸在诺曼底登陆战役中牺牲了。他们膝下无子继承，所以正急着出售。

从踏上康利农场的一刹那，我就对这个地方抱有好感。农场的土地工整，还有一条小河沿着农场南侧潺潺流过。土壤黝黑肥沃，康利家懂得庄稼轮种的道理。谷仓和棉花房看着也不错，农场里还有一座房子，虽然破烂不堪，不适合劳拉和孩子们住，但可以充当临时工棚。

这正是我心中想要的农场。康利夫人开价9500美元，这主要是因为我那天开了埃博琳的卡迪拉克轿车的缘故。经过一番讨价还价，我最终将价格杀到了8700美元，另外还以每只150美元的价格买下她的一头奶牛和两只骡子。

终于，我也成了有土地的人了。我等不及把这个好消息告诉我的妻子。

但首先，我要安排妥当。我先得在镇子里租一处住处，然后买辆拖拉机，我可不打算像我父亲那样赶着骡子耕地，还要买辆卡车，决定留下哪些佃户。有了拖拉机，一半的地我自己就可以种，所以农场里现有的六名佃户只留下三个就够。我一一面试了他们，将他们的自诉和康利家的记录进行比对，然后将报价最低的留下，把最能吹嘘的佃户打发了。

我留下了阿特伍德、科特里尔和杰克逊三家人。杰克逊家虽然是黑人，却是其中最好的。他们是分成农，不是佃农，佃农需要交给我他们庄稼收成的一半，而分成农只需上交四分之一。黑人分成农很少见。大多数黑人没有攒钱添置骡子和设备的觉悟，哈普·杰克逊算是其中的异类，因为他竟然识字。我们第一次见面签合同之前，他要求看下康利家本子里面有关他的记录。

"好的，"我说道，"我可以给你看，但你怎么知道里面写的是什么呢？"

"我学习识字有七年了，"哈普道，"我儿子荣塞尔教过我。一开始我读不好，可他一直逼着我，直到我能一个人读完《圣经》的《创世记》和《出埃及记》①。他还教我识数。没错，荣塞尔很聪明，是军队里的中士。他在巴顿将军手下当兵，还获得了很多奖章。他随时会回来，没错。"

我赶紧把记录递给他，更多是想堵住他的嘴，以免他滔滔不绝地说下去。在记录哈普的那页，康利写着：任劳任怨，不偷奸耍滑。

"康利先生似乎对你评价不错。"我说道。

哈普没作声，全神贯注地用手指划过纸上的表格，一边默默念着，最后一脸不高兴地摇摇头。"我妻子说得没错，"哈普道，"她说的总是对的。"

"什么没错？"

① 《创世记》和《出埃及记》分别为《圣经》的第一卷和第二卷。

"瞧这儿，我名字下面记的是二十包吧？可康利先生只付给我十八包的钱，他说我的棉花加起来只有十八包。弗洛伦丝说康利先生在骗我们，但我没相信她。"

"你之前从没看过这些记录吗？"

"没有，有次我向康利先生提出给我瞧瞧，那是我们刚来这个农场的第一年，他对我大喊大叫，最终也没给我看。他说如果我再质疑他，他就解雇我。"

"那我就不清楚了，哈普。记录里写的是他付了你二十包的钱。"

"我没说假话。"哈普信誓旦旦道。

我相信他说的是真话。黑人就像小孩子，从表情就能看出他是否在说谎。哈普此刻一脸被骗的沮丧。另外，我知道农场主欺骗黑人佃户的事很常见，但我绝不会这么做。不管怎样，黑人是我们的兄弟。没错，他们像年幼的弟弟，不懂规矩，只凭本能做事，但在上帝眼中，他们和我们一样善良、可悲、谦卑。无论好与坏，上帝都将他们置于我们的庇护之下。如果我们不善待，或者根本不在乎他们，凭着我们天生的高人一等去伤害他们，那我们就和杀掉自己亲兄弟的该隐①没有任何区别了。

"这样吧，哈普，"我说道，"你继续做，只要你想看记录我随时都可以给你看。你甚至可以跟我一起去轧棉称重。"

哈普打量着我，我原以为哈普的眼睛是棕色的，这时才看清其实是浊绿色。再加上他比黑色稍浅的肤色，我猜他家的上两辈一定是白人。这样一切就都说得通了。

---

① 《圣经》中的人物，因为憎恶弟弟亚伯的行为，而把亚伯杀害，后受上帝惩罚。

哈普还在瞧着我，我眉毛一挑，他马上避开我的目光。对此我甚为满意。聪明是件好事，但我绝不容忍我的黑人以下犯上。

"谢谢您，麦卡伦先生。那样太好了。"

"好，那就这么定了。"我说道，"还有一件事，我听说你的妻子和女儿不下地干活，是真的吗？"

"是的。她们会帮着摘棉花，不过不耕地也不收割。也不需要她们，有我和儿子们就足够了，用不着她们。我妻子弗洛伦丝是个接生婆，靠给人接生挣点小钱。"

"不过，如果让她们帮你，你可以多耕五英亩地。"我说道。

"我不想妻子和我女儿莉莉·梅割棉花，"哈普道，"那不是女人该干的活。"

我对哈普后面这句话深表赞同，但此前我还从未听过黑人讲过这话。大多数黑人让妻子干的活甚至比骡子还多。我曾见过黑人女人身怀六甲还下地干活，挺着大肚子锄地，连腰都弯不下去。当然，黑人女子的体格本就比白人女人更强壮。

要是让劳拉下地干活，保准她连一星期都坚持不下来，不过我觉得等她适应了农场生活，肯定会是个优秀的农场主夫人。到那时，你就该知道我有多明智了。

劳拉不愿意搬家，从我告诉她农场的那一刻起，我就瞧出来了。她没明说，也没这个必要。只要我一进房间，劳拉就开始哼歌，这迹象已明确说明了她的态度。不管怎样，女人总会找到法子让你明白她们心里的感受。劳拉的法子就是音乐：她满意时会唱歌，不开心时就变成哼歌，正考虑是该唱还是哼的时候，就会不成调地吹口哨。

等我们被迫住在农场之后，从劳拉嘴里出来的音乐就变得越来越难听。她用力摔门，锅碗瓢盆砰砰作响，对我和帕比没好气，对我的话也不再言听计从了。那感觉好像有人夜里偷偷溜进我们家，把我本来可爱听话的妻子调包成了泼妇。无论我说什么，做什么，全都是错。我知道她怪我没租到镇里的房子，可孩子们生病也怨我吗？还有那场暴风雨——那难道也是我的错吗？

我们抵达农场的当晚正赶上暴风雨，大雨砸在房子的铁皮顶上叮当作响。孩子的房间漏水，我们只好让她们和我们一起睡。第二天早上，两个孩子都开始咳嗽，浑身发烫。之后几天她们不停流鼻涕，我没把这事放在心上，孩子偶尔有点头疼脑热是常事。第二天，雨下了一整天；第三天则变成了瓢泼大雨。第三天下午我出门去加固谷仓，帕比来找我。

"你老婆找你，"帕比道，"孩子们的病情加重了。"

我匆匆忙忙赶回家。阿曼达·莉正在床上发高烧，她的咳嗽声听着简直像 .22 英寸口径手枪发出的动静。伊莎贝尔躺在她身边，每吸一口气都伴随着呼哧呼哧的声音。两个孩子的嘴唇和指甲都变成了蓝色。

"她们得了百日咳，"劳拉对我说，"赶紧去找医生。告诉你父亲多烧些水。"我本想上前安慰她几句，却被她的目光顶了回来。"快去。"劳拉道。

我先嘱咐父亲烧水，然后出门飞奔上了卡车。外面的道路早已变成了泥水坑。我竭尽所能避免滑进泥沟的噩运，把车一直开到桥前。可我还没瞧见河水，耳边就听到了河水汹涌澎湃的怒吼声。桥已淹没在两英尺深的河水之下。我站在雨中，任凭雨水疯狂抽打着我的脸庞，看着眼前湍急的棕色水流，我在心中默默诅咒那个骗子乔治·萨德思，恨自己是个轻信别人的大傻瓜。帕比说一开始我就不该相信那人，我现在觉得父亲说得没错。这依然是个连与你坐在一起分享面包的人都不能相信的可悲世界。

返回农场的路上，我突然想到了哈普·杰克逊的妻子——弗洛伦丝。哈普跟我说过他的妻子是接生婆，说不定她对孩子的病多少懂点。即便不懂，她也可以在劳拉照顾孩子时，帮忙做饭，做做家务。

给我开门的正好是弗洛伦丝本人。我们之前没有见过面，此刻瞧见她着实吓了我一跳。眼前这位黑人女子，高高的个子，身材魁梧结实，乌黑的皮肤，像男人一样强壮，好像希腊神话中的亚马孙女战士。我不得不仰头才能和她说话。这女人的身高肯定有六英尺 ①。

"有什么我可以帮你吗？"弗洛伦丝问道。

"我是亨利·麦卡伦。"

她点点头。"你好。我是弗洛伦丝·杰克逊。如果你是来找哈普的，他刚好去棚子照管骡子了。"

"实际上，我是来找你的。我女儿，一个三岁，一个五岁，她们得了百日咳。桥被淹了，我没法去镇里，我妻子……"

如果我不带个医生或能帮忙的人回去，我妻子会杀了我。

"孩子是从什么时候开始咳嗽的？"

"从今天下午开始。"

弗洛伦丝摇摇头。"她们还在传染期，我可以给你拿些药，但我不能跟你一起去。"

---

① 约为 183 cm。

"我会付钱给你的。"我说道。

"要是过去，我至少有三到四天不能回家，又有谁来照料我的家人和那些待产的母亲呢？"

"我让你去。"我说道。

我瞪着弗洛伦丝，可眼前的女人毫不示弱。她人虽然一动没动，可隐隐散发出一股强大的气场，似乎正蓄势待发，只要有需要就会全力出击。这不是黑人身上常见的那种生命力——肆意挥霍于音乐和乱伦方面的动物本能，而是一种深深流淌在骨子里、战士般的凶猛。当然，前提是你要具备能把身穿面粉袋衣服的黑人农妇当成战士的想象力。

随着弗洛伦丝身子一闪，我瞧见她身后的屋里有一个大概九到十岁的小女孩，因为揉面两只前臂沾满了面粉。她一定就是他们的女儿莉莉·梅。女孩正瞧着我们，跟我一样在等她母亲的回答。

"我要先问问哈普。"弗洛伦丝终于开口道。

女孩一扭头，又继续去揉面了，我知道弗洛伦丝在说谎。去还是不去，不是哈普，而是她说了算，她已经决定不去了。

"去一下吧，"我说道，"我妻子很害怕。"当弗洛伦丝打量我的时候，我感觉自己满脸涨得通红。如果她拒绝，我不会再要求她。我绝不会自贬身份去央求黑人帮忙。如果她拒绝——

"那好吧，"弗洛伦丝道，"你在这儿等下，我去拿我的东西。"

"我在卡车上等你。"

几分钟后，弗洛伦丝出了门，手里提着一个破旧的皮箱，还有一大堆卷起来的衣物和一个空麻袋。她打开副驾驶座的门，把皮箱和衣物放进车里。

"你那儿养鸡了吗?"她问道。

"还没有。"

弗洛伦丝一把关上车门,向房子一旁的鸡舍走去,此刻正大雨滂沱,她却走得不慌不忙。她胳膊下夹着那个麻袋,站在铁丝网前,一只手伸进鸡窝,掏出一只奋力扑闪着翅膀的鸡,另外一只大手用力一拧,咔嚓一下扭断了鸡脖子。弗洛伦丝把鸡放进麻袋,依然迈着稳如泰山、不慌不忙的步伐回到车子旁。

弗洛伦丝打开车门。"你的女儿们需要喝点鸡汤。"她一边爬上车,一边说道。她竟然不先征求我的允许,自顾自就上了车,好像完全有资格和我坐在前排似的。若在平常,我绝不容忍这种行为发生,但此刻我也没胆要求她坐到车后排去。

弗洛伦丝

　　我第一眼瞧见劳拉·麦卡伦时，她正出于母爱而担心得发狂。这种情况下的女人根本毫无理智可言，什么事都做得出来，说的话再荒唐也不足为奇，你只有祈求这时候最好不要和她作对。女人之所以会变成这样，是上帝的安排，为了让女人在多数时候男人不在家时能保护孩子。有一件事几乎可以说千真万确，那就是但凡孩子有什么意外，父亲肯定不在家，正在外面某个地方，这时照顾孩子的重担就落在了母亲身上。但上帝从不会让人赤手空拳去和困难搏斗，他必会赐给你某件武器。上帝让母亲为爱担忧，从而令母亲会情不自禁照看自己的孩子。偶尔，也有那种根本不担心的母亲，完全不知道照顾自己的亲生骨肉。你试着让她抱着孩子，给孩子喂奶，她却什么都不愿做，只是眼睛瞧着别处，任凭孩子躺在那里哇哇大哭，留给别人去照顾。这时你就知道，这可怜的孩子长大了思想肯定会有问题，前提是这孩子能活着长大。

　　我跟着亨利进屋时，劳拉正在照顾两个生病的女儿。其中一个女儿正趴在一个热气腾腾的水罐上，头上蒙着床单；另外一个女儿则躺在床上，嘴里发出嘀嘀的咳嗽声。劳拉抬头瞧见我们，目光灼热得简直快把我们两人烤成薯片了。

"亨利，这是谁？医生在哪儿？"

"桥被冲走了，"亨利道，"我没法去镇里。这位是弗洛伦丝·杰克逊，她是个助产士。我觉得她也许能帮上忙。"

"你瞧见这儿有谁要生孩子吗？"劳拉道，"孩子们需要的是懂开药的医生，而不是带着一兜魔药的接生婆。"

正在这时，亨利的小女儿开始呕吐，这通常是百日咳病重的症状。我直接走到孩子身边，让她侧躺过来，把孩子的头扶到碗边，可她只吐出一点儿黄色的胆汁。"我自己的孩子也曾经得过这病，"我对劳拉说，"我们要让孩子喝点东西。但首先要把痰清出来。"

劳拉瞪了我足有一分钟，问道："该怎么做？"

"我们要给她们做些苦薄荷茶，然后像你刚才一直做的那样，让她们蒸热气。那样做很对，用热气蒸。"

麦卡伦先生则愣愣地站在原地，任由水从身上滴答滴答流在地板上，每当某个女儿一咳嗽，他就好像被人用刀捅了一下似的。这时你必须给男人找点事儿做，于是我打发他去多烧些开水。

"苦薄荷茶可以把痰逼出来。"我对劳拉说，"等孩子们呼吸顺畅了，我们要给她们炖点鸡汤，在鸡汤里放点碾碎的柳树皮可以退烧。"

"我这儿应该有阿司匹林，可这儿现在乱七八糟的，我不知还能不能找到。"

"别忙着找它了。阿司匹林就是由柳树皮制成的，它们的功效一样。"

"孩子们昨天一咳嗽，我就该带她们去看医生。如果她们有个三长两短……"

"听我的，"我说，"你的孩子们会好起来的。上帝正照看着她们，我也在这儿，在孩子们好起来之前，我们都不会离开孩子。不出一周，她们又会活蹦乱跳、像原来一样精神的，你就等着瞧吧。"我跟她说话的语气就好像在跟待产的母亲说话。这时的母亲需要听几句宽心话。宽心话像药物一样重要，有时甚至比药还有效。

"多谢你赶过来。"过了一会儿，劳拉向我表示了感谢。

"不用谢。"

等孩子们喝了茶，安静了下来，我就离开去给我带来的鸡拔毛。自从康利一家离开之后，我再没进过这座房子，整座房子因为一直空着变得脏兮兮的。不过，也不是完全空着——各种动物在这里进进出出。地板上留有老鼠屎和蜗牛爬过的痕迹，墙上沾着蝉蜕下的壳，所有东西的表面都蒙上了一层灰。麦卡伦夫人进来，瞧见我在四处打量，我看得出来她有点不好意思。

"我还没来得及打扫这里，"劳拉道，"我们刚一住进来，孩子们就病了。"

"别担心，我们会打扫干净的。"

在我收拾鸡、切洋葱和胡萝卜、准备炖鸡汤的过程中，那个老头——麦卡伦先生的父亲，他们管他叫帕比——就坐在桌旁盯着我。这个光头的家伙简直像个骨头架子，身上一点肉也没有，可牙口特别好——整口牙一个也不缺，长而黄的牙齿好像玉米粒。他暗淡的双眼几乎瞧不出任何颜色，不过帕比的那双眼睛有点邪门，每次他一打量我，我就有点不寒而栗。

麦卡伦先生出去了，麦卡伦夫人在卧室照看孩子，只剩下我和帕比在屋子里。

"嘿，小妞，我渴了。"帕比道，"你赶紧跑到抽水泵那儿，给我打点水过来。"

"我得给孩子煮鸡汤。"我答道。

"就几分钟，那锅汤不用看着也行。"

我背对着他，一句话也没说，自顾自继续搅拌锅里的汤。

"你听见我的话了吗，小妞?"帕比道。

我父母从小就教育我要尊敬和帮助老人，可我一点也不想帮这个老头去拿水。我的身体好像突然重得像块石头，不想动地方。也许我会强迫自己去，恰好这时麦卡伦夫人走了进来，说:"帕比，那儿就有能喝的水，在水槽旁边的提桶里。你应该清楚，那是你今天早上自己打的水。"

帕比一声不吭地把他的杯子递给我。我也默不作声地接过杯子，从桶里盛满水，趁转身还给帕比的一瞬间，我把手指伸进杯子里涮了涮。

晚餐时，我把他们家的火腿和土豆煎了，还做了饼干和牛奶肉汁。给他们准备好之后，我拿个盘子，盛上自己的饭菜，准备出门去门廊吃。

"弗洛伦丝，你可以回家了。"麦卡伦夫人道，"我想你的家人还等着你回去照顾呢。"

"是的，没错，"我说，"可我现在不能回家。您丈夫接我来时我已经告诉过他了。百日咳会传染，尤其像您女儿这种情况，至少要一周后才不会传染。如果我现在回家，会把病传染给我的孩子或者其他待产母亲的孩子。"

"我可不要和黑人睡在一个屋檐下。"帕比道。

"弗洛伦丝，你可以去看看孩子们怎么样了吗?"麦卡伦先生道。

我离开了房间，可房子并不大，而且我的耳朵也不聋。

"她不能睡在这儿。"帕比道。

"可我们不能打发她回去传染她的家人，"麦卡伦夫人说，"那样做是不对的。"

很长时间内都没人讲话，然后我听到麦卡伦先生说："是的，不能那样做。"

"那好吧，"帕比说，"那就让她到该死的谷仓去，和那帮牲口睡在一起。"

"这种话你怎么能说出口，外面还那么冷？"麦卡伦夫人道。

"黑人应该清楚自己的位置。"帕比道。

"过去几个小时里，"麦卡伦夫人道，"她的位置一直在你孙女身旁，尽她所能照顾孩子，比你还尽心。"

"够了，劳拉。"麦卡伦先生道。

"我们就在这儿给她搭个床，让她睡在主卧里，"麦卡伦夫人道，"或者你睡在这儿，我们可以让弗洛伦丝到披屋去睡。"

"让她把我睡觉的地方搞得臭气熏天？"

"那好吧。那我们就让她睡主卧。"

这时，我听见椅子刮擦地板的动静。

"你去哪儿？"麦卡伦先生问道。

"去方便，"麦卡伦夫人道，"如果你没意见的话。"

我听见前门打开，又"砰"的一声关上了。

"我真不知道你妻子犯了什么邪，"帕比道，"但你最好赶紧治治她。"

我不知道麦卡伦先生是否说了什么，尽管我用力去听，可什么也没听到。

在农场住了四个晚上之后，我敢打赌，麦卡伦一家肯定要出问题。三角洲地区不适合像劳拉·麦卡伦这种柔弱的城里女人。这里会将劳拉这种女人生吞活剥，榨干她们的生命力和对生活的向往，最终把她们变成牢骚满腹的行尸走肉，心中怨恨男人将她们带到这个破地方来，怨恨这片土地不但拴住了男人，还将她们和男人紧紧捆在一起。亨利·麦卡伦渴望拥有土地，他和我从前见过的男人——无论是白人还是黑人，没什么两样，这种男人我见得太多了。他们饥渴地望着土地，眼神中透着贪婪，仿佛那是他们梦寐以求的女人。白人已经拥有自己的土地了，他们心中在说：你现在是我的了，等着瞧，看我怎么收拾你。而黑人还没有土地，将来也得不到，但在挥舞锄头和铁锹干活时，他们依然梦想着能拥有自己的土地。白人也好，黑人也罢，都傻傻地看不清真相——不是他们占有土地，而是土地吞噬了他们。土地吞噬了男人和他们妻子儿女不辞辛劳洒下的汗水和心血，临到终了，还将吞噬掉他们的肉体，反复折腾他们，直到这些男男女女都变成一个样，与土地融为一体。

我知道，终有一天，我和哈普也会被土地吞噬，鲁埃尔、马龙和莉莉·梅也难逃如此命运。唯一能躲过被吞噬的人只有我的大儿子荣塞尔。他和他的父亲兄弟不同，从小就想摆脱面朝黄土背朝天的命运。农民是怎样的一种生活？瞧瞧我和哈普就知道了。我们一辈子奔波于各个农场之间，期望能改善生活，找到一位不欺骗我们的农场主。我们住在康利家农场的时间最长，到现在已经有七个年头了。康利先生也骗我们，但比大多数其他农场主好一些。他允许我们自己种一小块蔬菜地，他妻子还时不时施舍一些旧衣服和旧鞋给我们。所以当康利夫人告诉我们，她准备将农场卖掉时，我们确实为此感到不安。因为你不知道接手农场的会是什么样的人。

"我怀疑那个麦卡伦有没有种过地？"哈普发愁道，"他是从孟菲斯来的。我打赌他都分不清骡子的嘴和屁股在哪儿。"

"别担心，"我安慰哈普道，"我们总能应付的，就像我们之前常做的那样。"

"他或许会赶我们走。"

"临近播种期，他不会的。"

但只要麦卡伦愿意，他随时可以赶我们走，这是不争的事实。农场主几乎可以肆意妄为。我曾目睹过一家人辛苦了整个春夏两季，为农场主种好了庄稼，结果却被农场主赶走了。只要农场主找个借口，说你欠他们的装修钱，你的辛苦就付之东流，一个子也别想拿到。也别痴心妄想有人会替你伸张正义，就算你去找警长，警察也都站在农场主一边。

"就算他留下我们，"哈普道，"我们也许还得挪地儿，这就要看他是个什么样的人了。"

"我不管他是不是坏心肠，除非迫不得已，我可不搬家。我花费了那么多心血，才让现在这个家住得这么舒服，花园里长满了绿叶菜和西红柿。而且，我也不能不管我的那些待产母亲，一走了之。"有四位母亲的预产期是在接下来的两个月里，她们中的小雷妮·阿特伍德自己还是个孩子。她们都看不起医生，而我是附近几英里内唯一的接生婆。

"我说走，你就得走。"哈普道，"因为老婆得听丈夫的，就像教会要听上帝的。"

"前提是丈夫得活着。"我说道，"丈夫死了，老婆就不归丈夫管了。《罗马书》^①是这么说的。"

　　哈普狠狠瞪了我一眼，我也回敬了他一眼。他从没打过我，我总是心里想什么，嘴上就说什么。有些男人打女人，逼女人听话，但哈普从不这么做，他只动嘴。一开始，你坚定地和他对着干，他会来劝你，然后再继续劝，用不了多久，你就发现自己开始点头，同意他的主意了。这正是我爱上哈普的原因，我被他的话征服了。早在我们发生肢体接触、同床共枕之前，我就习惯把头倚在他的肩膀上，闭着眼，沉醉在他的声音之中。

　　事实证明，亨利·麦卡伦并不是一个坏心肠的人，虽然我这么说，可我丈夫却不这么认为。"你知道那个人都干了什么事吗？"哈普道，"他搞了一辆可恨的拖拉机！他用机器耕地，而不是上帝赐予他的双手。就因为那个东西，他赶走了三家佃户。"

　　"是谁？"

　　"菲克斯、伯德和斯廷内特三家。"

　　听到菲克斯和斯廷内特的名字，我吃了一惊，他们都是白人。大多时候，农场主首先打发的是黑人佃户。

　　"但他把我们留下了。"我说道。

　　"是的。"

　　"为此我们得感谢上帝。"

　　哈普摇摇头。"这真是太残酷了，一句话就打发了。"

　　那天晚上吃过晚餐，哈普给我们读《圣经》的《启示录》。当他读到有个怪兽长着七个头、十只角，角上戴着王冠，头上顶着亵渎上帝之名时，我知道他说的其实是拖拉机。

---

① 《圣经·新约》中的一卷。

那个老头才是真正的魔鬼。当麦卡伦夫人要我像之前为康利夫人做的那样，帮她打理家务时，因为那个帕比，我差点拒绝了。可我需要给莉莉·梅畸形的脚买特殊的鞋，鲁埃尔和马龙也该添置新衣服了，他们长得太快，旧衣服快被他们撑破了，哈普也正在考虑再买一只骡子，那样他就可以耕更多的地，好攒钱买下自己的土地，于是我最终答应了麦卡伦夫人。除非有母亲分娩或需要我去探视，否则我就从周一干到周五。接受这份工作时，我和麦卡伦夫人说得很清楚，不能影响我去接生，虽然她不喜欢这样，但也答应了我。

只要有那个老头在，麦卡伦夫人就别想有片刻安宁，连我也难逃噩运。帕比整天坐在那里，不管看谁或是什么东西都觉得不顺眼，总爱鸡蛋里挑骨头。如果他在屋里，我就去屋外找点儿活干，如果他在外面门廊下，我就留在屋里工作，可有时我必须和他共处一室。比如，有一次我在熨衣服，其中大多是帕比的衣服，帕比每天都要盛装打扮。那天他像往常一样坐在厨房的桌旁，一边抽烟，一边用巴克刀抠指甲里的污泥，可他总也搞不干净，因为他的那双眼睛一直不停地盯着我。

"你最好小心点，小妞，小心别把衬衫烫坏了。"帕比道。

"我从没烫坏过任何衣服，麦卡伦先生。"

"要当心。"

"好的。"

帕比端详了一会儿刀尖上的黑泥，然后问道："你那个儿子怎么还没从战场上回来？"

"他还在服役。"我答道。

"看来那边挖战壕还缺人手，是不是？"

"荣塞尔不挖战壕。"我说道,"他是坦克指挥官,参加过很多战役。"

"他是这么跟你说的?"

"这是事实。"

老头子放声大笑。"那小子骗你呢,小妞。军队才不会把价值几千美元的坦克交给一个黑人开。那不可能,说他挖战壕还差不多。他之所以这么说是因为给家里写信,'坦克指挥官'的名头听起来更响亮。"

"我儿子是 761 坦克营的中士。"我说道,"不管你信不信,这是千真万确的事实。"

听我这么说,帕比极为不屑地一哼。我唯一能做的回应就是给帕比的衬衫不停上浆,直到衬衫硬得像块木板。

劳 拉

乐土，亨利打算用"乐土"这个名字命名我们的农场。有一天我们做过礼拜，从教堂出来，亨利向我和孩子们宣布了他的决定。他先清清嗓子，姿态扭捏得像小镇里要为镇上广场新盖的雕像剪彩的乡绅。

"我觉得这名字听着不错，不会让人觉得太花哨。"亨利道，"姑娘们，你们觉得怎么样？"

"乐土？"我说道，"我觉得更像泥巴地。"

"泥巴地！泥巴地！"孩子们凑热闹地高喊起来。

小家伙们忍不住一边哈哈大笑，一边大喊着"泥巴地"这个名字。我确保让"泥巴地"这三个字深深印在了每个人的脑海之中，把这当作我对亨利的一次小小报复，毕竟当时我能做的也不过如此而已。初来农场的头几个月，瞧着亨利一脸开心，我从未如此生气。拥有了自己的土地好像让亨利变了一个人，他整天热情洋溢，透着我几乎不曾见过的孩子气。亨利每天回家满脸都是工作一整天的兴奋之情：他决定种三十英亩大豆，他从邻居那儿买了一头很棒的母猪，在《农夫进步报》上瞧见一种新的除草剂。听着亨利兴奋地讲个不停，我尽可能装开心配合他。像任何一个好妻子一样，我想方设法让自己融入亨利的快乐之中，可瞧见他心满意足的样子，我就气不打一处来。当我瞧着亨利站在自己的地旁，双手插兜，眺望着土地的尽头，脸上涌现出这片土地属于我的强烈自豪感，我心中便暗想：他可从没有这样子瞧过我，一次也没有。

考虑到孩子，还有我的婚姻，我硬生生把所有的不满都咽到了肚子里，整日强颜欢笑。偶尔，我也有发自真心快乐的时候。比如，当天气晴朗，气候宜人，风吹散了厕所散发出的味道而不是臭味扑鼻时；当老头子和亨利一起出门，整个家只剩下我、弗洛伦丝和孩子们的时候。虽然当时我没有承认，但弗洛伦丝确实帮了我很大的忙，而且远不只帮我做家务这么简单。每当我听到弗洛伦丝轻快的敲门声，我整个人都松了口气，仿佛卸下了千斤重担。有的早上，如果我听到的是莉莉·梅略显迟疑的轻轻敲门声，我就知道弗洛伦丝被叫去某个待产母亲家去了。或者，有时候我打开门，发现门口站着一位心急如焚的丈夫，手里搓弄着已被汗水浸湿的草帽，告诉我他的女人宫缩开始了，问弗洛伦丝能否去一趟。这时，弗洛伦丝会急匆匆带着她的皮箱，一脸严肃、毅然决然地离我而去，留下我一个人带着孩子和帕比待在家里。我只能允许她去，因为我别无选择。

"我必须照顾那些母亲和宝宝，"弗洛伦丝对我说，"我想这就是上帝让我来到这世上的原因。"

弗洛伦丝自己有四个孩子：大儿子荣塞尔，此刻依然在海外从军；马龙和鲁埃尔，一对腼腆矮壮的双胞胎，12岁就跟父亲一起下地干活了，还有9岁的莉莉·梅。其实她还有一个儿子兰德里，不过出生仅几周就不幸夭折了。弗洛伦丝的脖子上用绳子挂着一个小皮袋子，里面装着已经风干的兰德里出生时残留的胎膜。

"包裹着孩子的胎膜代表着他是上帝的拣选之子。"弗洛伦丝对我说，"上帝看见这个标记，就收走了兰德里。不过只要我带着他的胎膜，我儿子就会在天堂守护着我。"

和大多数黑人一样，弗洛伦丝极其迷信，对各种东西都有一肚子的迷信说法。她敦促我把剪下的指甲和夹在梳子上的所有头发都烧掉，以免我的仇敌利用它们对我施妖术。在我向她再三保证我没有仇家，无须这样大费周章时，弗洛伦丝瞥了眼房间对面的帕比，说恶魔有很多化身，我必须要时刻保持警惕。有一天，我闻到卧室里有东西腐烂的臭味，结果在床底发现一个茶碟，里面有一个打碎的鸡蛋，看那样子茶碟在床底下至少得有一个星期了。我拿着这东西去和弗洛伦丝对质，她说这是为了挡住恶魔的窥视。

"恶魔不会窥视这里。"我说道。

"你看不见不代表它不存在。"

"弗洛伦丝，你信仰上帝，"我说道，"怎么还会相信诅咒和妖魔鬼怪这些东西呢？"

"《圣经》里明明白白写着呢。该隐因为弑弟受到了诅咒，女人因为夏娃误信蛇受到了诅咒，而我们每人身上都有圣灵。"

"但这跟你信的那些东西完全是两回事儿。"我说道。

弗洛伦丝鼻子一哼，对我的话很不以为然。之后，我瞧见她把茶碟交给她女儿莉莉·梅，女孩将蛋埋在院子里那棵橡树下。天知道弗洛伦丝这么做又有什么迷信说法。

黑人学校在耕种季节时都停课了，于是弗洛伦丝经常带着莉莉·梅来工作。她是个羞怯的孩子，在同龄人里算是高的，继承了她母亲黑得发紫的肤色。尽管莉莉·梅不怎么爱说话，可孩子们都喜欢她。莉莉·梅有一只脚天生畸形，走起路来缺乏弗洛伦丝沉稳的优雅，可上帝给了她美妙动听的嗓音。我从未听过如此曼妙的童声。她的声音高亢嘹亮，听起来令人如痴如醉，当她唱完最后一个颤音之时，你会忍不住为歌曲结束、灵魂回归孤独，以及人注定终有一死而感到哀伤。我是在弹钢琴教女儿《奇异恩典》这首歌时，第一次听见莉莉·梅的声音，当时她正在前门廊剥豆子，正好跟着我们一起唱了起来。我一直对自己的声音颇为自豪，可听到莉莉·梅的歌声，我一下子惊呆了，深感自愧不如。莉莉·梅的声音简直如蒙主恩赐，不沾一丝尘世烟火气，如天籁般给人以希望和温暖。那些认为黑人不是上帝之子的人，肯定没听过莉莉·梅·杰克逊的歌声。

当然，这并不代表我认为弗洛伦丝和她家人可以与我们平起平坐。我直呼她为弗洛伦丝，她则称呼我为麦卡伦夫人。她和莉莉·梅不能用我们的厕所，只能在后院灌木丛里方便。当我们中午坐下来用餐时，她们要在外面的门廊吃饭。

即使我有了弗洛伦丝的帮忙，农场繁重的工作、炎热的气候、肆虐的蚊虫和到处都是的泥巴，还有最令人难以接受的乡下生活，依然让我不堪重负。和大多数城里人一样，我也曾对乡下生活有过充满诗意的、可笑的幻想。在我的想象中，乡下生活好像一幅温情的风景画：绵绵细雨柔柔地洒在绿油油的大地上，光着脚丫的男孩们嘴角叼着蓟草花，兴高采烈地在钓鱼，女人们在温暖舒适的小木屋里缝被子，她们的丈夫则在门廊抽着玉米芯烟斗。然而，当你的眼睛贴近这幅画时，你才会看到散落于田间破破烂烂的棚屋，他们身上穿着面粉袋做成的破烂衣服，一家十口人挤在一间屋里，睡在肮脏的地上；你才会看到男孩脚上的钩虫皮炎[1]，双手和胳膊上鱼鳞状骇人的红色糙皮病[2]；你才会看到女人脸上的瘀青与男人眼中的暴怒和绝望。

暴力是乡村生活不可缺少的一部分。在这里你随时随地都能感受到死亡的气息：死老鼠、死兔子、死负鼠和死鸟。它们躺在你的院子里，身上爬满蛆虫，你的鼻子可以闻到它们在你房子底下腐烂的臭味。另外，你还要亲自动手屠宰生灵做饭，杀鸡、宰猪、杀鹿、宰鹌鹑、杀火鸡、宰鲶鱼、杀兔、宰青蛙和松鼠，还要拔毛剥皮，开膛破肚，抽筋去骨，最后在锅里烹炸炒炖。

我学会了如何装霰弹药，如何使用霰弹枪，学会了如何缝合流血的伤口，如何把手伸进母猪肚子接生难产的小猪仔。然而，做这些事是一回事，心里怎么想却是另一回事。我一直不能接受这种生活，心里总感到隐隐不安，有不祥的预感，就好像有什么事情要发生似的。三月末，果然发生了几件事。

一天晚上，天将破晓，突然几声枪响打破了黑夜的宁静，我一下子被惊醒了。家里只有我和孩子，亨利和帕比去格林维尔市帮埃博琳搬家，她那所位于华盛顿大街的豪宅已经卖掉替弗吉尔还债了，所以得搬到与之前相比更简陋一些的新家。我瞧了眼孩子，她们还在呼呼大睡，没被惊醒。我出门来到外面的门廊上，眯着眼透过灰蒙蒙的天光搜索着枪声的来源。在半英里远的地方，

---

[1] 钩虫皮炎是由于十二指肠钩虫或美洲钩虫的幼虫侵入皮肤引起的皮肤局部炎症反应。钩虫的卵在土壤中孵化出丝状蚴，侵入皮肤引起急性炎症反应。

[2] 糙皮病又称癞皮病，是一种维生素缺乏性疾病，主要诱因是缺乏维生素 B3（烟酸）和蛋白质，特别是含必需氨基酸色氨酸的蛋白质。

阿特伍德家的方向，我瞧见有个亮光在动，随即亮光停了下来。接着，在同一方向又传来两声枪响。半分钟之后，又响起一声枪响，接着又是一枪，最后一切都归于寂静了。

我在门廊站了足有二十分钟，双手死死抱着我们家的霰弹枪。等太阳探出了头，我终于瞧见有人沿着路向我家走来。我心里一紧，从此人略微弯腰走路的姿态认出了他是哈普。哈普来到我面前时，嘴里喘着粗气，衣服上满是土，手里也同样拿着一把霰弹枪。

"麦卡伦夫人，"哈普道，"您丈夫在吗？"

"他不在，他和帕比去格林维尔市了。怎么回事？刚才是你开的枪吗？"

"不是，夫人，是卡尔·阿特伍德开的枪。他开枪打中了他家那匹耕马的脑袋。"

"天啊！他为什么要那么干？"

"他一直在喝威士忌。人喝醉了什么坏事都干得出来。"

"哈普，快告诉我究竟是怎么回事。"

"开始的两声枪响就把我和弗洛伦丝吵醒了。我们两人差点吓破了胆。我起床向窗外观察，可什么也瞧不见。接着我们又听到两声枪响，听动静像是从阿特伍德家那边传过来的。我拿上枪，赶了过去，但我知道阿特伍德一家人有点神经质，所以我是偷偷溜过去的。我先瞧见卡尔那匹耕马在田里飞奔，就好像后面有魔鬼在追它一样。然后，我听见卡尔在骂那匹马，他大吼着：'你真不该那么做，看我不剥了你的皮！'接着我瞧见卡尔举着霰弹枪在后面追马。看得出来卡尔喝了酒，我担心他发现我，对我开枪，于是我"扑通"一下趴到地上，一动也不敢动。卡尔抬枪对马开了一枪，可他不但没打中，自己还摔了个四脚朝天。那匹马嘶吼着，我敢发誓，它是在嘲笑卡尔。卡尔挣扎着刚站起来，又仰面朝天摔到地上，嘴里一直在骂马，骂个不停。最终他站起来，再次瞄准，又开了一枪。这次倒下去的是那匹马，离我趴着的地方还不到二十英尺远。卡尔走到尸体旁，对着尸体说：'去死吧，该死的马，你不该那么做的。'然后他就开始撒尿——抱歉，麦卡伦夫人，我是说他对着那匹马方便，正对着中枪的马脑袋，嘴里一边骂，一边哇哇大哭，哭得像个孩子。"

我紧抱双臂。"他还在外面吗？"我问道。

"没有，夫人。他回家了。我觉得他今天一整天差不多都会睡觉。"

在所有佃户中，我最不喜欢的就是卡尔·阿特伍德。那人身材矮小、狂妄好斗如公鸡，两腿细长，背向里凹。一双浑浊的小眼睛紧贴鼻子。他那暗红色的嘴唇好像鲈鱼的腮，时不时突然伸出舌头舔舔嘴唇。他对我倒是一直不敢造次，可此人身上总有一种说不清道不明的贪婪，令我心里很不安。

见我瞧着阿特伍德家的方向，哈普问道："您希望我在这儿陪您，直到麦卡伦先生回来吗？"

尽管我很想让他陪我，可目前正是耕种季节，我不能因此让他耽误一整天不去地里干活。"不，哈普，"我答道，"我们没关系的。"

"弗洛伦丝一会儿就过来。我会紧紧盯着卡尔的。"

"谢谢你。"

整整一天，我都在窗外心焦地踱着步。必须让阿特伍德家离开。等亨利一回来，我就要这么告诉他。我不能让我的孩子住在这种人附近。

下午晚些时候，我正在抽水泵前打水，瞧见路上有两个人向我家走来。他们走的速度不快，有些摇摇晃晃，其中一个人还需要依着另一个人走。待他们走到近前，我才瞧出是维拉·阿特伍德和她的一个女儿。维拉正怀着孕，除了挺起的肚子，其实有点皮包骨。维拉的一只眼肿得睁不开，嘴唇干裂。她的女儿看上去像一头受到惊吓的小鹿，一双棕色的大眼睛分得很开，深金色的头发也该洗了。我觉得她看样子最多只有十或十一岁。但这不是他们家二月份未婚生子的那个女儿。那个女儿有十四岁了。据弗洛伦丝所说，那姑娘生下的孩子几天后就夭折了。

"你好，麦卡伦夫人。"维拉大声打着招呼，语调轻柔，声音听着奇怪得像个孩子。

"你好，维拉。"

"这是我的小女儿，阿尔玛。"

"你好，阿尔玛。"我打了个招呼。

"你好。"女孩点点头答道。她那细长优美的脖子与身上破破烂烂的衣服显得极不协调，污垢下的那张小脸看上去惨兮兮的。我不知道她那张脸上是否曾绽放过笑容，是否曾有过开心的事让她笑。

"我来是想和你聊一聊，女人和女人之间。"维拉道。她脚下一晃，支着她的阿尔玛被她的重量压得脚下踉跄。她们俩看上去好像就要倒在院子里了。

我指着门廊里的椅子。"请过去那边坐吧。"

我们向台阶走去，这时弗洛伦丝出现在门口。"阿特伍德夫人，你走这么远来做什么？"弗洛伦丝道，"我跟你说过多少次了，你必须卧床休息。"随后弗洛伦丝发现了维拉脸上的伤，她生气地眉毛一皱，摇了摇头，但没多说什么。

"我也不想，"维拉道，"但我必须和麦卡伦夫人谈点事情。"

我把水桶递给弗洛伦丝。"给我们拿一大罐水过来，好吗?"我吩咐道，"还有昨天我做的酥饼。另外，帮我照看一下阿曼达·莉。"

"好的，夫人。"

维拉一只手环抱着肚子，半坐半躺在椅子上。她穿着已经褪色的裙子，布料被身体绷得紧紧的，甚至可以瞧见突起的肚脐。我心中突然有个冲动，想要再怀一个孩子，让自己的身体再次充满生命的活力。

"你想摸一下吗?"维拉问道。

我不好意思地挪开目光。"不，谢谢。"

"想的话就摸摸。"见我迟疑，维拉接着道，"来吧。宝宝正踢腿呢，你来感受一下。"

我来到维拉身旁，用掌心贴在她肚子上，马上就感受到了维拉的母爱气息。农场里每个人都散发着成熟的味道，但维拉散发出来的气息则令人想流泪。我屏住呼吸站在她身旁，静静等着。很长时间里一点儿动静也没有，突然，我感到有人用力踢了两下我的手，我不禁笑了，维拉也笑意盈盈地望着我，那一刻我仿佛看见了维拉年轻时的样子。一个漂亮的女孩，很像阿尔玛。

"他很有劲儿，是不是?"维拉自豪道。

"你觉得是男孩?"

"我希望是。我曾每天向上帝祷告，结果他给我的全是女孩。"

弗洛伦丝用盘子端了一些吃的和水给我们。维拉只要了一杯水，挥挥手回绝了酥饼。阿尔玛在征得妈妈允许之后，才从盘子里拿起一块酥饼。我本以为她会将酥饼一口塞进嘴里，可她却小心地慢慢吃了起来。

"去玩吧，"维拉对女儿道，"我要和麦卡伦夫人说说话。"

"那边灌木丛里有嘲鸫①的窝。"我告诉女孩道。

阿尔玛听话地下了台阶，向灌木丛走去，弗洛伦丝进了屋。听脚步声她并没走远，我知道她肯定在偷听我们说话。

"你的阿尔玛真听话。"我道。

"谢谢。您也有两个女儿，是吗？"

"是的。伊莎贝尔，3 岁；阿曼达·莉，5 岁。"

"我想她们肯定也很听话。为了她们你一定什么都肯做。"

"那是当然。"

维拉直起身子，两只眼睛好像要从憔悴的脸上蹦出来一样，死死瞪着我。"那就不要解雇我们。"维拉道。

"你说什么？"

"听到卡尔昨晚搞出的动静，我猜你肯定是这么打算的。"

"我不明白你在说什么。"我期期艾艾道。

"我今早瞧见那个黑人到你这儿来了。我知道他一定都告诉你了。"

我不情愿地点点头。

"如果你赶我们走，我们没地方可去。在这个时节没人会雇我们。"

"这我说了不算，维拉，一切都是我丈夫做主。"

维拉抬起一只手放在肚子上。"看在这个孩子，还有其他小

---

① 一种善鸣叫、能模仿别种鸟叫声的鸟。

孩子的份上，我求你留下我们。"

"我刚才说了，这事儿我做不了主。"

"如果你能做主呢？"

若维拉的目光充满质疑，我也许会避开，可她只是一脸热切地瞧着我，期盼得到些许安慰。

"我不知道，维拉。"我说道，"我得为我的孩子们考虑。"

维拉挺起肚子，因为用力嘴里哼哼着，然后站起身。我也跟着站起来，不过没有上前扶她，我觉得她不需要我的帮忙。"卡尔绝不会伤害不属于他的东西，"维拉道，"他不是那种人。等您告诉您丈夫时一定要这样告诉他。"维拉转过身。"阿尔玛！"她喊道，"我们该走了。"

阿尔玛立刻赶过来，扶着母亲下了台阶，两人踉踉跄跄穿过院子，上了大路。我走进屋，突然迫切地想见到自己的女儿。经过弗洛伦丝时，我听见她嘴里嘟囔着："那个男人早晚会下地狱的，可惜不能早点。"

阿曼达·莉在沙发上安静地看书。我把她搂在怀里，抱进卧室，她妹妹正在午睡。伊莎贝尔睡在蚊帐里，朦朦胧胧瞧不清面容。我拉开蚊帐，惊醒了伊莎贝尔，我抱着阿曼达·莉坐在床上，将两个女儿都抱在身前，鼻子里嗅着两个小家伙身上散发出来的香味。

"妈妈，你怎么了？"阿曼达·莉纳闷道。

"没什么，宝贝，"我答道，"来，亲妈妈一下。"

乡下一切事都慢慢悠悠，只有坏消息的传播速度除外。我正在教阿曼达·莉弹钢琴，突然听到有车停在前门，随即传来一阵急促的脚步声。房门"砰"的一声打开，亨利冲进了房间，脸上有些慌张。"我在种子商店听说家里出了事儿，"亨利道，"你们没事吧？"

"亨利，我们没事。"

小家伙们飞快地扑向亨利，嘴里大叫："爸爸！爸爸！"

亨利跪下紧紧抱着女儿，力气大得小家伙们都开始抗议了，然后他走到我身边，抱住我。"对不起，亲爱的。我知道你一定吓坏了。我现在就过去让阿特伍德一家走。"

此前我一直不知如何跟亨利说此事，此刻我发现自己竟然摇摇头。"别赶他们走。"我说道。

亨利瞪着我，以为我肯定是疯了。我也觉得自己一定是疯了。

"亨利，维拉·阿特伍德今早来过。她已经怀孕八个半月了。如果我们现在赶他们走，他们能去哪儿？怎么生活？"

这时，门口突然传来一阵刺耳的大笑声，我抬头瞧见帕比抱着一箱子杂货站在门口。他进屋把箱子放在桌上。"多么感人的一幕啊，"帕比道，"圣母劳拉，女人和孩子的保护神，乞求她丈夫手下留情。小妞，我就问你一句，如果那个阿特伍德想要伤害你，到时你怎么办，嗯？"

"他不会的。"我说道。

"你怎么知道他不会？"

"维拉发誓说他不会。她说他绝不会伤害其他人。"

老头子再次放声大笑。亨利铁青着脸瞧着我。"这是农场的事儿。"亨利道。

"亲爱的，求你了。你就考虑一下。"

"明天早上我会去和卡尔谈，先听听他怎么解释。我只能答应你这点。"

"这就行，我不会再要求你做别的。"

亨利转身离开，向前门走去。"接着她就该告诉你地里要种什么了。"帕比喊道。

"闭嘴。"亨利道。

听到亨利如此回答，我不知道谁更吃惊，是我，还是帕比。

第二天吃晚饭时，亨利跟我讲了他和卡尔·阿特伍德见面的情况。那匹马进了烘干室，把卡尔的烟叶吃了个精光。这就不难解释那匹马为什么会发狂，卡尔为什么会动那么大肝火了。

"我告诉卡尔，他们可以一直待到收割结束，"亨利道，"可到了十月份，他们必须离开。但凡能做出那种事，杀掉替他辛苦耕地、替他挣钱填饱肚子的马，这种人信不过。"

我谢过亨利，用力握住他的手，可亨利把手抽了回去。"卡尔现在没马耕地，"亨利道，"他只能借用我们的骡子，像科特里尔家一样，要把庄稼收成的一半交给我们。也就是说我们能多挣些钱。我主要是因为这个才没赶走他们。"亨利盯着我的眼睛。

"农场里可容不得怜悯。"亨利道。

"是的，亨利，我明白了。"

其实我不明白，一点儿也不明白，然而没过多久，命运就给我狠狠补了一课。

哈　普

骄傲在败坏以先；狂心在跌倒之前。（《箴言》16:18）有多少次我曾以此布道，又有多少次我曾站在满是人的教堂或帐篷前，表扬其中温顺驯良之人，对那些骄傲自满者提出告诫，警告他们早晚会自食恶果，而且报应来得要比预想得还要快，哦，没错，报应马上就会来的，他们将为自己的无礼付出代价。可原来我对祈祷一直也是左耳朵进，右耳朵出。如果我能言行合一，也就不会落得如此悲惨的下场。毫无疑问，上帝曾在我的头脑里提醒过我，试图告诉我哪里做的和想的不对。他一直在对我说：哈普，你要谦卑，你一直把我给予你的赐福当作理所当然。你招摇过市，自认为高人一等，不用将收成的一半交给农场主。你忘记了谁是主人，谁是奴仆。所以我要给你一个教训：我要先降下一场暴风雨，将你一直引以为傲的那头骡子所在的棚顶掀飞，再让核桃般大小的冰雹从天而降，砸在骡子身上，当发狂的骡子想逃出棚子时，我会让它摔断腿。为了让你刻骨铭心记住教训，牢记你曾违背过我的旨意，第二天早上，当你挖坑埋掉骡子，踩着梯子修棚顶时，我要让你那没来得及修理的梯子最上方的横档彻底烂掉，让你掉下梯子摔断腿，我还要人找弗洛伦丝和莉莉·梅去接生，让你的双胞胎儿子去最远的地里干活，让你整整半天躺在地上，给你时间好好反思，反思我一直对你的教诲。

一头死骡子，一间破破烂烂的棚屋，还有一条断腿，这就是骄傲让我付出的代价。

我试着拖着身子向家爬，可腿疼得让我痛不欲生，我躺在地上肯定有两或三小时，直到日上三竿，日头明晃晃地爬到我头顶正上方。阳光刺得我闭上眼睛，等我再睁开眼时，眼前出现一张阴沉的脸，脸四周闪着火一般的光芒，看上去像是魔鬼的脸。我怀疑自己是不是下了地狱，我当时一定是心里怎么想，嘴上就说了出来，因为恶魔回答了。

"不，哈普，"恶魔道，"你没在地狱，你在密西西比。"恶魔向后退了些许，原来是亨利·麦卡伦。"我过来瞧瞧你家有没有因为暴风雨受损。"

若不是当时我腿太疼了，听亨利这么说，我肯定会放声大笑。没错，我们家的确遭受了一点小损失。

亨利去地里叫来鲁埃尔和马龙。他们把我搀起来，扶我进屋时，我肯定疼得昏过去了，因为我只记得等我睁开眼时，我已躺在了床上，弗洛伦丝正俯在我身前，给我脖子上系东西。

"你在干什么？"我纳闷道。

"你肯定被人诅咒了。我们必须破掉诅咒，让做法的人自讨苦吃。"

我低头瞧见我的下巴下面多了一个红色的法兰绒布袋，天知道里面装了什么东西，蜥蜴的尾巴、鱼眼睛，或者是一枚打了洞的镍币，我根本猜不到弗洛伦丝在里面到底放了什么东西。"把这玩意儿给我拿下来，"我对弗洛伦丝道，"我不要你这些装神弄鬼的东西。"

"等你好了自己摘下来吧。"

"该死的，你们这些女人啊！"我刚直起腰想把那东西摘下来，腿一下疼了起来，那感觉像有人拿着一把钝锯正来来回回在锯我的腿。

"给我消停点，"弗洛伦丝道，"医生来之前你必须静躺。"

"什么医生？"

"特平医生。麦卡伦先生去镇里请他去了。"

"他不会来的，"我说道，"你知道的，那人不愿意给黑人看病。"

"麦卡伦先生出面，他会来的，"弗洛伦丝道，"在医生没来之前，你喝点我给你做的茶，可以止痛退烧。"

我咽下几勺茶，可胃里难受，全都吐了出来。我感觉刚才拿着锯子锯我腿的人又开始忙活了起来，我疼得两眼发黑，一下子又昏了过去。

待我再次醒来已是深夜。弗洛伦丝在我床边的椅子上睡着了，脚下点着一盏灯。灯光从下向上照着她的脸，她看上去美丽又透着坚毅。我妻子不是普通人眼中的美女，但我觉得她长得不赖。强壮的下颚，骨架结实，还有身子骨里流淌的坚韧，是的，没错，这点在我们谈婚论嫁时我就看出来了。我的兄弟赫克和卢瑟曾因为我要娶弗洛伦丝嘲笑我，因为弗洛伦丝比我还高，皮肤比我更黑。他们和我们的父亲一个德行，在挑女人方面，从来都以貌取人。我试着跟他们解释，娶婆娘不是为了发泄，婚后生活可不只床上那点事。那两个蠢货。男人只靠自己是不会幸福的。除非你爱自己的妻子，你的妻子也爱你，否则注定一事无成。在娶弗洛伦丝前，我对她说："我想找人过一辈子，如果你做不到，我们最好别再继续下去了。"

弗洛伦丝对我说："我们继续。"于是我们接着交往，直到最后结婚成家，那是 1923 年的事。

弗洛伦丝肯定感觉到我正想着她，她的眼睛突然睁开了。"你在浪费灯油。"我说道。

"为你值得。"弗洛伦丝伸手摸摸我的额头，"你在发烧。先吃点东西，然后我们再试着喝点柳皮茶。"

弗洛伦丝手上虽然轻柔，可看她咬牙切齿的样子，我猜出她在生气。

"特平医生没来，是不是？"我问道。

"没有。他对麦卡伦先生说，他尽量明天过来，但要等他看完其他病人。"

我低头瞧着自己的腿，弗洛伦丝用一袋玉米粉把我的腿架了起来，上面还盖着毯子。我轻轻动动身子，马上疼得受不了。

"医生给你拿了罂粟汁止痛，"弗洛伦丝举着一个棕色瓶子道，"太阳下山前我给你吃了一些。你现在还想再来点吗？"

"先不用，我们先聊一会儿。我的腿有多糟糕？"

"腿没破皮，可伤得挺重。必须要医生看一看。"

"我觉得你看就行了。"

弗洛伦丝摇摇头。"如果治不对……"她话没说完，我就已经知道后果会有多严重了。瘸了就种不了地了，要是只剩下一条腿，那根本什么事也都别想做了。

"你跟亨利·麦卡伦怎么说的？"我问道。

"你指什么？"

"我们那头骡子。"

"实话实说。他自己也瞧得出来，棚子里没骡子了。"

"他说什么了吗？"

"他问我们要不要用他的骡子，我问他只用一段时间怎么算。亨利说，那样的话，我们就必须把收成的一半交给他，而不是四分之一。我说可地已经耕过了。亨利说我们还需要翻地、施肥和种地，如果用他的骡子，就必须把一半收成给他。我说那我们不用了，没骡子我们也可以。亨利说那就走着瞧吧。"

这也就意味着如果播种不及时，亨利感到不满意，不管怎样他都会让我们用他的骡子，然后拿走我们一半的收成。仅靠剩下的一半收成，我们一家人一年很难吃饱肚子，更别说买种子、化肥和再买一头骡子了。我们必须自己有骡子，否则会一败涂地。交出一半收成，落到自己口袋里的钱所剩无几，到了年底只落得兜里空空，根本攒不下钱以备不时之需。到那时只有跟农场主借钱，今天借点，明天借点，不知不觉就变成了农场主的奴隶。工作只为了还债，越辛苦欠的债反而越多。

"我们不需要亨利·麦卡伦的骡子。"我说道。但赌气的话只是说说而已，对此我们都心知肚明。仅靠鲁埃尔和马龙，应付不了二十五英亩的地，他们干活虽然不辞辛苦，可毕竟还是十二岁的孩子，当不了大人用。如果荣塞尔在家，三个人加起来倒是可以，但没有骡子太难为两个孩子了，可想再买一头骡子，我的钱还差得远呢。死去的那头骡子花了我 130 美元，我还以为它起码能为我干上十二年呢。

"我也是这么对亨利说的，"弗洛伦丝道，"我还告诉他，我没法再帮他妻子料理家务了，我必须和双胞胎一起下地干活。"

我刚要说不，弗洛伦丝伸手挡住我的嘴。"哈普，我们没有别的选择，这你清楚。种地又不会要了我的命，等你的腿痊愈就好了。"

"我向你保证，以后绝不会再让你种地。"

"不是你让我种地，是我自愿的。"弗洛伦丝道。

"如果我之前把梯子修好就不会发生这些事儿了。"

"这不能怪你。"弗洛伦丝道。

但要怪我头抬得太高，没瞧见脚底下踩着的木板已经烂掉了。我躺在床上，感到前所未有的沮丧。我的眼中溢满了泪水，只好闭上眼，以免落泪。在自己老婆面前掉眼泪真是太丢脸了。

等特平医生终于出现在我面前时，已经是第二天晚上了，我的腿已经肿得不成样子。我曾经找过特平医生两次，一次是我脚踩到生锈的钉子得了破伤风，另一次是莉莉·梅患了肺炎。特平医生不是玛丽埃塔镇本地人，他是五年前从佛罗里达搬过来的，据说他在那边曾是三K党① 成员。密西西比河附近没有三K党，1922 年那会儿他们曾想进入格林维尔市，不过被珀西参议员赶走了。勒罗伊·珀西是个绅士，白人中的好人，特平医生则正相反。他仇恨黑人，瞧着黑人喘气活着他就来气。可问题在于附近只有特平这一位医生，要不然就必须去贝尔佐尼或楚拉镇找医生，去这两个地方坐马车都要两小时。特平医生一周只有几天给黑人看病，具体哪天还不固定。我得破伤风那次去找他是周一，他说他只能周三给我看，而那次我带莉莉·梅去看病时是周五，他说算我走运，因为周五是他给黑人看病的日子。

---

① 三K党（Ku Klux Klan，缩写为 K.K.K.），是美国历史上和现在的一个奉行白人至上和歧视有色族裔主义运动的民间排外团体，也是美国种族主义的代表性组织。

弗洛伦丝把特平医生带到我床前，医生让她去另外房间等。"我可以帮什么忙吗，医生？"弗洛伦丝问道。

"如果需要，我会喊你的。"医生道。

我想弗洛伦丝留下陪我，知道她也想，可她只能无奈地离开了。特平医生等弗洛伦丝出去，关上门，来到床前。特平医生是个大胖子，黄褐色的眼睛，上翘的小鼻子有点滑稽，看起来像女人的鼻子。"好吧，伙计，"医生道，"我听说你摔坏了腿。"

"是的。"

"亨利·麦卡伦很想你好起来，所以我想我最好把你治好。你知道你有多走运吗？摊上像麦卡伦先生这样的农场主。"

每次找他看病，他似乎都会提醒我，我有多幸运。虽然我不觉得自己走运，但还是点了点头。医生扯下盖在我腿上的东西，嘴里打了一个呼哨。"摔得真够呛啊。你一直在吃我给你的止疼药吗？"

"是的。"

医生用手戳戳我的腿，我疼得差点跳起来。"你最后一次吃止疼药是什么时候？"

"晚饭后就吃了，大概有四五个小时了。"

"好吧，那样的话，这可能会有点疼。"医生把手伸进医疗包，从包里掏出几块木板和几卷纱布。

"能让我再吃点止疼药吗？"我询问道。

"当然可以，"医生道，"但药要等十五或二十分钟后才起效。我可没时间在这儿等。我妻子还等着我回去一起吃晚饭呢。"他把其中最细的一块木头递给我。我瞧见木头上满是坑坑洼洼的印子。"用牙咬住它。"医生道。

我把木头塞进嘴里，用力咬住。浑身是汗的我心里直颤抖，如果我能感受到自己的恐惧的话，那么特平医生肯定也可以。但现在别无他法，只能听天由命了，我心中暗自对自己说，不管怎样，绝对不要哭出声。只要我信仰坚定，上帝一定会像以前一样保佑我，帮我渡过眼前的难关。

我惧怕的时候要倚靠你。（《诗篇》56:3）

"现在，伙计，"医生道，"如果我是你，我会闭上眼睛。千万别动。如果你想保住腿就别动。"医生用手抓住我的膝盖和脚踝，按住我的腿，对我眨眨眼。

我倚靠神，我要赞美他的话；我倚靠神，必不惧怕。血气之辈能把我怎么样呢？（《诗篇》56:4）

医生用力一扯我的脚踝，一阵剧痛疼袭来，与此相比，之前的疼痛简直像挠痒痒。我对着嘴里咬着的木头，放声狂叫。

然后我就不省人事了。

劳　拉

当亨利告诉我，弗洛伦丝不能再来帮忙时，我心中几近恐慌。不仅再没人帮我做家务，我失去的还有弗洛伦丝的陪伴、她的沉着冷静，以及这个房子里还有另外一个女人存在的感觉。没错，孩子和亨利晚上会陪在我身边，可他们三个人同属一个阵营，都对农场的生活有说不出的欢乐。没了弗洛伦丝，我只能独自面对我的愤怒、我的不安和我的恐惧。

"等到了七月就好了，"亨利道，"等棉花种上，她就可以回来帮忙了。"

离七月还有三个月的时间——这简直像要到下辈子一样遥远。我当时想也没想，脱口而出道："我们就不能把骡子借给他们吗？"

话出口的那一瞬间，我立刻后悔不已。"借"在亨利的字典里是个脏词，与亵渎神灵的词一样罪大恶极。亨利不信任银行，买东西从来只付现金。到了"泥巴地"之后，亨利把我们的钱锁在卧室地板下的保险箱里。我不知道里面到底有多少钱，但亨利告诉我钱藏在哪儿，还告诉了我保险箱的密码：8-30-62，这正是罗伯特·爱德华·李将军带领南方联盟军在里士满战役中打败北方联邦军的日期。

"不行，我们不能把骡子'借'给他们。"亨利厉声道，"你不能'借'骡子给别人。另外我告诉你，如果弗洛伦丝和她的孩子不能及时播种，他们就必须'用'我们的骡子，并按规矩上交一半的收成。"

"你这话是什么意思？"

"就像阿特伍德家一样。如果他们没有骡子，来不及播种，他们就必须用我们的骡子。换句话说，他们必须把棉花收成的一半给我们。这对他们来说是不幸，但对我们来说却是好事。"

"我们不能像这样占他们便宜，亨利！"

亨利被我的话气得满脸通红。"占他们便宜？我用我的牲畜给他们种庄稼。骡子可是我花了大价钱买的，我还要花钱喂它。你觉得我应该免费给他们用吗？也许你还觉得，既然哈普病了，我干脆直接把骡子送给他们好了。为什么不把我们的汽车也送给他们呢？该死的，把这个农场都给他们好不好？"

我觉得这主意不错。

"亲爱的，我只是觉得我们该帮他们一把。"我向亨利解释道，"毕竟，哈普是为我们工作，修理我们的棚子时受的伤。"

"你错了，哈普是给自己干活受的伤。如果他不修棚子，他的农具就会生锈，他的收入就会减少。经营农场是门生意，劳拉。像其他生意一样，是有风险的。哈普对这点心知肚明，你也应该明白这点。"

"我知道，但是——"

"这么跟你说吧，"亨利道，"我把我们的钱全都投到了农场里，我们所有的钱。所以我们今年必须得挣点钱。否则我们家就有麻烦了。你明白了吗？"

像里士满战役中的北方联邦军一样，我被彻底打败了。"我懂了，亨利。"我答道。

取得胜利的亨利态度和蔼了许多。"亲爱的，我知道这对你来说不容易。等种了地，我就给你物色一个新女佣。与此同时，明天你要不干脆回格林维尔待一天，逛逛街，买点东西。给自己买顶新帽子，再给女儿们买些复活节穿的衣服。还可以和埃博琳吃个午饭。我和帕比这一天可以自己喂饱自己。"

我并不想要新帽子，也不想见埃博琳，尤其不想要新女佣。"好的，亨利，"我说道，"这主意不错。"

第二天一早，我就带着女儿出门了。路上我们顺便去了哈普家，探望一下哈普，还给他们带了点吃的东西。自从哈普出了事，我就没再见过弗洛伦丝，此刻瞧见她蓬头垢面，一脸憔悴，我不禁吃了一惊。

"哈普伤得很厉害，"弗洛伦丝道，"他的腿一直没见好，到现在已经烧了三天了。我试过了各种方法，可烧就是不退。"

"需要我再找特平医生过来瞧瞧吗？"

"那个魔鬼！一开始就不该让他碰哈普。被他治过的黑人里有一半比治疗前还糟糕。如果哈普因为他保不住腿……"弗洛伦丝的声音渐渐变得虚无缥缈，但肯定正在细数特平医生犯下的可憎罪行。而我脑子里只顾得琢磨另外一件事：如果哈普保不住腿，弗洛伦丝就再也不能回来帮我了。

一到格林维尔，我就开始到处逛街，不过我要找的可不是帽子和复活节的衣服，而是找个愿意驱车单程两小时去给黑人佃户看病的医生，这可比要找一头能飞的大象还难。头两个医生听我讲完，激动得就像我不是找他们看病，而是要他们给我洗衣服一样。第三个医生已年过七旬，说他已经不能开车了，不过在我离开时，他告诉我："克雷街上有个名叫珀尔曼的医生说不定会去，他是个外国人，还是犹太人。或者你可以去黑人街，那里有黑人医生。"

虽然心里忐忑，但我决定先找犹太外国医生碰碰运气。但那个医生能治哈普的伤吗？他会不会骗我？他会给黑人看病吗？结果证明我的担心都是多余的。珀尔曼医生亲切和蔼，博学多知，虽然诊所没有病人，却打扫得非常干净。还没等我把情况都讲完，他就已经拿起医疗包出门了。医生开车跟在我和女儿的车后，一直开到哈普和弗洛伦丝的家，我付了诊费，医生的报价非常合理，然后我就离开了。

等我到了家，天差不多全黑了。亨利正在门廊等着接我们。"姑娘们，你们一定是把半个格林维尔都买下来了。"亨利喊道。

"哦，我们没买什么。"我说道。

亨利来到车前，瞧见车里竟然没有包装袋，他惊讶地眉毛一挑。"难道你真的什么都没买？"

"我们找到了医生，"阿曼达·莉道，"他讲话很逗。"

"医生？是谁不舒服了吗？"

我的心突然一紧。"是的，亨利，是哈普。他的腿一直没好。医生是给他找的。"

"你去了一整天就是找医生了？"亨利问道，"给哈普·杰克逊找医生？"

"我没特意去找。但服饰店旁边刚好有家诊所，所以我想——"

"阿曼达·莉，带你妹妹进屋去。"亨利道。

女儿们听出父亲语气不对，乖乖进屋了，只留下我一个人面对亨利。哦，我不是一个人，我发现老头子也在窗户旁，我们说的每一个字他都照单全收。

"你怎么不事先跟我打个招呼?"亨利质问道，"哈普是我的佃户，我自己会管他。如果他病了，我应该事先知道。"

"我去镇上刚好路过他家。弗洛伦丝说他伤势加重了，所以我就——"

"难道你觉得这事我不会处理吗? 难道我不会去找特平医生吗?"

那一刻我恍然大悟，亨利之所以这么生气是因为我伤了他的自尊。"不，亨利，当然不是，"我答道，"可弗洛伦丝不信任特平医生，而我正好在格林维尔……"

"她不信任特平医生，此话怎讲?"

"弗洛伦丝说特平医生没把哈普的腿治好。"

"她的一面之词你也相信。你宁愿相信一个只受过五年级教育的黑人接生婆，而不是医生。"

听亨利这么一说，我确实感觉这事有点荒唐。我竟完全相信了弗洛伦丝的一面之词。但在我畏畏缩缩迎着亨利怒视的目光之时，我心里清楚，如果有下次，我还会这么干。

"是的，亨利，我相信她。"

"好啊，那么你也该同样相信我，信任你的丈夫。相信我会尽力为佃户、为你，还有孩子们着想。我需要你信任我，劳拉。"亨利沉重地又补了一句，"我真没想到这种话你还要我说出来。"

亨利转身走了，留下我孤独地站在车旁。太阳悄悄地沉入地平线之下，气温也逐渐下降。我开始瑟瑟发抖，于是我倚在汽车的发动机盖上，心中暗自庆幸，幸好车子还是暖暖的。

哈 普

等我苏醒过来，特平医生已经走了。好消息是我还活着，坏消息是腿疼得宛如刀割。整条腿被包扎得严严实实，根本瞧不见样子如何，可感觉却真真切切。炙热感已经消退，皮肤又干又紧。这可不是什么好兆头，我曾护理过骡子，这点我很清楚。

"医生说再过一两天你的腿就应该会见好。"弗洛伦丝道。

可我的腿不但没好转，反而越来越糟，抽疼得厉害。我一会儿清醒，一会儿昏迷，只记得有人俯着身子瞧我，有弗洛伦丝，有孩子们，还有我的母亲，但二十年前她就已经入土为安了。接着，我还看见一个奇怪的中年白人，灰白大胡子，长又粗的眉毛简直像八字胡。

"这位是珀尔曼医生，"弗洛伦丝道，"他会把你的腿治好的。"

珀尔曼医生伸手握住我的手腕，然后瞧着自己的怀表，接着用光照着我的眼睛，贴近我的脸观察起来。"你丈夫休克了。"医生道，他的口音听着很滑稽。医生摇了摇头，似乎对某事感到不悦。我以为他是因为不得不给黑人看病而生气。我不想再让生气的白人医生给我看病，我照实说了，可医生依然没停，他开始解开我腿上的绑带。我开始奋力抵抗挣扎。

"按住他。"医生吩咐弗洛伦丝道。

弗洛伦丝上前按住我的两个肩膀，我试图推开她，可我的身体太虚弱了。我瞧不见医生在做什么，但我有一种不祥的预感。

"他是不是手里拿着锯子?"我问弗洛伦丝。

"没有，哈普。"

"别让他给我截肢。我知道他在生气，你不能由着他。"

"现在你需要躺着别动。"弗洛伦丝道。

医生再次俯身贴近我的身体，我甚至能闻到他呼吸中的烟草味。"你的腿没治好，正在发炎。"医生道。

"你说什么?"我又开始挣扎，想挣开弗洛伦丝坐起来，可感觉像蚂蚁撼树。

"安静点，"弗洛伦丝道，"你的腿肿了，所以你才会发烧。"

"我现在要让你睡一会儿。"医生道。他把一个小瓶子举到我的鼻子和嘴上面，滴了几滴液体，我闻到一股难闻的甜味。

"行行好，医生，我需要我的腿。"

"现在睡吧，杰克逊先生，别担心。"

我努力想保持清醒，可睡意一浪接一浪袭来。最后我只记得瞧见医生弯腰从医疗包里取了东西出来。医生的光头后面有个小小的针织帽子，看着像糕点盘上的网眼小圆垫，我纳闷他是怎么把这个东西放在头上不掉下去的。接着我的眼皮开始打架，最终抵不过睡意，陷入了沉睡之中。

等我再次苏醒已经是第二天早上了，腿依然疼，但好了许多。我不禁暗自庆幸，这时我猛地想起老沃尔多·默奇，他在1929年失去了一条胳膊。沃尔多信誓旦旦宣称，虽然他胳膊没了，可还能感到疼。我很多次亲眼瞧见沃尔多在揉那只根本不存在的胳膊，不知道我现在感觉到的疼痛是否也是出于想象。上帝一定觉得我已经吃够苦头了，所以当我扯掉毯子，发现自己的腿还在，腿上打了夹板，缠着纱布。我实话跟你说，当你以为自己只剩下一条腿，结果发现两条腿都在时，那高兴劲就别提了。

我听见弗洛伦丝在另外房间里走动的动静，我大声喊她。

"我在给你准备早饭，"弗洛伦丝道，"我马上就过去。"

弗洛伦丝给我端来一盘玉米和鸡蛋。一闻到饭味，我的肚子立刻咕噜作响，好像一周都没吃饭似的。"先把这个吃了。"弗洛伦丝递给我一片药。

"这是什么？"

"消炎药。治疗感染的。一天两片，直到炎症下去。"

我把药吃了，然后狼吞虎咽地吃饭。弗洛伦丝伸手摸摸我的额头。"烧已经退了，"弗洛伦丝道，"昨天你都要不行了，幸亏那个医生来了。他是麦卡伦夫人大老远从格林维尔找来的。"

"她一个人去找的医生？"

"是的。她开车在前面带路，医生开车跟在她车后面。"

"你见到她，一定要帮我好好谢谢她。"

弗洛伦丝鼻子一哼。"被那个屠夫治过之后，你还能保住这条腿真算你走运。珀尔曼医生对特平医生的治疗非常恼火，他是这么说的，说特平医生根本不配被称作医生。"

"这个珀尔曼医生不是本地人吧。"我说道。

"不是，是从欧洲某个地方来的。澳大利亚，他好像说的是这个地方。"

"你是想说奥地利吧。就是荣塞尔信里提过，总下雪的那个地方。"

弗洛伦丝耸耸肩。"我不管他从哪个地方来，我只高兴他能出现在这儿。"

"我需要在床上躺多久？"

"八到十周，前提是没有感染。"

"八周！六月份我必须下地干活！"

弗洛伦丝没理会我的抗议，继续道："医生让我们必须盯紧你。一定要让你的腿放平。他周一还会来复查，如果消肿了，就给你打石膏。"

"打了石膏我还怎么摘棉花？周日还怎么布道？"

"都别想了，"弗洛伦丝道，"我和孩子会去干活，朱尼厄斯·李会开车从楚拉镇过来布道，你要听医生的话，腿不能承重。否则你的腿可能会跛，甚至会更糟。"

"可如果我不干活，我们就又变回佃农，得一辈子给亨利·麦卡伦打工了。"

"现在可顾不了那么多了，"弗洛伦丝劝我道，"不管怎样，上帝会保佑我们的。你现在必须按医生说的做。"

"妻子的争吵如雨连连滴漏，"我说道，"《圣经·箴言》，第 19 章第 13 节。"

"惟有贤慧的妻是耶和华所赐的，"弗洛伦丝以其人之道还治其人之身，把我给顶了回来，"《圣经·箴言》，第 19 章第 14 节。"

女人总是清楚《圣经》中有关她们的话，这点让我佩服得五体投地。她们没读过书，可记忆力惊人。

"我得下地干活了，"弗洛伦丝道，"如果你需要帮忙，莉莉·梅会在这儿陪你。你现在需要休息。”

我百无聊赖地躺在床上，想到老婆和孩子正在地里替我干活，我心里真不是滋味。没人帮我，我甚至都不能方便。我尽量忍到弗洛伦丝和儿子回来再方便，可有天实在憋不住，只好让莉莉·梅帮我拿着尿盆。这种事绝不该让女儿帮爸爸，这还不如让我把屎拉在身上直到弗洛伦丝回家再清理。

弗洛伦丝和双胞胎儿子刚干完活从地里回来。弗洛伦丝的两只手都磨出了水泡，我瞧见她趁我不注意时偷偷揉后背。但她并没有抱怨，一个字也没说，只闷头干必须要干的活。他们就这样一直不停歇地干，周日也不休息，弗洛伦丝甚至连安息日也不再休息了。我们别无选择，必须及时把地种好，不然亨利·麦卡伦就会强迫我们必须用他的骡子。

终于到了星期一，珀尔曼医生说话算数，又来给我复查了。他解开纱布，瞧着我的腿。“不左。”医生的口音听着怪怪的，我想他说的应该是“不错”。“肿已经消了。我们现在必须给你打石膏，我需要热水。”

弗洛伦丝打发莉莉·梅去烧水。与此同时，珀尔曼医生给我做了全身检查，瞧瞧我的眼睛，听听我的心跳，动动我的脚趾头。他似乎不介意碰我。不知道在他的国家里，白人是不是都像他一样。

“弗洛伦丝说你是从奥地利过来的。”我说道。

“是的，”医生道，“我和妻子是八年前搬过来的。”

我没多想，脱口说道：“我们的儿子荣塞尔就在那儿。他开坦克，在巴顿将军手下当兵。”

“那我真要谢谢他了。”

我飞快地瞥了眼弗洛伦丝，她和我一样一脸不解。我故意放慢语速，好让医生能听明白我说什么。"荣塞尔是在和奥地利人作战。"

医生的两眼突然迸射出凶光，吓得我手臂上的汗毛都竖起来了。"我希望他能多杀死几个。"医生说完便离开房间去洗手了。[①]

"你听懂医生的话了吗？"我向弗洛伦丝求助道。

弗洛伦丝摇摇头。"这世上的白人都不可理喻。"

第二天暴雨倾盆，简直像老天爷提着水桶不停向下倒水。我们只能眼睁睁瞧着外面，心急如焚也没有办法，只能等天晴。两天后等天一放晴，弗洛伦丝就带着孩子又下地干活去了，这次连莉莉·梅也带上了。她的脚畸形，下地干活会更苦，可我们能有什么办法。

我躺在床上架着脚，脚痒得让我不禁嘴里念念有词。感觉好像有一群蚂蚁正在石膏里觅食。我的腿从脚踝一直到大腿根都打上了石膏，根本没法瘙痒。

我正在用河边桦树枝编篮子，好让自己别总想着抓痒时，突然听见一阵仿佛来自地狱的轰鸣声，我抬头望向窗外，亨利·麦卡伦开着他的拖拉机来了。亨利熄了火，下了拖拉机。

"哈普在吗？"亨利大喊道。

"我在这儿。"我对着亨利喊道。

亨利来到卧室窗前，瞧了眼屋里。我们寒暄了几句，亨利问我感觉怎么样。

"好多了，多亏麦卡伦夫人给我找的那位医生，"我说道，"多

---

① 二战期间，奥地利对犹太人也进行了大屠杀。

谢她帮我找医生过来。"

"我想你是该谢谢她，"亨利点燃香烟道，"你的石膏要打多久？"

我望着亨利身后的远处，瞧见弗洛伦丝和孩子们正在犁地。我想说的是，我的家人正在炎炎烈日下拼命干活，而我却坐在这边和亨利闲聊天，这比我的腿更让我感觉疼。"大概还需要一个月左右时间。"我答道。

"真的吗？"

"真的。"

"你知道吗，我在一战时曾伤过腿。根据我的记忆，要几个月之后才可以拆石膏，而真正能干活需要更久时间。"

"我身体好得快，从小到大一直如此。"我说道。

亨利吸了一口烟。我不出声地等着，知道他接下来要说什么。"事情是这样，现在是四月的第二周，"亨利道，"正常情况下你们应该开始播种了，可你们的地现在还没翻完。"

"刚下过雨，我们必须得再耕一遍。"

"这我知道，不过如果有骡子的话，这点活很快就能干完。事实上，到周末他们还不能开始施肥，更不用说播种了。他们只有三个人，哈普。我的庄稼不能再等了。你是种地的，你应该明白这个。"

"不会拖那么久的。我们让莉莉·梅也下地帮忙了。"

"一个走路一瘸一拐的小女孩改变不了什么，这你是知道的。"亨利把香烟弹到地上，"明天晚饭后，你让你儿子过来取骡子。"

后来，我察看我手所经营的一切事和我劳碌所成的功，谁知都是虚空，都是捕风，在日光之下毫无益处。（《传道书》2:11）

"嗯。"我答道。我本想说点什么，可哽咽着说不出话来。完了，哈普，我心中暗道，你又变成佃农了，你最好接受这个事实。

待弗洛伦丝带孩子回家吃饭时，没等我告诉她，她瞧着我的脸，道："他要我们用他的骡子，是不是。"

"是的，从今天下午开始。"

"好吧，"弗洛伦丝道，"不管怎样，至少犁地能快点。"

大家坐下开始吃饭。其实算不上正经饭菜，只是教会的姐妹们早前给拿来的猪背膘和粗玉米粉，但我还是像往常一样做了饭前祷告。等我做完祷告，弗洛伦丝一直低着头，我知道她肯定在祈祷。她肯定也跟我从梯子上摔下来之后每天祈祷的一样：希望大儿子荣塞尔早点回来，帮我们渡过难关。

第二部

劳 拉

亨利生我的气了，其表现就是在床上不理我。亨利对床上之事向来并不特别有激情，但至少一周两次。我们结婚的头几个月，我觉得这事难为情，并不情愿（但我从没拒绝过他——也没想过要拒绝）。我们之间虽谈不上如鱼得水，灵与肉和谐，但也称得上甜蜜，驾轻就熟。亨利喜欢在晚上做那种事，同时要亮着一盏灯。到了"泥巴地"之后，灯只得换成了蜡烛。火柴头急速划过擦纸的声音就是亨利发出的求欢信号。当我们紧紧相拥，合二为一时，我既感到与亨利心贴心，又仿佛相隔万里。当他飘飘欲仙时，我只感到痛苦，我并不奢望能神魂颠倒，甚至不知道女人是否可以有那种体验。我从不觉得床笫之事有多快乐，它使我意识到自己是一个真正的妻子。但直到亨利冷着脸不再碰我，我才意识到自己心中有多么渴望。

如果说四月份我的床缺乏温存冷得像冰窟，那没有弗洛伦丝帮忙的日子就像烤火一样让人煎熬，我每天浑身是汗、筋疲力尽。亨利雇了凯斯特·科特里尔的女儿玛蒂·简来家帮我，可这姑娘做事懒散，喋喋不休，是个十足的话匣子，只帮了我一天，我就不让她洗衣服，只让她待在房子里，不许再出去。大多时候，我只能远远瞧着弗洛伦丝弯腰挥着锄头，与威胁棉花幼苗的杂草搏斗。有一次，当我在镇上撞见弗洛伦丝，向她大吐关于玛蒂·简的苦水。弗洛伦丝听着一脸难以置信——似乎对我的抱怨深感不屑，怎么，这就是你所谓的麻烦？瞧见她这副表情，我羞愧地赶紧闭上了嘴。我自知该心存感恩，庆幸不用每天在棉花地里干十二小时或更多的农活，可我就是觉得委屈。

四月末的一个周六，我们家五口一起去镇里办点杂事，然后去戴克斯餐馆吃晚餐，这家餐馆以炸鲶鱼和店外的标语闻名：

上帝爱你

营业时间：周一至周五　6：00—2：00

周六　6：00—8：00

吃过晚饭，我们去特里克班克家的商店买一周的生活用品。亨利、帕比、奥里斯·斯托克斯和其他几个男人留在前门廊聊天，我和女儿进商店去找我们的伙伴。萝丝和我聊天时，阿曼达·莉和伊莎贝尔跑去找萝丝的两个女儿玩。爱丽丝·斯托克斯也在，她正要买一段府绸做孕妇装，浑身散发着怀孕的喜悦。尽管我有一肚子苦水要吐，也忍不住替她感到开心。我们聊了一会儿，这时有个黑人士兵从后门走进了商店。年轻的小伙子，个子高高的，浓如深茶色的皮肤，袖子上有中士的臂章，胸前挂的满是荣誉勋章，宽阔的肩膀上挎着帆布行李包。

"你好，特里克班克夫人，"黑人士兵道，"好久不见。"他的嗓音悦耳圆润。洪亮的声音在商店里回响，吓了我们大家一大跳。

"荣塞尔,是你吗?"萝丝犹豫地问道。

年轻的士兵咧嘴一笑。"是我,夫人,如假包换。"

原来这就是弗洛伦丝一直跟我念叨的那个儿子,她总说他有多么聪明、潇洒、勇敢,说他如何如饥似渴地读书,如何招大家喜欢等。"不是我这个当妈的夸自己的儿子,"弗洛伦丝宣称道,"荣塞尔特招人喜欢,你瞧见他的第一眼就会明白我说的不假。女孩们都想和他在一起,男人也都喜欢他。他天生如此,大家情不自禁就会喜欢他。"

我当时觉得这肯定是母亲对儿子的盲目喜爱,但这话我憋在心里没说出口。有哪个母亲不把自己的第一个儿子当作上帝恩赐的宝贝呢?但此刻我亲眼瞧见荣塞尔站在特里克班克家的商店里,我立刻明白弗洛伦丝说的不是假话。

荣塞尔礼貌地对我和其他女人点头致意。"下午好,"荣塞尔打招呼道。

"喔,"萝丝道,"真长成大小伙子了啊。"

"你还好吗,特里克班克夫人?"

"挺好的。你还没见过你的家人吧?"

"没有,夫人,"荣塞尔道,"我一下车就先来这儿给他们买点东西。"

趁萝丝帮荣塞尔挑东西时,我仔细打量着荣塞尔。他长得像哈普多一些,但行为举止像弗洛伦丝,不仅如此,他仿佛有种特殊的魅力,让人不禁想盯着他看。荣塞尔好奇地瞥了我一眼,我知道他发现我在盯着他瞧。"我是麦卡伦夫人,"我有点不好意思道,"你父母在我们的农场干活。"

"你好。"荣塞尔道。我们的目光仅一错而过,可就在那短短几秒内，我感觉他已经看透了我的为人。

"哈普和弗洛伦丝知道你回来了吗？"我问道。

"不知道，夫人。我想给他们一个惊喜。"

"嗯，我知道他们瞧见你会很高兴的。"

荣塞尔眉头一皱，担心道："他们还好吗？"

弗洛伦丝的儿子果然厉害，一下子就听出我刚才话中有话。我犹豫了一下，然后告诉他哈普腿摔伤的情况，我尽量说得乐观一些。"他现在已经可以拄拐杖了，医生说到了六月他就可以自己走了。"

我的目光不自然地游离，不再看他。"还有什么事吗？"荣塞尔问道。

这时，我才意识到其他人都在默默瞧着我们，她们谨慎地一言不发。有人一脸惊讶，还有人一脸的不友好。萝丝则一脸担心，用眼神示意我别继续说了。

我又看着荣塞尔道："你父母的骡子没了，又碰上坏天气。他们现在在用我们的骡子。你母亲要和你的兄弟一起下地干活。"

荣塞尔闻言钢牙紧咬，面色一冷。"谢谢您告诉我这些。"荣塞尔道。从他故意重读的"谢谢您"这三个字听得出，他显然是在讥讽。我听到爱丽丝·斯托克斯用力吸了一口气。

"抱歉，"我对荣塞尔道，"我得买东西了。"

待我离开荣塞尔时，听到他说："特里克班克夫人，那块布料我稍后再来买。我现在先要回家去。"

荣塞尔匆忙付了钱，拿着他的行李袋和买的东西向前门走去。他刚走到门前，前门突然打开，帕比进来了，身后还跟着奥里斯·斯托克斯和特平医生。荣塞尔一下子停住脚步，差一点迎面撞上这三个人。

"借过。"荣塞尔道。

他试图绕过眼前的三个人，可奥里斯身子一闪，一下子挡在荣塞尔面前。"瞧啊，穿制服的黑鬼。"

荣塞尔没有避开的意思，两眼直视着奥里斯的眼睛。但随后他低下头，道："抱歉，我没注意到你们。"

"你想上哪儿去，小伙子?"特平医生道。

"只想回家去见我的家人。"

商店大门再一次打开，亨利和其他男人也走了进来，他们挤在帕比、奥里斯和特平医生的后面。这帮人个个面露敌意。恐惧好像一只手，突然紧紧攥住了我的心。

"亲爱的，"我对亨利喊道，"这是哈普和弗洛伦丝的儿子，荣塞尔，他刚刚回国。"

"原来如此，这就说得通了。"帕比拖着长腔，慢吞吞道。

"什么说得通了?"荣塞尔问道。

"这就解释了你为什么要走前门。你一定没搞清楚自己现在在哪儿吧。"

"我知道自己在哪儿。"

"哦，我觉得你不知道，小伙子，"帕比道，"我不知道在国外你们怎么样，但你现在在密西西比。黑鬼不可以走前门。"

"你应该去走属于你的后门。"奥里斯道。

"我觉得你该走了，"亨利道，"快走吧。"

屋内一片寂静。空气中明显充斥着一触即发的敌意。我瞧见男人们个个虎视眈眈，用力将手攥成拳头。可荣塞尔毫不畏惧，也许他心里害怕，可脸上没表现出来。荣塞尔缓缓打量了商店一圈，目光扫过店里的每个人，男人还有女人，也包括我。快走吧，我心中暗暗祈祷道。可荣塞尔却不慌不忙，直到场面即将失控时，他才开口。

"知道吗，你说得对，"荣塞尔对帕比道，"在国外我们不走后面，而是堂堂正正走在前面。冲在最前线，和敌人面对面。我们一直冲在最前面。我们中有些人被德国鬼子杀死了，但最终我们把他们赶了出去。没错，赶走了。"

荣塞尔对萝丝点点头，然后转身，大步流星走出了后门。

"你们听到他刚才那番话了吗？"帕比气急败坏道。

"像他这样的黑鬼在这儿活不长。"奥里斯道。

"或许我们该教他懂懂规矩。"特平医生道。

正当情况即将变得不可收拾之时，亨利站了出来，他面对大家，举起双手。"没必要这样。我会和他父亲谈谈的。"

那一刻，我有点担心这帮人不会就此善罢甘休，不过奥里斯说道："麦卡伦，你一定要和他好好谈谈。"

随着男人们四散而去，危机也解除了。我买好东西，喊回女儿，然后我们一家人离开了特里克班克家的商店。在返回"泥巴地"的路上，我们碰见荣塞尔正走在路中间往家赶。他闪到路旁边，给我们的车子让路。车子经过他时，我透过打开的车窗，我们互相瞥了对方一眼。荣塞尔两眼闪闪发亮，眼神中透着桀骜不驯。

荣塞尔

回家了，回家了，蹦蹦跳，蹦蹦跳[1]。黑鬼、黑皮、黑佬，黑奴。为祖国背井离乡去战斗，回到家却发现情况一点也没变。黑人坐公车还要坐后排，进出要走后门，依然在给白人种棉花，看白人脸色。我们响应白人的号召，替他们出生入死，却依然改变不了现状，在白人眼里，我们依旧是黑鬼，而为国牺牲的黑人只是死黑鬼。

刚在特里克班克家的商店，我很清楚自己处在风暴旋涡之中，可我依然没能忍气吞声。我的做法好像训练营时的战友吉米。我告诉过吉米，让他机灵点，最好忍气吞声，可他只是摇摇脑袋，说宁肯挨顿胖揍也不做胆小怕事的黑鬼。他确实挨了几顿胖揍，一次在路易斯安那州，另两次在得克萨斯州。最后那次一群当地军警把他打得半死，在医院里躺了整整十天，可他还是不肯低头。要不是我们远赴国外作战，我估计他早晚会被白人打死。听我这么说，吉米哈哈大笑道："我倒要让他们试试看。"

---

① 出自儿歌《去市场，去市场》（To Market，To Market）。

吉米肯定会为我刚才的表现自豪，但我的父亲却一定会为此唠叨死我。父亲的世界仅局限于小小的三角洲地区。他从没体会过昂首挺胸走在大街上，听着街两旁的人为他喝彩，向他抛洒鲜花。他参加的是一场即便胜利也无人喝彩的战斗，他的敌人是腰酸腿疼、干旱雨涝、烈日炎炎、棉铃虫和土里折断犁刃的岩石。这是一场永无休止，从不停火的战争。即便今天你获得了胜利，明天还要起床再次战斗，从头开始继续一模一样的战斗。你只要输了，就可能输掉一切。而面对如此微薄的胜率还依然战斗的只有两种人：傻子和别无选择的人。

相比两年前我离开家时，父亲明显老了，头发里已夹杂着丝丝白发，眼角也新添了不少皱纹。人也比平常消瘦了许多，妈妈说自从他摔坏了腿，人就日渐消瘦，不过父亲的声音依然如往常一般洪亮有力。回到家的那天，我一进院子就听到了父亲的说话声。感谢上帝赐予他们的食物，感谢近几天洒下的阳光让棉花苗壮成长，感谢上帝赐予这个家的健康，也包括那正趴在窝里的母鸡和怀孕的母猪，无论将来我成为怎样的人，我都要感谢上帝保佑，感谢他让我此时此刻能站在家门口。

"阿门。"我说道。

大家瞧见我都张大嘴，一动不动，愣了足有一分钟，好像认不出来我是谁似的。"好吧？"我说道，"没人请我坐下吃晚餐吗？"

"荣塞尔！"鲁埃尔大喊道，马龙则像往常一样总慢半拍，半秒之后才跟着喊了起来。

他们上前抱住我，妈妈和莉莉·梅边亲着我的脸，边念叨着我竟然长这么大了，变得这么帅等，问我一路是否顺利，什么时候回到美国的，为什么不事先写封信告诉家里。终于，父亲按耐不住了，大吼道："好了，别缠着他了，该让他跟父亲打个招呼了。"

父亲腿架在凳子上坐着，他伸出双手，我上前用力抱住他，然后我蹲下和他说话，以免他总仰着头。

"我知道你会回来的。"父亲道，"我祈祷了。瞧，你现在回来了。"

"瞧，你却腿上打着石膏。这是怎么搞的？"

"说来话长了。你先坐下吃饭，边吃我边给你讲。"

听到这话我忍不住笑了，父亲什么事都是说来话长。我给自己盛了一盘吃的，有咸肉、豆子和腌秋葵，还有妈妈自制的、可以沾着肉汁吃的饼干。

"我之前总盼着能吃块这个饼干，"我说道，"当我坐在我的坦克上，吃着我的 C 餐时——"

"什么是海鲜 ① 餐？"鲁埃尔不解道。

"是某种鱼吗？"马龙问道。

"不是海洋那个词，是字母 C。它是军队里的配给粮。我给你们也带了一些尝尝。在我包里，你们去瞧瞧吧。"

双胞胎向我的行李袋冲去，打开包把东西都掏出来放在地上。他们已经快赶上我高了，可还是小孩子。瞧着他们两个稚嫩渴望的神情，我觉得有点难过，用不了多久他们就不得不长大要面对残酷的现实了。

"后来，"我对妈妈继续道，"我跟所有战友都讲了你做的饼干。等德国鬼子投降时，我的战友们一个个都梦想着吃到你做的饼干，

---

① 英文字母 C 的发音与英文中海洋（Sea）一词发音相近，所以引起了误解。

包括那些来自北方州的中尉们。"

"我做梦只梦到你。"母亲道。

"你梦到了什么？"

母亲摇摇头，像感到冷一般双手抚摸着她的肩膀。

"跟我说说，妈妈。"

"没关系了，那些都不是真的。你现在终于平安回来了。"

"回到你该回的地方。"父亲道。

吃过晚饭，我和父亲正在门廊里聊天，瞧见一辆卡车沿路开了过来，车在我们院子前停下，亨利·麦卡伦从车上下来。

"他来干什么？"父亲纳闷道。

我站起身。"我猜他是想和我聊聊。"

"亨利·麦卡伦怎么会要和你聊聊？"父亲更纳闷道。

我没回答父亲。麦卡伦已经走上了台阶。

"下午好，麦卡伦先生。"父亲打了声招呼。

"下午好，哈普。"

"荣塞尔，这位是我们的农场主。这是我的儿子荣塞尔，我一直跟你提起的。"

"我们已经见过面了。"麦卡伦道。

父亲转身瞧着我，一脸担心。

"哈普，我最好跟你单独谈谈。"麦卡伦道。

"我不是小孩子了，先生。"我说道，"有什么话就当着我面说吧。"

"那好吧。我想问你一件事。你打算住在这儿帮你父亲吗？"

"是的，先生。"

"像你之前在特里克班克家商店那样，可不是在帮你父亲。而是在帮自己，包括你的家人找麻烦。"

"你做了什么？"父亲问道。

"没什么，"我答道，"就是想走出门而已。"

"你是要走前门，"麦卡伦道，"当我父亲和其他人不让他走时，他还说了好一番话。让我们下不来台，是不是？"

"这是真的吗？"父亲问道。

我点点头。

"我觉得你最好赶紧道歉。"

麦卡伦一双浅色的眼睛盯着我，默默等着。他知道我别无选择。在我们眼中，他的地位近乎上帝。我违心地道了歉。"抱歉，麦卡伦先生。"

"我父亲也想你给他道歉。"

"等明天去过教堂，荣塞尔会去向他道歉的。"父亲道，"是不是，儿子？"

"是的，爸爸。"

"那好吧，"麦卡伦道，"荣塞尔，我还要多说几句。我并不赞同我父亲说的一些话，但他有句话说得没错。你现在回到密西西比了，你最好记住这点。我确定哈普一定希望你在这儿陪他越久越好。"

"是的，我希望这样。"父亲道。

"那就这样吧，希望你们周末愉快。"

待麦卡伦转身刚要走，我说道："先生，还有一件事。"

"什么事？"

"我们马上就不再需要你的骡子了。"

"为什么？"

"我打算一遇到合适的骡子，就给家里买一头。"

父亲听我这么说惊讶得下巴都要掉下来了，屋里也有人惊讶地"啊"了一声，我知道那是正在偷听的妈妈。我本打算先不告诉他们，等买了骡子之后再给他们一个惊喜，但我想杀杀亨利·麦卡伦的威风。

"买头骡子可需要一大笔钱。"亨利道。

"我知道骡子值多少钱。"

麦卡伦瞅着我父亲。"那好吧，哈普，等你买了骡子通知我一声。在此之前，我把骡子改成按天租给你们。我会记到你账上的，等收了庄稼我们再算。"

"等买到骡子我会付你现金结清租金的。"我对亨利道。

我看得出来亨利·麦卡伦不喜欢我这样，一点也不喜欢，他的语气变得咄咄逼人。"我说了，哈普，我会记账的。"

父亲抬起手按住我的胳膊。"是的，那样就行。"父亲道。

麦卡伦上了车，打着火，刚要倒车时，突然喊道："别忘了明天去农场，小伙子。"

我瞅着麦卡伦的汽车扬起一阵灰尘然后消失了。北美夜鹰此刻开始鸣叫个不停，萤火虫在被染成紫色的田野上空飞来飞去。土地望上去好像松松软软、热情友好，可我知道这不过是骗人的假象而已。

"和他们斗没有意义，"父亲道，"他们每次都会赢。"

"我从前不逃避战斗，以后也不会。"

"为了大家，你最好别和他们置气。"

我们在法国、比利时、卢森堡、荷兰、德国和奥地利连续作战了半年，与各国陆军一起，消灭了成千上万的德国士兵。这不是一场个人恩怨，德国鬼子是我们的敌人，但在尽可能多地杀敌人的同时，我并不恨他们。然而1945年4月29日那天，在我们抵达德国达豪时，一切都变了。

我们之前从没听说过集中营，甚至不知道集中营是什么东西，只知道有座建筑阻挡了我们前进的道路。有传言说德国人虐待战俘，但我们以为那只是为了鞭策我们英勇战斗的手段而已。

那时，我已经开始自己指挥坦克了。山姆是我的机枪手。当我们先于步兵团向慕尼黑推进几英里后，我突然闻到一种从没闻过的臭味，那时我已经对尸体的味道不陌生了。我们继续前进了一英里，碰到一座外面围着水泥墙的建筑，从外表看好像是座普通的军营。墙上有扇巨大的铁门，门最上方写着德语。接着，我们瞧见一队人成排站在铁门前，这群人一丝不挂，四肢瘦得像火柴杆。德国纳粹党卫军士兵沿着人群走来走去，用机枪对着这帮人扫射。他们就在我们眼前成片地倒下，等斯科特上尉的坦克一炸开大门，山姆马上开枪干掉了纳粹党卫军。

成百上千的人从建筑里跌跌撞撞走出来，一个个瘦得皮包骨，不成人形。他们都被剃成了光头，浑身脏兮兮的，满身是伤。有部分人沿着路跑掉了，但大部分人不知所措地四处乱走。当他们瞧见被炮弹炸死的马，像蚂蚁瞧见了西瓜皮一样一拥而上，团团围住马的尸体，把尸体撕成碎片，吃了起来。那场景简直让人毛骨悚然，我听到有战友在我身后恶心地吐了。

我们循着枪声来到一栋好像谷仓的大房子前。房子已陷入一片火海之中，空气中飘荡着肉烧焦的味道。等我们转到房前，看见有更多的纳粹党卫军正对屋子里的人开枪。房子里面都是尸体，一具压着一具，堆起来足有六英尺高，其中有些人还活着，他们在死尸上向外爬，试图逃出来。对此无动于衷的纳粹党卫军就站在外面，冷酷地对着爬的人开枪。我们立刻向这帮狗娘养的开了火。他们中有的人开始逃跑，我们出了坦克，追着他们开枪。有两个混蛋从我身边跑过去时，我从后面亲手击毙了他们，除了痛快，我再想不到别的词能形容我当时的心情。

返回坦克时，我碰到一个女人，伸着双手跟跟跄跄向我走来。她竟然赤裸着下身，身上的衬衫已经烂成了布片，我因此才分辨出这是个女人。她的眼睛深深陷进眼窝里，两条腿上满是溃疡，看上去像行走的尸体。我被她吓得直往后退，一脚踩到坑里摔倒了，女人紧紧抓住我，嘴里含糊不清急促地说着什么，也不知道说的是哪国语言。我推了她一把，大喊要她别过来，她似乎一下子力气耗尽，瘫倒在我身上。当女人压在我身上时，我仰面望着头上的天空——天空自顾自地清澈湛蓝，仿佛下面的世界一片平安祥和或无事发生。我感觉压在我身上的女人轻飘飘的像一张毯子，几乎轻若无物。当我透过军服感受到女人身体的温度时，我感到从未有过的羞愧。她这样看着人不人鬼不鬼，不是她的错，是那些对她作孽和那些没有抗争的人的错。

我小心地坐起身，让女人的头躺在我的膝盖上，她仰头瞧着我，就好像我是她的心上人，她的目光仿佛在说，我是她在这个世界上唯一渴望见到的人。我的手在口袋里摸索了一番，找到一条巧克力，我撕开包装把它递给女人。女人坐起来，一把将巧克力塞进嘴里，狼吞虎咽地吃了起来，好像怕我改变主意，再把巧克力要回去。这时，我觉得眼前一暗，抬头一看，发现被囚禁的其他人把我们团团围住，大约有几十个人，都穿着破烂衣服，散发着臭味，可怜得让人不忍直视。他们中有些人边对我说着什么，边用手和嘴做出吃东西的动作，有些人则静静地像鬼一样站着。我又摸摸兜里，看能不能再找到点吃的东西，这时躺在我膝盖上的女人突然身子缩成一团，边揉肚子，边痛苦地呻吟。

"你怎么了？"我问道，"怎么了？"可女人好像肚子中了枪，一边抽搐，一边呻吟。我眼睁睁瞧着她痛苦的样子，却什么也做不了，就这样看着她挣扎了很久，终于一动不动了。我把头放在她的胸口上，可听不到一点儿心跳声。女人躺在地上，双目圆睁，蓝色的眼睛像天空一样湛蓝清澈。

"荣塞尔！"

透过围在我身旁的囚犯细如麻秆的腿，我瞧见山姆一脸泪水，向我走过来。"军医说先不要给他们吃的，"山姆道，"他说他们太久没吃东西了，那样反而会杀了他们。"

我低头瞧着躺在地上的女人。我刚用巧克力杀了她。我不知道她的名字，也不知道她是哪里人。更不知道是否曾有人像我一样抱过她，是否曾有人的手也拂过她的头发。我希望在她来这个鬼地方之前，曾有人爱过她。

我竟然会如此怀念战争时的日子，这完全出乎我的意料。当然，我怀念的不是纳粹德国，只有疯子才会怀念那个鬼地方。我怀念的是我在德国时的身份。在那里，我是一个解放者，一名英雄。但在密西西比，我却又变回一个犁地的黑鬼。在这儿待的时间越久，我就越像一个黑鬼。

我去镇里给新买的骡子买饲料时，遇到了乔希·海耶斯，不过她现在的名字是乔希·杜波克，去年九月她离开这儿嫁给了莱姆·杜波克。战前我经常和乔希一起散步，我非常喜欢她，甚至想娶她。可她对我参军一事非常生气，为此再也不理我了，也不和我说话，直到我离开玛丽埃塔镇时，也没能和她告别。我曾给她写过几封信，可都石沉大海，没收到任何回音，过了一段时间，我只好不再想她。今天当我们在主街上不期而遇时，我不知道自己该怎么办。

"我听说你回来了。"乔希道。

"是的，回来差不多两个月了。你还好吗？"

"还好。我已经嫁人了。"

"这我知道，父亲写信时告诉我了。"

我们两人都陷入了沉默。我从前认识的那个乔希总是乐呵呵、兴高采烈的模样。我总胳肢她，直到她大叫，她从来不躲开，就是一直咯咯笑，身子扭个不停，见我停下还会逗我，直到我再胳肢她。现在的乔希看上去好像不再那么爱笑了，她的模样还是那么好看，可眼神沉重了许多，我很清楚她为何会变成这样。我和莱姆是同学。他那个人总喜欢第一个惹麻烦，但每次都不会被人抓住，他会提前躲到一边，看着我们屁股被打开花。长大后，莱姆就一直围着女孩们转，时常脚踏两只或三只船。女人嫁给莱姆·杜波克，除了眼泪什么也得不到。这点很久之前我就跟乔希说过。

"我没在教堂见过你。"我说道。

"我不去教堂了。莱姆不信教。"

我犹豫了一下，问道："他对你好吗？"

"他对我怎么样跟你有关系吗？"

这话噎得我无话所说。"好吧，"我说道，"乔希，我该回家了。

你自己保重。"

我刚要回马车去，乔希却一把扯住我的胳膊。"别走，荣塞尔。我想和你谈谈。"

"谈什么？"

"关于我们。"

"没有我们了，乔希。五年前我们就结束了。"

"求你了。我有话要和你说。"

"我听着呢。"

"不是在这儿。今晚来找我。"

"去哪儿找你？"

"去我家。莱姆不在，他去杰克逊了，要下周才回来。"

"我不去，乔希。"我说道。

"求你了。"

我知道自己不该去，可我还是去了。吃一顿她给我做的晚餐，聊一聊过去的日子。要让她对我说她有多后悔，听她亲口向我承认。我和乔希过去经常在一起玩，但我们从未躺在一起。虽然我曾梦想过那场景很多次，幻想着我们水乳交融之后依偎在一起，边笑边聊的情景，我脑海中一直想象着那种情景。

可事实与想象完全不同。一切都透着悲伤和寂寥的味道，事后也完全像死一样寂静。我还以为乔希已经睡着了，却听到她沙哑着嗓子问道："荣塞尔，你都去了哪儿？你心里在想着谁？"

我用谎话搪塞了过去，其实我一路战斗到了德国，我心里一直惦记着一个名叫蕾斯尔的白人女人。我在想和蕾斯尔在一起时，自己是个什么样的人。

　　她的全名是特蕾西娅·胡贝尔，蕾斯尔只是她的昵称。一开始我吃了一惊，想不到德国人像我们一样也有昵称。从这点你就可以看出来，军队是如何给我们洗脑，让我们不把敌人当人看。

　　蕾斯尔的丈夫也是坦克手，死在斯特拉斯堡①。这也是她见面问我的几个问题之一："你去过斯特拉斯堡吗？"我很高兴自己可以告诉她我没去过。蕾斯尔有个六岁的小女儿，名叫玛丽亚。那个腼腆的小家伙有一双深蓝色的眼睛，头发像棉花一样白。我正是通过玛丽亚才认识蕾斯尔的。每当我们的坦克开进镇子，女人们会打发她们的孩子向我们讨吃的。不管他们是不是德国人，瞧见饥肠辘辘的小孩子在垃圾桶里翻来翻去，我们都感到于心不忍，于是我们总会留些余外的口粮。那天我们来到德国的泰森多夫镇，围住坦克的孩子比往常要多。玛丽亚躲在一帮孩子后面，好像有点害怕。我走到她身边，问她叫什么，她没回答，我觉得她可能听不懂，于是我用手指着自己的胸口，说"荣塞尔"，然后再用手指着她。可她只是站在那儿，睁着一双大眼睛，仰脸瞧着我，相比之下，她的脸太小了。这个年纪的孩子通常有婴儿肥，可她的脸颊却干瘪没肉。那天和之后的第二天，我把我多余的口粮都给了她。第三天时，玛丽亚拉着我的手，带我去了她的家。跟我一起去的还有山姆，为了以防万一，我们出去总是两人一组行动。德国人虽然已经投降了，可有时你还可能遇到麻烦，比如说像在巴伐利亚小镇，遇到躲在地下室的纳粹党卫军这种事。但到了玛丽亚的家，我们只瞧见了蕾斯尔，她给我们准备了热汤和像我手掌那么大的一条黑面包。我们把自己的口粮都给了她，说我们不

①　法国东北部城市。

饿，可她不停将吃的往我们面前推。我们瞧出如果拒绝会伤了她的心，于是就吃了几口。所谓的汤大多是水，上面飘着几片土豆和洋葱，面包则硬得能咯断牙齿，但我们假装吃得津津有味，称赞她做得味道不错。

"那就好！"蕾斯尔欢喜道，从进门到现在她终于露出了笑意，而我一下子就丢了魂。蕾斯尔的美丽隐藏在悲伤之下，甚至比那种快乐的美更吸引人。有些女人天生气质如此，生活的艰辛掩盖了她们的美丽，只有当忧愁散去，你才会发现她们的美。在家乡的黑人中我曾见过这种女人，可眼前的蕾斯尔有所不同，这也不仅因为她是白人。这位对生活并没有任何痴心妄想的女人突然间就痛失了一切——没了丈夫、没有食物，也没有了希望。好吧，并非一无所有，她还有自己的女儿和她的自尊，这是支撑她继续活下去的动力。

蕾斯尔的英语不好，我最多也只能说十个德语词，可对心意相通的男女来说这都不是问题。在我遇见蕾斯尔之前，因为目睹过达豪集中营的惨象，我一直离 fräuleins①远远的，不想和她们有任何瓜葛，可很多士兵都找了德国女人。和吉米在一起的那个女孩，甚至不是 fräulein，而是 frau，意思是有夫之妇。吉米是在比辛根遇见的那个女人，比辛根是停火之后我们占领的第一个镇子，等我们离开那儿前往泰森多夫时，她也跟着吉米一起去了泰森多夫。很多其他女人也和她一样。我总纳闷到底是什么原因能让一个女人抛弃自己的丈夫，愿意和一个将自己的祖国变成废墟、杀戮自己国人的黑人在一起。但自从我对蕾斯尔有了更多了解之后，

---

① 德语，指未婚德国女人。

我渐渐找到了问题的答案。蕾斯尔愿意和我在一起，并不是因为她的丈夫已经死了两年，我能给她食物或其他所需要的东西。没错，这是部分原因，但还有更深层次的原因。我们两人有共同点。蕾斯尔国家的人被征服、被鄙视，就像我们黑人一样。而蕾斯尔也像我一样，渴望像人一样受到尊重。

　　一有时间，我就去蕾斯尔家。有了我给的钱和其他东西，蕾斯尔可以做德国饺子、泡菜和黑面包，如果走运，她有时还可以做香肠。每天晚上等蕾斯尔把玛丽亚哄睡，我们就坐在沙发上聊天。蕾斯尔有时会讲德语，她的声音低沉悲伤——我猜她是在回忆过去的日子。我有时给她讲三角洲的事：告诉她那里的天空有多大，相比之下，人简直渺小得可怜，一到夏天，房间里所有东西上面都覆盖着一层毛茸茸的棉绒。过一会儿，等她用力拉我的手时，我们就上楼去。那时我已经和不少女人有过关系，但我从不像其他人那样只是为了发泄，而是享受爱的浪漫。蕾斯尔给我的感觉很特殊，她把整个人都交给我，毫无保留，没过多久，我也全身心爱上了她。在军队当值时，我时时刻刻都在惦记她，即使不能在她身旁，我也会想办法去能闻到她身上香水味的地方。有一次当我们事后安静地躺在一起时，蕾斯尔把手放在我的胸口上，低声道："Mein Mann①。"我对她说，我很高兴能成为她的男人。但后来吉米告诉我，那句话还有"我的丈夫"的意思。这让我有好几天感到心里不安。后来我想明白了，我们在一起的方式，也许正是丈夫和妻子的生活。

　　九月份，大多数士兵都已退伍回家，我自愿继续留在泰森多夫。

---

① 德语，指"我的男人"。

大量新兵从美国来这里弥补退役的空缺，军队需要老兵带领新人。吉米和山姆见我留下，都说我一定疯了，但我实在不忍心离开蕾斯尔。于是，我第一次对父母说了谎，我写信告诉他们，军队不打算放我走。我本不想骗他们，可如果实话实说的话，父亲肯定无法理解我的选择。告诉他我爱上一个白人女人，他肯定会说我是个该死的笨蛋，但最终也许会理解。可如果告诉他，我竟然放弃回家的大好机会，他是绝不会理解的，即使让他想上一百年，他也肯定想不明白。

可到了第二年三月，军队给了我两个选择：重新入伍或退伍回国。我可不想再当四年兵，只得无奈选择了退伍。我为此哭过很多次，可别无选择。我不能留在德国，也绝不可能带着蕾斯尔和玛丽亚一起回家。在开往纽约的轮船上，我劝慰自己，这只不过是战时两个无依无靠的灵魂的露水姻缘而已，纵然浪漫，却稍纵即逝。

我一直以为自己可以放下那段感情，可直到那天晚上遇到乔希，我才明白，自己错了。

弗洛伦丝

　　每日每夜我都向上帝祈祷，祈求他把荣塞尔送回来，让我们一家人团聚。祈求他把荣塞尔完完整整、精神健康地送回家，如果不行的话，请务必保证他精神健康，千万别像我叔叔泽布那样，他虽然从第一次世界大战的战场上完整无缺地回来，可脑子却出了问题。一天早上，我和妈妈出门来到院子里，发现我们家的六只老母鸡都躺在地上，整整齐齐排成一排，脖子都被人拧断了，泽布叔叔则躺在最后面，呼呼大睡，好像自己是第七只母鸡。几周之后，他就不知道溜到哪里去了，从此消失得无影无踪。

　　我一直祈祷了四年。头两年，我们只见过荣塞尔两次，当时他还在路易斯安那和得克萨斯接受训练。我们希望他错过所有上战场的机会，可1944年夏天，在战斗最激烈的时候，军队把他们派到了国外。报纸上会时不时提到美国黑人士兵，也会提到荣塞尔所在的营队，这时哈普就会大声念给我听。当然了，我们拿到的通常是几个月或更早之前的报纸，荣塞尔早就不在报道上说的地方了。信也一样，我们要等好久才能收到荣塞尔的信。每次一拿到信，我就害怕是不是荣塞尔中枪了，或许正鲜血淋漓地躺在哪里，或者已经牺牲了，可我瞧不明白纸上的勾勾画画。等到战争终于结束了，荣塞尔却没回来，纸上的勾勾画画也没告诉我为什么。荣塞尔过去总督促我，让我学习识字，可我觉得识字根本没用。在纸上勾勾画画又怎样，还不是一样得过日子。

但有句老话说得好："认真对待你的期望，说不定会愿望成真。"上帝果真听到了我的祈祷，不但保佑我的儿子平安回家，还让他有钱给我们买了一头新的骡子。我们又变回了分成农，我继续去帮麦卡伦夫人料理家务，莉莉·梅在家照顾她爸爸。（我并没祈祷给麦卡伦夫人做家务，但挣点额外收入总是好的。）哈普已经可以拄着拐杖到处走了，他又恢复了周日的布道，嘴里又开始念叨着他一直以来的梦想，想再买一头骡子，那样就可以多耕些地，攒钱买属于自己的地。马龙和鲁埃尔对哥哥回来兴奋不已，像小狗一样跟着荣塞尔到处走，缠着荣塞尔让他讲他的所见所闻，还有他参加的战斗。哦，是的，我们每个人都因为荣塞尔的归来而心怀期望，可偏偏荣塞尔自己没有任何期望。

荣塞尔想离开这里。我的孩子都不怨天尤人，他嘴上虽然从来不说，可我这个母亲瞧得出来，他从回家的第一天起就闷闷不乐。一开始，我以为是因为在特里克班克家商店和亨利父亲还有其他白人发生冲突的缘故，于是我宽慰自己，荣塞尔离开得太久了，他需要时间适应，可完全不是那么回事。荣塞尔整天坐立不安，郁郁寡欢，夜里睡觉时身体会突然抽搐，大声呻吟。不在地里干活时，他就给战友写信，或坐在门廊的台阶上呆呆出神，不知道心里在想什么。他整天闷头吃饭，在教堂里也不和女孩搭讪。这点最让我担心。一个刚打完仗回家的大男人，怎么会不渴望女人的怀抱呢？

荣塞尔的魂丢在了战场上，他人虽然回来了，可心落在了那里。我从他说的梦话听得出来，荣塞尔一定在战场上看过，也许还做过一些非常可怕的事，所以心里不安。让荣塞尔倍感折磨的不仅是战争，还有三角洲这个地方和希望他留下的我们，这些如同大山压在他的肩头，一点点榨干了他的生命活力。

哈普说我胡说八道，认为我从小到大都太担心荣塞尔了。不管他说的对不对，我了解我的儿子，他这样整天郁郁寡欢肯定不对。我生了五个孩子，四个都顺顺利利，只有荣塞尔是个例外。他在我肚子里时，白天动个不停，晚上拳打脚踢。教我接生的姨妈萨拉说，小孩子调皮是好兆头，说明孩子健康。我对她说："他倒是玩得尽兴，我可是累得筋疲力尽。"待荣塞尔出生时，这孩子好像突然决定要继续留在我肚子里。我一直生了 32 个小时才把他生下来。他出来的时候，我感觉自己都要裂成两半了，等他终于出来，号啕大哭的声音差点把我们耳朵震聋。不等萨拉姨妈把他倒过来拍后背，小家伙的肺就已经知道该如何工作了。

经过一番痛不欲生的分娩之后，我以为这孩子肯定会是个捣蛋鬼，可荣塞尔却非常乖巧听话，而且身体强壮。不到一岁就可以自己下地走了。摘棉花时，我把他放在垄沟一头的草垫子上，结果他自己沿着垄沟摇摇晃晃找我吃奶了。他总咿呀咿呀自言自语，或唱歌自娱自乐，他会说的第一个字是"哈"！他每天指着自己的脚、天上的云、棉铃虫，或者看到的所有小东西，一天要说上五十次"哈"。到了三岁，他讲起话来更是滔滔不绝，对什么事都要刨根问底。到了上学年纪，荣塞尔几乎以学校为家，甚至在播种和摘棉花季节学校关闭时，他还偷偷跑去学校。等荣塞尔念完八年级，他的老师来找我，说荣塞尔是块读书的料。这话她不说我也知道。老师还说，如果我们让他下午去上学的话，她可以继续教他。为这事我还和哈普吵了一架。哈普打算让荣塞尔全天在地里帮忙干活，可我坚持让荣塞尔继续上学。我对哈普说，我们必须遵从上帝的安排，发挥他的天赋，而不是让他将来只靠力气吃饭。

"你确定你想上学吗?"哈普问荣塞尔道。

"是的，爸爸。"

"可你每天还得帮我下地干活干到 2 点，还要做繁重的家务。这样你就没时间去钓鱼或玩儿了。"

"我不介意。"荣塞尔道。

哈普摇摇头，无奈地答应了让荣塞尔继续上学。战争爆发后，荣塞尔执意参军，要加入全是白人的军队，哈普虽然不理解，可还是让他去了。

我瞧着我的孩子，他们每人身上都有哈普和我的影子。我爱我的丈夫，也爱自己，所以我爱我的孩子。但每当瞧着荣塞尔，我总觉得他身上有我和哈普所没有的特别之处，那肯定不是我们遗传给他的。那些特别之处就像一束阳光，尽管有时晃得你眼睛生疼，可你却忍不住想看它。

我爱我的每一个孩子，但最喜欢荣塞尔。如果这是一种罪过的话，我想上帝一定会宽恕我的，因为正是上帝让荣塞尔从生下来就与众不同。

劳　拉

五月末，正是棉花绽放的季节。简直像变魔术一般，农场四周突然冒出成千上万朵白色的精灵，在阳光下闪闪发光。几天之后，花的颜色就由白转粉，花落后露出最大不过像我指尖一般大小的棉铃。经过一个夏天，棉铃渐渐成熟，最终在八月开裂吐絮。而我肚子里的"种子"则应该是刚过完新年种下的。五月初我开始晨吐，所以我推断应该是两个月前怀的孕。

我想等确定之后再和亨利分享喜悦。玛丽埃塔镇没有产科医师，更不要说医院了。这里大多数女人生孩子都是找特平医生去家里接生。但凡能有其他办法，我可不想这么做。我准备等六月末皮尔斯刚好邀请我去参加露西受洗仪式时，问下埃博琳格林维尔的医生的名字。露西是我的教女，也是我的侄女，所以我必须得去，时机刚刚好。等到了孟菲斯，我会去拜访一下我之前的产科医师布朗利医生。

亨利没时间陪我去，但同意我和女儿在孟菲斯住上一星期。在文明世界待上七天！整整七天不用见到泥巴，不用上室外厕所，而且没有帕比。想一想我就兴奋不已。我可以一天洗一个热水澡，不，一天两次，只要我想随时可以洗。我可以打电话呼朋唤友到皮博迪酒店喝下午茶，去美术馆欣赏雷诺阿①的画。我甚至可以夜里睁着眼躺在床上，或者伴着不会像蜡烛一样一闪一闪的灯光读书。

亨利把我们送到火车站。他开着车慢悠悠，一如往常不慌不忙，动不动就放慢车速，瞧瞧路上经过的农场，跟自己种的棉花、大豆和玉米比较一番。我本想告诉他快一点，别误了火车，可我知道亨利这是情不自禁。亨利对自然风景从来不感兴趣，瞧见森林、群山，甚至大海也无动于衷，可他只要瞧见一座精心照料的农场，倒会激动得喘不上气来。

等我们到了火车站，只差十分钟火车就开了。亨利亲过女儿，让她们严肃保证会乖乖听话、照顾好妈妈之后，转身对我说："我会想你的。"亨利对我的忤逆犯上、触犯他权威的事依然耿耿于怀，但随着日子流逝，再加上每天看着棉花苗壮成长的愉悦，亨利对我的态度缓和了许多，上周刚和我恢复了床上生活。

"我希望你能和我们一起去。"我说道。

这话一出口，我就意识到我只是在敷衍而已。我不仅想离开帕比和农场，还想离开亨利一段时间。我不知道亨利是否知道我心里的感受。

"你知道我不能离开那么久，每年这季节都走不开。"亨利道，"另外，没有我，你们玩得会更开心。"

"我每天都会给你写信的。"

亨利俯身吻了我。"你只要保证回来就好，听见了吗？我这

---

① 皮埃尔·奥古斯特·雷诺阿（Pierre-Auguste Renoir，1841—1919）法国印象画派的著名画家、雕刻家。

里可不能没有你。"

亨利面带微笑，貌似是在随口开玩笑，可语气中却透着一丝隐隐的担忧。那一刻我突然心生愧疚，但还不足以内疚到让我说：*除非你和我一起去，否则我就不去了。*

我感觉火车开起来没完没了。天气闷得让人透不过气，闻到从打开的窗户吹进来的煤烟味我只觉得阵阵恶心。可对第一次坐火车的女儿们来说，这次旅行简直像一次大冒险。我的父母来火车站接我们，爸爸给了我一个大大的拥抱，妈妈则毫无意外地潸然泪下。

经历了五个月的流放，我终于又回到了家人身边，这感觉真是太好了。我可以站在教堂里，耳边听着家中从老到少，各年龄段人的声音。我可以和姐妹们坐在埃塔的柳条摇椅上，抿着甜美的香茶，孩子们则在渐渐暗淡的天光中追逐着萤火虫。最棒的是，等布朗利医生确定我怀孕了，我可以和大家一起分享我的喜悦，瞧着每个人开心地大呼小叫。其他时间里，我也许会把自己锁在父母家里我的旧床上，宁肯丢掉钥匙也不回"泥巴地"去。可只过了几天，我就开始思念亨利了：怀念他翻身时，床的嘎吱嘎吱声；怀念他搂着我腰时潮乎乎、压迫的感觉；怀念他睡觉时刺耳的呼吸声。自从我的肚子里有了亨利的孩子后，我感到自己比任何时候都更爱我的丈夫。我认为这是上帝的安排——换作弗洛伦丝，她一定会这么说的。

在我们即将返回农场的前一个晚上，我刚要关床头灯睡觉，突然听到有人用指甲轻敲我的房门。母亲进了屋，坐在我床边，飘来一阵熟悉的娇兰"一千零一夜"香水的味道。父亲最喜欢这个香水，所以母亲就只用这一种，就像她从不剪短头发，只因为父亲喜欢长发。白天，她把头发盘起来，此刻则用银色绳子一扎，像女孩子一样披在后面。母亲今年已经71岁了，可对我来说她还是一如往常的可爱，但她说起话来也一如既往的拐弯抹角，让人恼火。

"我一直在想你的哥哥。"母亲道。

"皮尔斯吗？"我们之中最令母亲放心不下的人是皮尔斯，因为他总是过于正经，而且他结婚只是为了钱。

"不，我说的是特迪。"母亲道。谁都知道特迪是母亲的心头肉，尽管母亲总试图掩饰，可都是白费力气。特迪天生喜欢逗大家乐，不在乎丢脸，我们都因此而喜欢他，甚至连皮尔斯也不例外。

"特迪怎么了？"

"我怀他的时候，和你现在的岁数差不多，这你知道的。"

我的耳朵早已经被这段家史磨出茧子了：当医生宣布她不会再怀孕之后，母亲却在38岁时出乎意料地怀上了特迪。还有那次怀孕是多么的顺利，分娩的时间也是所有孩子中最短的。

"最后的宝宝生得最快，"我借用这个故事结束时母亲总说的一句话，"我希望我这次也像你那样顺利。"

"可特迪并不是最后一个孩子。"母亲低声道。

"你这话是什么意思？"

"那次是双胞胎。特迪的孪生妹妹比他晚十分钟出生。体重还不到四磅。"

"噢，妈妈。特迪知道这事吗？"

"他不知道，这事你不能告诉他。"母亲道，"我不想他像我一样心里一直放不下。我当时应该听医生的，医生警告过我，说不能再怀孕。他说我岁数太大，身体吃不消，可我自以为没事。

所以那个可怜的孩子，你的妹妹——"母亲停下，低头盯着自己的双手。

"你告诉我这事，"我问道，"是因为担心我？"母亲点点头。"可是妈妈，如果不是因为你又怀孕，就不会有特迪了。我们怎么可以没有特迪呢？大家都不会接受的。"

母亲用力握握我的手。"一定要特别小心，别累着自己，"母亲道，"让亨利和那个黑人女人帮你做事，如果你感觉累就休息。即便不累也要休息，每天下午都要休息几个小时。答应我。"

"我会的，妈妈，我向你保证。你的担心是多余的，我没事。"

母亲伸手轻抚着我的头发，就像我小时候一样。我闭上眼睛，慢慢进入了梦乡，心中觉得无比的踏实安全。

第二天，我返回了农场，一路上即使不能说兴高采烈，也可以称得上心甘情愿。亨利听到我再次怀孕的消息欣喜如狂。"这次会是男孩，"亨利道，"我打心底感觉得到。"

我希望亨利是对的。并非我不爱女儿，而是我想体验另外一种更加强烈、不那么复杂的爱，一种与我自身成长迥然不同的新鲜经历，就像我的姐妹对自己的儿子，兄弟对自己的女儿的那种感情。

"我敢打包票，"听说我怀孕后，弗洛伦丝道，"这次肯定会是男孩。"

"你怎么知道？"

"两个月前我就知道了。各种迹象明明白白地摆在我面前。"

我没理会她暗示着竟然比我还早看出我已怀孕的事，问道："什么迹象？"

"你晨吐得不严重，从这点可以看出肚子里是男孩。另外，相比甜食，你更喜欢吃肉和奶酪。"

"我一直都喜欢吃肉和奶酪。"

"还有,"弗洛伦丝坚定地手一挥,"你床上的枕头朝向北方。"

"这有什么关系?"

弗洛伦丝眉头扬起,仿佛在说:这么一个人尽皆知的真理,你竟然都不知道?"等着瞧吧,六个月后就见分晓了。"弗洛伦丝道。

弗洛伦丝对我几乎和之前一样,但在帕比面前显然拘束了许多,在亨利面前也有一点不自然。我知道,这是因为荣塞尔的缘故。自从荣塞尔来家里给帕比道过歉,我们就没怎么见过他。我觉得这对荣塞尔好。他和帕比之间的关系感觉不像水和油,更像油和火。两人不见面对我们大家都好。

不幸的是,我没法躲开我公公。一旦亨利让帕比在家帮忙,碰巧弗洛伦丝也在家时,他就不停找麻烦、发脾气。每次怀孕亨利总对我呵护有加,这次尤为上心:他严格规定,不管怎样都不能让我费一点力。弗洛伦丝一天能做的就那么多,剩下的活自然都落在了帕比身上,需要他帮助拉东西、挤奶、搅搅拌拌等。

"老了老了,一大把年纪,还以为终于可以休息,安度晚年了,"帕比抱怨道,"谁成想,家里人还让他像黑奴一样不得闲。"

"这只是暂时的,帕比,"我说道,"好确保我能生个健康的宝宝。"

帕比鼻子一哼。"就好像我还想要个孙女似的。"

七月一晃而过。天气变得愈发炎热,棉花正在苗壮成长。虽然我肚子鼓得不明显,可我已经感到肚中宝宝的存在了。我祈祷,轻声激励,希望这颗幼小的种子在我体内健康成长。我和亨利之间的裂痕因为这次怀孕完全弥合了,双方抛弃宿怨,重归于好,我们一起讨论起孩子出生后的生活。在是否继续住在农场这个问题上，我们也达成了一致。亨利答应等收了庄稼就租房子。亨利说如果在附近实在找不到，就住到附近的贝尔佐尼或楚拉镇去，尽管那意味着他要开更长时间的车去农场干活。一想到重新住进真正的房子，我对未来又充满了期待。知道自己马上就可以脱离苦海了，我竟然对"泥巴地"感到有点儿依依不舍，偶尔还觉得这儿的苦日子也变得讨喜了。

然而临近七月末，在一个平平常常、和风煦日的星期六，灾难突然降临了。和往常一样，每当坏事发生时，亨利都不在我身边。他和帕比去莱克村挑母猪，只剩下我和两个女儿在家里。女儿们正在水泵旁玩堆泥巴，我坐在橡树下给亨利补衬衫。微风拂面，隐隐有股甜甜的农药味，今天早上喷洒农药的飞机刚飞过。我当时一定打了个盹，没瞧见维拉·阿特伍德走进了院子，直到她像小女孩一样尖锐的声音把我从梦中惊醒。"你们的妈妈在哪儿？"维拉问道，"她人呢？"

"我在这儿，维拉。"我答道。

她转身瞧见了我。维拉气喘吁吁，裙子被汗水浸湿了，她一定是一路跑到这儿的。

"出什么事了？"我问道。

"你得开车带我去镇里，"维拉道，"我要杀了卡尔。"

这时我才注意到维拉手中握着切肉刀。我心里突然一阵哆嗦。女儿们就站在离维拉几英尺远的地方。我站起身，说道："过来，维拉。过来告诉我到底出了什么事。"

维拉向我走来，身子摇摇晃晃有点不稳。女儿们也要跟过来，我用手指做出禁止的手势。阿曼达·莉马上拉住妹妹的手，停下了脚步。

"他要祸害阿尔玛。"维拉道。

"什么意思?"

"他想祸害阿尔玛,就像他祸害了雷妮。我必须阻止他。你必须带我去找他。"

"卡尔打她了?"

"不是。"

尽管天气温暖,待我搞明白维拉话里的意思时,我依然忍不住打了一个寒战。雷妮是阿特伍德家的大女儿,弗洛伦丝在二月份给她接过生,就在维拉怀孕的两个月前。弗洛伦丝告诉过我,两个孩子刚生下来几天就都夭折了,死于婴儿猝死综合征。

"不能让他再糟蹋了阿尔玛,我要阻止他。"维拉道。

"他人现在在哪儿?"

"他去镇里买霰弹枪子弹了,他说今天下午带阿尔玛去打猎。"

我得想法拖住她,让她一直说下去,我心中暗暗盘算着。亨利和帕比随时会回来。"打猎?"我纳闷道。

"他就是这样糟蹋雷妮的,他带她到树林里打猎。"

"你怎么能确定?确定他……"

"他们带回来的东西,雷妮一口也不吃。无论是鹿、兔子、松鼠,不管什么东西,她碰都不碰,就说自己不饿。卡尔正相反,坐在那儿狼吞虎咽,就好像一周没吃饭一样,他一边啃着骨头,一边说自己亲手打到的猎物最好吃。'我说得对不对,雷妮?'他这样问雷妮。而雷妮呆呆坐在那儿,骨瘦如柴,盯着吃的东西,好像上面都是蛆虫。"

维拉后脚跟支地,身子前后摇晃,刀在身边晃来晃去。她的头歪向一侧，眼睛睁得大大的，看起来涣散无神，就好像州办集市表演上中了催眠术的人一样。

要让她一直说下去。"你跟卡尔提过这事吗？"我问道。

"没有，他肯定不会承认。雷妮肚子鼓起来时，我问过她是谁做的，她就是不说，我用鞭子抽她，她也不说。他一句话也不说静静地站在那儿，好像被抽是她自己罪有应得。那时我就知道了，可我不敢相信。我对自己说，如果出生的孩子是个男孩，那就不是我想的那样，可如果是女孩就错不了，因为卡尔生不出儿子，只能生女孩。等宝宝出生，我一瞧见孩子的样子，我就知道那是卡尔的孽种。"

我偷偷瞄了一眼阿曼达·莉和伊莎贝尔。小家伙们的方格裙子上溅的都是泥巴。伊莎贝尔额头上竟然也有一道泥，那是因为刘海挡住了她的眼睛，她用手一捋留下的。此刻她正吮着大拇指，瞧着我们。

"看着我。"维拉命令道。

我马上乖乖照办。

"你看着我。"维拉道。

"我看着呢，维拉。我看着你呢。"

"孩子生下来几天后，我走进卧室，瞧见卡尔抱着宝宝，手放在宝宝嘴里，宝宝正含着玩，雷妮躺在一旁瞧着他们。就是在那时我才决定要动手的。"

"动手做什么？"我问道，其实我已经知道答案了。

"那天晚上，等他们都睡着之后，我拿起枕头，要让卡尔再也不能碰那个宝宝，就像我不该让卡尔碰雷妮。"

"你对自己生的孩子也那样做了？"

维拉面容扭曲地走到我身旁，举起刀架在我脖子上。当时我甚至可以听到自己的心脏怦怦跳得像在擂鼓。"现在你必须带我去镇里。"维拉道。

维拉呼出的口气带着没刷牙的味道。我强忍住恶心，道："维拉，你听我说。我丈夫马上就回来了。等他回来，我们会去和卡尔谈。亨利知道该怎么做。"

"不行，"维拉道，"我等不了，我们必须现在就走。快点儿。"

维拉拽着我的胳膊，拖着我向卡车走去，可车里没有车钥匙，钥匙挂在前门的钉子上。阿曼达·莉和伊莎贝尔睁大眼，惊恐地瞧着我们，她们怎么办？不能把她们单独留在农场里——她们还太小，很容易出事。可怎么能带上她们呢？维拉应该不会伤害她们，可她现在神志不清，谁也不能保证。我头脑里闪过卡尔的嘴唇在向阿尔玛逼近的样子，还有维拉在车里坐在我两个女儿身边、手里握着切肉刀的情景。

"我不能去，维拉。"我说道。

"为什么？"

"亨利不让我开车。我不知道他把钥匙放哪儿了。"

"你骗我。"

"我发誓我说的是真的。我之前开过一次车，差点把车撞报废了。你瞧见那个大凹痕了吗，车子前面挡泥板上的那个？那就是被我撞的。亨利很生气，所以他把车钥匙拿走了。"

维拉狠狠抓住我的肩膀，怒目圆睁，此刻室外光线明媚，可她的瞳孔却在扩散。"我必须要去阻止他！"维拉摇晃着我道，"你要带我阻止他。"

我又感到一阵恶心，腿也软了，身子直向下沉。"维拉，我没法去。我没有钥匙。我只知道亨利把车钥匙带走了。"

维拉猛地松开我,我一下子瘫倒在地上。维拉头向后仰,放声痛哭。那哭声听起来如此凄凉悲怆,我甚至必须忍住冲动,才没有跑进屋子取车钥匙。

"妈妈?"阿曼达·莉害怕地小声喊我。我瞥了眼孩子们,又瞧瞧维拉,发现她脸上的神色渐渐恢复了正常。

"别害怕,"维拉对我的女儿们道,"我不会伤害你们和你们的妈妈的。"她转头瞧着我,目光沉静得让人心惊。"我现在要走了。"维拉道。

"等亨利一回来我就告诉他,他会帮你的,我保证。"

"到那时就来不及了。"

"维拉——"

"你照顾好自己的女儿们。"维拉道。

说完她迈着大步,沿着大路向镇子缓缓走去,她手中的刀在阳光下闪闪发光。等女儿们向我跑过来时,我才第一次感到肚子一阵绞痛,很像产前阵痛。我身子一软,膝盖跪在地上,双手按住肚子。

"你怎么了,妈妈?"阿曼达·莉问道。

"我需要你像个大孩子一样,去弗洛伦丝家找她过来。你知道怎么走吗?"

阿曼达·莉郑重地点点头。

"现在快去,"我说道,"跑得越快越好。"

阿曼达·莉立刻跑走了。这时,又一阵疼痛袭来,我感觉好像有一只手正紧紧攥住我的五脏六腑用力捏,接着我的两腿间湿了。伊莎贝尔倚在我身上抽噎起来。我躺在地上,把伊莎贝尔抱在怀里，听着她放声大哭，为了我们两人，也为了她那个没能来到世上的弟弟而哭泣。

卡尔的尸体躺在从农场去镇子的半路上，他身上被维拉捅了十七刀，然后维拉去玛丽埃塔镇向塔克警长自首了。萝丝和比尔曾在主街碰见过维拉，他们说她当时浑身是血，就好像刚从血泊里爬出来一样。

这些事情都是我之后才知道的。当时我正沉浸在深深的自责中，恨自己之前不该心存怜悯，没让亨利赶走阿特伍德一家人。我整天躺在床上昏睡，不愿意醒来，即使睁开眼，也只是脸对着墙，只有必须上厕所时才不得不起床。弗洛伦丝负责照顾我，哄我吃些东西，劝我换上干净的睡衣。孩子们给我送来了各种礼物：野花、她们画的画，和我虽害怕却还得装作喜欢的响尾蛇蜕下的皮。萝丝来看过我几次，跟我聊了聊镇里街头巷尾的小道消息。亨利晚上睡觉时曾试图安慰我，但我总躺着不理他，几天之后他也放弃了，我们各睡各的。

如此这般一周过去了，接着又过去了一周。孩子们越来越心烦气躁，亨利的同情也变成了不耐烦。"她这是怎么回事？"我无意间听到他对弗洛伦丝道，"怎么还赖在床上？"

"她需要时间，麦卡伦先生。孩子没了的失落劲儿还没过去呢。"

弗洛伦丝说得不对。我已经不再感到失落，而是心中充满愤恨，我恨维拉和卡尔，恨亨利和上帝，但我最恨的是我自己。怒火在我身体里熊熊燃烧，我仿佛怀了一个胎儿，我不停用各种的如果和指责供养它。如果那天弗洛伦丝没有休息，如果亨利没把

我和女儿单独留在农场，如果一开始他没把我们带到这个破地方
来，如果他告诉我经营农场不能心怀怜悯时，我听了他的话。亨
利的话如同赋格曲①，在我的脑袋里反复播放，我则一遍又一遍想
着各种假设。一想到亨利走进房间，瞧见我躺在床上，肚子里没
了他孩子时的脸色，想到他板着脸，心里伤痛，却还掩饰着以免
让我看见，只露出关心的神色——关心我，关心一个因为固执和
愚蠢而失去他孩子的女人。是的，我知道流产很常见，尤其像我
这样的高龄产妇，可我总认为如果不是维拉那天给我造成的压力，
如果我让亨利赶走阿特伍德一家，我也许就不会失去这个孩子。
正如我们所期望的那样，这次怀的是个男孩。弗洛伦丝没告诉我
孩子是男是女，也不让我看，但从她和亨利脸上的表情我瞧得出
来，是个男孩。

　　流产三周之后的一个星期一，我又重新活了过来。我和亨利
之间，或我和弗洛伦丝之间没出现任何戏剧化的一幕，没有对我
的谆谆教导，也没有不顾我挣扎咒骂，将我从病床上生拉硬拽起
来的戏剧化情景。我只是起床继续生活。洗干净酸臭的身体，梳
好头发，换上干净的衣物，重新履行一个妻子和母亲的职责，但
我心里空空如也。过了一段时间之后，我意识到我心里怎么想根
本不重要。只要我能满足大家的期望——做做饭、安慰照顾孩
子，再次恢复和亨利的床上生活——这就是一个开心的家庭。我
有点恨这种生活。有时当天气闷热无风，亨利的身体仿若炙热的
烙铁贴着我时，下半夜我会被热醒，这时我就幻想着自己起床，

---

① 赋格是复调音乐中最为复杂而严谨的曲体形式。赋格的主要结构是首先在一个
声部上出现一个主题片段，然后在其他的声部上模仿这个片段，这时演奏主题的声
部与新的声部相对应的乐句，形成各个声部相互追逐的效果。

快速穿好衣服，走进女儿房间在她们额头上留下轻轻一吻，然后穿过泥泞的院子，开上那辆迪索托牌汽车，就此离开——沿着土路，穿过小桥，上了碎石路，然后转上高速公路，一直向东直到开进海边的沙滩。我上一次嗅着海水的味道，身子沉在冰爽蓝绿的海水里还是很久之前的事。

当然，这不过是我一时的心里冲动而已，并未成真。但有时我怀疑总有一天我会这样做的，也许是下周或下个月，要不是杰米突然过来和我们住在一起的话。

杰米的到来出乎所有人的意料。我们最后一次听到他的消息时，他还在罗马。五月份，我们曾收到杰米的明信片，正面是一张古罗马圆形剧场的照片，背面的留言字迹潦草，杰米告诉我们意大利女孩和美国南方的女孩一样漂亮。我瞧见杰米的留言笑了，亨利没有。

"有点不对头，"亨利道，"杰米四处闲逛，却不回国。"

"我知道你很难理解，可并不是所有人都喜欢待在密西西比乡下。"我说道，"另外，他还年轻，没有任何负担。如果他想旅游的话，为什么不可以呢？"

"我告诉你，这有点不对头。"亨利重复道，"我了解我的弟弟。他肯定哪里不对劲儿。"

我不喜欢亨利这样说，所以我认为他说得不对。杰米肯定不会有事的。

杰米来农场是在八月末，正赶在收割季节前，正是天气炎热得让人觉得日子无比漫长的时候。我第一个瞧见了杰米。透过地面向上蒸腾的热气，我瞧见远处有个模模糊糊的人影微微发亮，这个人两只手上各提着一个行李箱，正大步流星走在满是尘土的大路上。因为那人头上戴着帽子，所以我没看到杰米的红头发，但从那个人走路的姿态——后背挺直，双肩不动，所有动作都集中在臀部发力，走起路来像某个电影明星——我认出这个人是杰米。

"那是谁?"正吸着烟、吞云吐雾的帕比眯着眼，透过身边的烟雾望着远方。我们两人当时正坐在门廊上，我在搅拌黄油，老头子如平常一样无所事事。两个女儿在院子里玩耍。亨利正在谷仓里喂牲口。

我对着帕比摇摇头，自己也不知道为什么要装作不知道。等杰米走近之后，我才看清楚他的样子：他戴着飞行员太阳眼镜，白衬衫的腋窝处有两块椭圆形的汗渍，裤子在窄臀处收紧而下面宽松。他瞧见我们，一只手举起行李箱跟我们打招呼。

"那是杰米!"帕比对着自己的儿子挥挥手杖道。老头子的腿其实一点儿毛病也没有，动起来像狐狸一样敏捷。他的手杖纯粹是用来装点门面的，是他想展示一家之长的权威或不想干活的道具。

"是的，我想你说得对。"

"别干坐在那儿了，小妞! 快去接一下他!"

我站起身，将本想狠狠反击帕比的话咽回了肚子里——这次我心甘情愿听从他的指挥——我走下台阶，穿过院子。我一边走，一边为自己裙子上的汗渍、被太阳晒得黝黑的皮肤和没洗的头发感到羞愧。我抬手整理着头发，感到发丝蹭过手掌上的老茧。我的手现在已经和农妇的手毫无区别了。

等我走出大约一百英尺远时，我听到帕比开始大喊："亨利!

你弟弟回来了！亨利！"

亨利拎着饲料桶从谷仓里走出来。"你说什么？"亨利喊道，然后瞧见了杰米。他惊叫了一声，扔掉饲料桶，拔腿飞奔，杰米也向他哥哥跑去。亨利跛脚跑的样子很滑稽，可他似乎没意识到这点，像放学的小学生一样撒欢向前冲去。我突然意识到自己之前从没见过自己的丈夫奔跑，眼前这一幕是我从未发现的、亨利不为人知的一面。

双方在距离我十英尺的前方终于胜利会师了。两人勾肩搭背，然后再分开，互相打量着对方：又是男人们见面的那一套。我站在一旁等着他们履行完男人见面的仪式。

"哥，你看起来气色真不错，"杰米道，"你一直都喜欢种地。"

"你看起来真是酷毙了。"亨利回答道。

"别奉承我了。"

"你应该长点肉，让密西西比的阳光多晒晒你的脸。"

"所以我才来这儿的。"

"你怎么来的？"

"从格林维尔市搭车过来的。我在镇里的日用品店遇到你们的邻居。他一直把我送到桥头。"

"埃博琳怎么没开车送你过来？"

"她有个女儿不舒服，头疼或哪里不舒服。埃博琳说她们这周末会过来。"

"很高兴你先过来了。"亨利道。

杰米转过身，用他特有的方式瞧着我——他似乎完全看穿了我，但又毫无保留地接受了我。杰米伸出双手，道："劳拉。"

我走到他身旁，给了他一个拥抱。我感觉杰米整个人轻飘飘的，像营养不良，他的肋骨像钢琴的黑键一样突起来。我抱着他呢，我心中暗想，这时我突然有种冲动想把他抱起来。我马上退后一步，心里怦怦直跳，感觉杰米正盯着我。

"欢迎你回家，杰米，"我说道，"很高兴见到你。"

"你也是，亲爱的嫂子。你在亨利的'天堂'里感觉如何？"

这时，老头子突然插嘴进来，正好省得我说违心话了。"身为儿子应该要和他老子打个招呼。"帕比从门廊处吼道。

"哈，亲爱的，我们帕比那可爱的声音，"杰米道，"我都忘了我有多么想念这声音。"

亨利从杰米手中接过一个行李箱，我们一起向家走去。"我觉得帕比在这儿孤零零的，"亨利道，"他想妈妈和格林维尔。"

"哦，这是他现在用的托词吗？"

"不，他从不找借口，你知道的。"亨利道，"杰米，他也想你。"

"我猜他是的。我猜他还戒了烟，加入了全国有色人种协进会。"

听见这话，我忍不住放声大笑，亨利却板着脸。"我说了，他想你。虽然他嘴上从来不说，可这是真的。"

"你说是就是吧，哥。"杰米抬起胳膊搂住亨利的肩膀，道："今天我就不和你拌嘴了，但有句话我必须要说，你这几个月收留他忍受他，你真是太伟大了。"

亨利耸耸肩。"他可是我们的父亲。"亨利道。

这话在我心中激起一阵嫉妒，从杰米脸上的表情可以看得出来，他和我一样心生嫉妒。亨利就是这么一个思想单纯的人！我多希望自己某天也能变得像亨利一样，思想单纯，在他的世界里一切非黑即白，他从不质疑，从不问为什么，从不思前想后，也绝不会半夜踌躇不定，辗转反侧，这简直是一种不可想象的奢侈啊。

当天晚上吃饭时，杰米用他海外游历的故事给我们添了一道大餐。他向北最远到过挪威，向南最远则到过葡萄牙，多数时候坐火车，有时也骑自行车或步行。他给我们讲他在瑞士阿尔卑斯山滑雪的情景：那里的群山是如何的高耸入云，积雪又厚又软，人摔倒就像掉进了羽绒床里。他的话仿佛带我们去了巴黎的街边咖啡馆，那里的侍者穿着洁白如雪的衬衫，围着黑色的围裙，端上来的酥皮糕点有一百层，每一层比指甲还薄；仿佛带我们去了巴塞罗那斗牛，感受那里成千上万的观众像朝见上帝一样为斗牛士欢呼；还带我们去了摩洛哥赌场赌博，杰米在那里玩巴卡拉纸牌①，一把就赢了一百美元，他用赢的钱给丽塔·海华丝②送去一瓶香槟。所有故事听起来都那么精彩神奇，可我忍不住注意到杰米看起来那么疲惫憔悴，他每次点烟时手都在颤抖。杰米几乎没吃什么，更喜欢一根接一根地抽烟，直到搞得屋子里乌烟瘴气，孩子们个个被呛得眼睛发红，眼泪汪汪，可谁也没抗议，他们都被自己的叔叔迷住了。尤其是伊莎贝尔，整个吃饭时间眼睛就像长在了杰米身上，饭后还要坐在杰米腿上。我之前从没见这小家伙这样喜欢过谁。

对杰米的故事唯一感到不耐烦的人貌似是亨利。这点我从他皱眉的样子就看得出来，随着时间的推移，亨利的眉头越皱越深，

① 流行于欧洲赌场，通常由三人玩的纸牌游戏。
② 丽塔·海华丝（Rita Hayworth，1918—1987），美籍西班牙裔舞者、影视演员。

终于他忍不住爆发了。"你几个月不回家，就在做这些事？"

"我需要放松一下。"杰米答道。

"所以就玩雪、吃花哨的外国面包。"

"每个人治愈的方式不同，兄弟。"

亨利端着膀子打量着杰米。"好吧，如果你管这个叫治愈，那我真不知道你所谓的受伤是什么了。"

杰米叹了口气，手抹了一把脸。他手背上的血管暴起，好像蓝色的绳子。

"你受伤了吗，杰米叔叔？"伊莎贝尔关切地问道。

"每个人在战争中都会受伤的，小贝拉。但我没事。你知道'贝拉'是什么意思吗？"伊莎贝尔摇摇头。"那是意大利语里'漂亮的人'的意思。我觉得从今往后，我就管你叫贝拉吧。你愿意吗，贝拉？"

"我愿意，杰米叔叔！"

我会让杰米的身体恢复健康的，我心中暗道。我要做饭给他吃，让他的身体强壮起来；我要给他弹音乐，舒缓他的心绪；我要给他讲故事，让他面露微笑。我说的不是杰米今晚脸上的疲倦笑容，而是那种热情四射、肆无忌惮的大笑，就像多年前，他在皮博迪酒店舞池里对着我露出的笑容。

战争令杰米黯然神伤，而我会让他再次容光焕发。

亨 利

我弟弟被战争毁了——他的问题出在脑袋瓜里，谁也看不出来。别看杰米满嘴聪明伶俐的俏皮话，与劳拉和小家伙们打闹成一片，从看到他的第一眼，我就瞧出些不对头。他身形消瘦，精神惶恐焦虑，那双眼睛和我当年在军队里见过的人一样，透着忧心忡忡。夜里当他那双眼睛一闭上会浮现怎样的情景，我再熟悉不过了。

杰米打小性格敏感，长大也没变。他时刻希望得到表扬，一旦求之不得，或所得甚多，就觉得自己受了伤。他从不知道自己的价值体现在哪儿，人人都知道的事儿，杰米却不知道。这点要怪我们的父亲帕比，他从小到大一直打击杰米，让他抬不起头来。帕比还以为大家都看不出来，其实我知道他为什么这样对杰米。因为他这辈子最爱的就是杰米，甚至连妈妈都要靠边站。他想让杰米变成另一个自己，一旦杰米做不到或不愿意，多数情况是后者，帕比就要惩罚他。那情景看着让人于心不忍，我总乖乖地有多远躲多远，避免搅和进去。不光我这么做，妈妈也一样。因为我们都清楚，越维护杰米，帕比就会越变本加厉。

我有次回家过圣诞节，杰米当时已经有六七岁了，我们取木柴时，一条铜斑蛇受惊从柴火堆下窜了出来。我随手抓起斧子，"咔嚓"一下把蛇头切了下来，杰米被吓得哇哇大叫。

"别哭得像个该死的娘娘腔，"帕比一巴掌打在杰米头上，呵斥道，"让别人听见还以为我有三个女儿，不是两个。"

杰米挺胸抬头，摆出一副满不在乎的样子——他岁数不大，就善于演戏了——但我瞧得出来，他心里其实很难受。

"你为什么要那么做？"当我和帕比单独在一起时，我问道。

"做什么？"

"那样贬低他。"

"那是为了他好，"帕比道，"你们的妈妈、你，还有杰米的姐妹们整天宠着他，都要把他毁了。得有人对他狠一点。"

"可你应该小心一点儿，否则他会恨你的。"我说道。

帕比一脸的不屑。"等他长大成人了，他就明白了。他会感谢我这么做，你等着瞧吧。"

我父亲直到闭眼那天也没等到杰米的感谢。对此我深表遗憾。

杰米从不和我谈战争。真正上过战场的人，大多都不会谈战场上发生的事。大谈特谈的反而是那些没怎么上过战场、一直躲在后方，或是从没参过军，却想了解战争的人。我们的父亲一有机会就喜欢打探这种事。杰米回家的第一个晚上，等劳拉和孩子们一去睡觉，帕比马上问道："说说，当大英雄的感觉怎么样？"

"我不知道。"杰米答道。

帕比鼻子一哼。"别跟我来这套。报纸上报道过你获得的那些花花绿绿的荣誉勋章。"

杰米获得的"花花绿绿的荣誉勋章"包括银星勋章和杰出飞行十字勋章，这些都是飞行员所能获得的最高荣誉。杰米给家里写信时从没提过这些荣誉，要不是军队通知帕比，我们也都被蒙在鼓里了。

"只不过是走运而已，"杰米道，"很多人没我这么幸运。"

"这东西一定很招姑娘们喜欢吧。"

弟弟只是耸耸肩。

"杰米根本不需要用勋章去吸引女孩子。"我说道。

"你说得对极了，他不需要。"帕比道，"他这点随我。当年你妈妈嫁给我时，我兜里穷得叮当乱响。她可是格林维尔市最漂亮的姑娘，有好多追求者，可她选了我。"

据我所知，帕比的这番话倒并非自吹自擂。至少母亲对此从没表示过异议。我坚信他们的彼此倾心完全建立在以貌取人的基础上。

"我也不是只有她一个人，"帕比继续道，"我屁股后有一帮姑娘追我呢，就像你一样，儿子。"

杰米在凳子里抬抬屁股。他讨厌把自己和父亲相提并论。

"不过，有件事一定错不了，"帕比道，"那些勋章肯定是因为你杀了很多德国鬼子才得到的。"

杰米没搭理帕比，看着我道："你这儿有酒喝吗？"

"我那里好像有点儿威士忌。"

"那就行。"

我找到酒，给每人倒了两指高的酒。杰米喝了酒，又给自己添了差不多之前两倍的酒，杯子几乎满了。我吃了一惊，我之前还真不知道自己的弟弟这么能喝酒。

"怎么样?"帕比问道,"你干掉了多少德国人?"

"我不知道。"

"估计一下。"

"我不知道,"杰米重复道,"这重要吗?"

"一个男人应该知道自己杀过多少人。"

杰米猛灌了一口威士忌,苦苦一笑。"这么说吧,"杰米道,"不止一个。"

听了这话,帕比气得眯起眼睛,我则低声骂了一句。1934 年,帕比还在铁路上班时曾杀死过一个人,一个从帕尔希曼监狱逃跑、试图持枪抢劫旅客的罪犯。帕比当时掏出自己的手枪,一枪打中逃犯的眼睛。一枪毙命,枪法神准——起码帕比是这样说的。随着这些年过去,帕比这个故事的细节变得越来越精彩。从惊慌失措的女人和小孩,到一位冷静大胆、从不知恐惧为何物的铁路检票员。当他将尸体抬下火车,把它扔在感激涕零的警长脚下时,旁观者忍不住为他大声喝彩。杀死逃犯成了父亲一生中最骄傲的时刻。杰米觉得这更多像个故事,而不是事实。

"哦,"帕比冷笑道,"至少我在杀人前有勇气瞧着对方。不像有人只会从一英里高的天上向下扔炸弹。"

杰米脸色铁青地盯着自己杯子里的酒。

"好了,"我解围道,"该睡觉了。明天早上还得早起呢。"

"我喝完酒再睡。"杰米道。

帕比嘟囔着站起身,拿起一盏提灯。"你进屋时别把我吵醒了。"他对杰米道。

我坐在那儿陪着杰米继续喝完他的酒。杯中的酒很快就下肚了,杰米的目光瞥向酒瓶,貌似还要继续喝。我拿起酒瓶放回橱柜里。"你现在需要好好睡上一觉,"我说道,"走吧,劳拉已经给你铺好床了。"

我拿起另外一盏提灯,陪杰米走到披屋前。到了门口我轻轻抱了他一下。"弟弟,欢迎你回家。"

"谢谢你,亨利。感谢你和劳拉收留我。"

"别说傻话。我们是你的家人,只要你想,这就是你的家,懂吗?"

"我不会待太长时间的。"杰米道。

"为什么?你还要去哪儿?"

杰米又摇摇头,仰头瞧着天空。看见天上万里无云,我很欣慰。我希望一直到庄稼收完前都不要下雨,好让棉花尽情生长,保持干燥,然后再下多大雨就都没关系了。

"实际上,"杰米道,"是从比云彩还要高四英里的天上。"

"你说什么?"

"我们投炸弹的高度。"

"你从那么高能看到地面的东西吗?"

"你看到的比你以为的要多,"杰米道,"公路、城市和工厂。就是看不见人。从两万英尺的高空向下看,人还不如蚂蚁大。"杰米放声大笑,那笑声听着刺耳,简直跟父亲的笑声一模一样。

"亨利,你杀了多少人?参加一战的时候?"

"我记不太清了。五十个,或许六十个人。"

"全部?"

"我只在法国待了六周,然后就受伤了。我觉得是我走运。"

杰米许久没出声。"帕比说得对,"杰米终于开口道,"一个男人应该知道自己杀了多少人。"

　　等杰米进了屋，我吹灭提灯，在门廊里又坐了一会儿，耳边听着夜风吹着一株株棉花沙沙作响。杰米需要的不只是睡一晚好觉，我心中琢磨着。他更需要一个他自己的家，找个甜美的南方妞，生个孩子，深深植根于属于他的土壤之中。待时机成熟，这些都会有的，这点我确信不疑。但现在他需要干点力气活疗伤清毒。辛苦的劳作、好好睡觉，再加上爱他的家人。我、劳拉还有孩子们会让他感觉像在自己家里一样温暖。我们会让他好起来的。

　　我上床时本以为劳拉早已经睡了，可我刚一钻进被窝，就听到黑暗中传来劳拉温柔的声音。"他打算在这儿待多久？"劳拉问道。

　　"不会太久，他是这么说的，不过我打算把他留在这儿。"

　　劳拉舒了一口气，我的颈后拂过一股暖流。

　　两周之后就开始采摘棉花了。沉甸甸的棉铃压得棉花直不起腰来，每株棉花上大约有一百朵棉铃，棉绒个个饱满地绽开。空气中充斥着刺鼻的味道。望着眼前一望无际的土地，鼻子里嗅着棉花飞腾的味道，我觉得自己的决定真是无比正确，我已经很多年，或许我从来都没有过这种感觉。眼前这片是我自己的土地，是我用智慧和汗水从土里种出来的自己的庄稼。这世上再没有比这更能让人感到心满意足的事儿了。

　　我雇了八户黑人替我摘棉花，这是我能找到的所有劳动力了。奥里斯·斯托克斯之前说的没错——农场的劳动力不好找，但我始终不明白，为什么大家，无论黑人还是白人，宁愿忍受工厂讨厌的味道或是城市贫民窟里的肮脏，也不愿意种地呢？特里克班克家商店里的人都在谈大种植园里使用的新型摘棉花机器，即使买得起，我也不想要那种机器。我只想用黑人摘棉花。任何机器和其他人都没有黑人摘棉花摘得好。南方黑人从小到大就懂得如何摘棉花，这是他们的生活，已然融入了他们的血液之中。只要看过黑人孩子摘棉花，你就会相信我说的没错。还不到大人膝盖那么高时，他们就已经知道该如何摘棉花了。当然，就像你让黑人做其他工作一样，干活时你必须紧紧盯住他们，确保他们没有糊弄你，在摘棉绒时夹带棉铃。如果你带着这种东西去轧棉，你的棉花质量会很快下降。黑人的这种行为一旦被抓住，工资就会被扣掉一半。用这种方法很快就能让他们老老实实干活。

杰米在农场里帮了我大忙。他对我交给他的每件事儿都尽心尽力，从不抱怨辛苦或天气热，只是一个劲闷头苦干，有时看着让人心疼，但我没阻止他。杰米的睡眠时好时坏，有时可以连着睡三四天好觉，然后就会做噩梦，大喊大叫把我们吵醒。我会去他屋里安抚他，帕比则嘟囔埋怨杰米吵到他，不让他好好睡觉。帕比认为这是杰米太软弱，只要杰米想就可以克服。我试图向他解释，事情不像他想得那么简单，我也曾经做过同样的噩梦，而我经历过的战斗可比杰米少多了。

"你弟弟需要坚强一点，"帕比道，"你从没见我哆嗦尖叫得像个娘们。"

每到周末，杰米会开车去外面过一夜或两夜。我很确定他是去格林维尔市喝酒，和贱女人鬼混去了。但我没说什么，他已经是大人了，自己可以拿主意，用不着我这个做哥哥的对他指指点点，告诉他该做什么。

可事实证明我错了。十月的一个星期一，我正开着拖拉机在南面地里收割剩下的大豆，我瞧见比尔·特里克班克的卡车沿着大路飞驰而来。杰米上周六离开至今未归，我心里正担心呢。一瞧见比尔的车，我就暗道了声不妙，肯定出什么事了。我们的农场没有电话，如果有谁要找我们，就会给特里克班克家的商店打电话。

我跳下拖拉机，穿过田地，向大路奔去，气喘吁吁地跑到比尔面前。"怎么了？"我问道，"出什么事了？"

"格林维尔市的警长办公室打来电话，"比尔道，"说你弟弟被捕了。他们把他关在县监狱里。"

"为什么？"

比尔的目光飘到一边，嘴里在嘟囔着什么。

"大声点，比尔！"

"是酒驾。他还撞了一头牛。"

"一头牛？"

"警察是这么说的。"

"杰米受伤了吗？"

"只不过头撞了一下，有点擦伤而已，副警长是这么跟我说的。"

我终于放下忐忑不安的心，长出了一口气。我一把抓住比尔的肩膀，疼得他眨了下眼睛。比尔瘦得像蒲公英的花茎，不过体格结实。"谢谢你，比尔。谢谢你跑来告诉我。"

"你客气了，"比尔道，"杰米车上还有……一个年轻女人。"

"她受伤了吗？"

"脑震荡，还断了一只胳膊。不过副警长说她会没事的。"

"如果你和萝丝不告诉别人这事，我会十分感激的。"

"当然没问题，亨利。不过我得告诉你，电话是默西转接的。"

"真该死。"默西·艾弗斯是镇里最吵的接线员，还是个大嘴巴。即便玛丽埃塔镇的人现在还不知道杰米被关起来了，到了傍晚肯定会人人皆知的，对此我深信不疑。

比尔开车把我送到家门口，然后开车回去了。劳拉和帕比正候在门廊里，我给他们讲了杰米的情况，但没提那个年轻女人。令人遗憾的是，这事有特里克班克夫妻和默西·艾弗斯在，我妻子早晚都会知道的。我觉得劳拉会为此生气，她确实生气了——但出乎我的意料。

"杰米为国家付出了这么多，"劳拉道，"他们却把他像个普通犯人一样关进了监狱！他们应该为此感到羞愧。"

"好了，亲爱的，杰米当时喝多了。"

"这只是他们的一面之词，"劳拉道，"就算喝多了，我确定他那么做也肯定有原因，毕竟他经历了那么多。"

"如果他撞到的是辆车，而不是牛呢？那可能会严重伤到人的。"

"可他撞的不是人。"劳拉道。

瞧见劳拉如此维护杰米，我心里有些不快。我妻子本来是个理智的女人，可一牵涉到杰米，她就像其他女人一样丧失了理智。如果是我醉驾撞死了牲口，我打赌她对我绝不会像现在这样宽宏大量。

"亨利！有伤到其他人吗？"

我刚想提那个年轻女人的事，好让劳拉清醒一下，让她别再一意维护杰米了——我开始生他们两人的气了。可我话到嘴边又咽了回去。算杰米走运，我不会出卖他。"没有，车上只有他一个人。"我说道。

"那好吧,"劳拉道,"我去给他准备点吃的让你带给他。我相信他们肯定没给他吃什么东西。"说完,她进了屋。

"需要我跟你一起去吗?"帕比道。

"不用了,"我说道,"这事儿我能处理。"

"你需要钱保释他。"

"我保险柜里的钱足够了。"

帕比从裤兜里掏出钱包,从中拿出一张皱皱巴巴的一百美元,递给我。我惊讶地瞧了眼钱,又瞧瞧帕比。我父亲视财如命,让他掏钱简直像从骡子身上挤出奶来一样不可能。

"给你,拿着,"父亲粗声粗气道,"但别告诉杰米我给过你钱。"

"为什么?"

"我不想他以为可以得寸进尺。"

"我听你的,帕比。"

到了格林维尔市监狱,我要求见帕泰恩警长。这人我原来认识,但不熟。他和我妹妹塔莉娅曾是高中情侣。他想娶我妹妹,可我妹妹看不上他,最后妹妹嫁给了来自弗吉尼亚的烟草种植大户,搬到北方去了,她对所有人说,查理·帕泰恩为此伤心欲绝。为了杰米,我真希望我妹妹当时说的是大话。塔莉娅喜欢夸大自己的重要性。

等副警长把我带进查理办公室,他从办公桌后迎过来,伸手握住我的手,力道有点大。

"亨利·麦卡伦。我们有多久没见了?"

"差不多有十五年了。"

　　这么多年过去，查理看上去几乎没变。虽然有了小肚子，可依然是那个和蔼、潇洒的大个子，朴实无华的笑容下隐隐可见他的野心。一个天生的政客。

　　"你还好吗？"查理问道。

　　"还好。我现在住在玛丽埃塔镇。我在那边有个农场种棉花。"

　　"这我有所耳闻。"

　　"你混得挺不错。"我指指他衬衫上别着的警徽道，"恭喜你荣升警长了。"

　　"多谢。战争时我就是军警，看来我离不开法律这行。"

　　"关于我弟弟的事——"我说道。

　　查理严肃地摇摇头。"是的，情况不妙。"

　　"他怎么样？"

　　"他还好，就是头疼得厉害。当然了，喝了整整五瓶波本威士忌是会这样的。"

　　"查理，你能跟我说说到底是怎么回事吗？我知道的都是道听途说。"

　　查理不紧不慢走回办公桌后，坐下。"你知道吗，"查理道，"工作的时候，我喜欢别人称呼我警长。这样有助于公私分明。你懂的。"查理依然一脸和气，可我注意到他眼睛里有寒光一闪而过。

　　"当然，警长。"

　　"坐。"

　　我坐在他示意我坐的椅子上，脸对着桌子。

　　"貌似星期六的晚上，你弟弟和他的女伴把车停在镇东头。据他女伴说是为了赏月。"查理的语气表明，他觉得这个借口根本就是在扯淡。

"那女孩是谁？"

"多蒂·蒂普顿，是勒韦酒店的女服务员。她丈夫乔是我朋友。他在巴斯托涅牺牲了。"

"我对此深表遗憾。杰米也参加过阿登战役 [1]，还因此获得了银星勋章。他是轰炸机飞行员，你知道的。"

"我当然知道。"查理双手交叉抱胸道。

打战争同情牌就此为止，我决定直奔主题。"这么说，他们两人停了车，那之后发生了什么事？"

"接下来的事就有点失控了。你弟弟什么都记不起来了，他是这么说的。"

"那个女孩呢？"

"多蒂说杰米在开车回镇子时不小心撞到了一头牛。要不是牛躺在汤姆·伊斯特利家的牧场里，而不是躺在路上，这话我也许就相信了。"

"你说杰米喝醉了。说不定他只是迷路了。"

查理身子一仰靠在椅背上，双脚抬起搭在办公桌上。"喔。只不过有两个问题。"

"什么问题？"

"一，他开车穿过了隔离栅栏。二，他直接把牛撞死了，就好像特意瞄准了撞的。车子肯定开得太快。牛都被撞散架了。"

我摇摇头，不明白杰米为什么会故意去撞一头牛。这不合常理。

"你弟弟跟牲口有仇吗？"查理眉毛一抬，问道。

我决定实话实说。"杰米有点不对劲。自从退伍回家他整个

---

① 又名突出部战役（1944 年 12 月 16 日—1945 年 1 月 25 日），阿登战役是第二次世界大战期间西线规模最大的一次阵地反击战，也是美国在二战所经历的最血腥的一役。

人就变了。”

“有可能是这个原因，”查理道，“但他不能因为这样就为所欲为。想什么就要什么。他现在已经从无比光荣的空军退役了。”查理一边卷烟，一边道，“这帮开飞机的，以为自己有多酷。穿着皮夹克，趾高气扬得好像自己就是上帝，以为世上的一切唾手可得。瞧女孩对他们趋之若鹜的样子，就好像上战场拼死搏斗只有他们似的。要我说，像乔·蒂普顿这样在地上战斗的人才是真正的英雄。当然他们没给乔银星勋章，他只是众多战士中的普通一员。”

“那也同样光荣。”我附和道。

查理噘着嘴，道：“你这话说得很有度量，麦卡伦。”

瞧着查理一脸讥笑，我真想照着他的脸给他一拳，可一想到杰米还在一墙之隔的牢笼里，我还是忍住了。我直视着查理·帕泰恩，道：“我弟弟曾六次飞到德国境内，冒着生命危险让更多我们的战士平安回国。他也许没能拯救你的朋友乔，但他拯救了很多其他人的性命。现在——现在他脑袋有点问题，需要时间恢复。我觉得我们应该给他一个机会，你说是不是？”

“我觉得我们不能任凭谁对待乔·蒂普顿的遗孀就像对待妓女一样。”

那她就该本分点，我心中暗道。“我确信我弟弟对她绝没有半点不敬，”我说道，“正如我刚才所说的，杰米现在有点问题。但我向你保证，警长，如果你撤诉，让他和我回家，他绝不会再给你添麻烦了。”

“那多蒂的医疗费和汤姆家死的那头牛怎么办？”

“都交给我好了，我今天就去处理。”

查理拿起桌上的香烟，抖出一根烟点上，慢悠悠吸了三口，一句话没说。终于他站起身，走到门口。"多布斯！"查理大喊道，"去把杰米·麦卡伦带过来。我们要把他放了。"

我起身伸手对查理道："谢谢，警长。非常感谢。"

查理像没看见我伸出的手，也没对我的感谢有所表示。"告诉你弟弟离多蒂远点，别再来格林维尔，"查理道，"如果再让我抓到他在这儿捣乱，需要被拯救的人就是他。"

杰米被带到我面前时，不敢正眼瞧我，他当着查理和副警长的面，结结巴巴地跟我说了声对不起。杰米看上去糟透了，浑身一股威士忌和呕吐物的难闻气味。他头上有一道长长的口子，一只眼睛肿得几乎睁不开了。

然而，那辆迪索托牌汽车看上去比杰米还惨，它已经被拖到了市政扣留场。我们先去了扣留场取车，不用懂修车我也瞧得出来，车已经不能再开了。整个车头像是熟透烂了的南瓜，发动机也一团糟。一瞧见车子的惨状，杰米的脸唰地一下变白了。

"上帝啊，这是我干的？"

"没错，是你的杰作，"我说道，"这到底是怎么搞的？"

"我不知道。我最后只记得多丽告诉我开慢点。"

"那女的叫多蒂。你把她给撞进医院了。"

"我知道，他们告诉我了，"杰米小声道，"但我会补偿她的，还有你。我发誓。"

"你可以随便补偿我，但以后不许再见她了。"

"这是谁说的？"

"查理·帕泰恩。那女的丈夫是他朋友。"

"难怪他那么生气。我的眼睛就是被他打的，你知道吗。"

"他打了你？那个王八蛋。"

"我想我是罪有应得。"

杰米垂头丧气，无比沮丧。"下次记得帮我个忙。"我说道。

"帮忙？"

"记得要撞就撞兔子，知道了吗？"

杰米愣了几秒，然后哈哈大笑，我也跟着笑了起来。我们两人一直笑得眼泪都掉了下来。就像很多年前一样，如果笑过之后杰米的脸还是湿的，我就假装没看见。

我把杰米送到他住的勒韦酒店。趁他洗漱的时候，我开车去医院结清了多蒂·蒂普顿的医药费，很高兴听说她下午就可以出院回家了，但我没去病房看她——见了面说什么？——我让一位护士向她转达了杰米的歉意，祝她早日康复。

等我再次接上杰米时，他整个人看上去和闻起来都好多了。我们出镇子时顺路去了汤姆·伊斯特利家。那混球狮子大开口，一头牛竟然要我赔二百美元，就是比这更好的牛也顶多卖一百五十美元，但一想到那个查理·帕泰恩，我还是满足了这个混蛋的无理要求。整件事已经花了我差不多三百美元，这还没算上修车钱。修好车至少还得再花四百美元，如果修不好必须换车的话，还得再加四百美元。我本打算用这笔钱给劳拉和女儿租房子的，现在看来已经泡汤了。

开车回家的路上，我一直惴惴不安，不知道该如何面对劳拉，不敢看她脸上失望的神情。

"钱都花光了，"等我和劳拉躺在床上，我说道，"即便今年收成不错，也没钱让我们在镇里租房子了。对不起，亲爱的。"

劳拉默不出声，黑暗里我也瞧不见她脸上的神情。

　　"好消息是，杰米答应在农场再住半年，就当作补偿了。有他在这儿帮忙，明年应该能攒够钱租房子。"

　　劳拉叹了口气下床了。我听见她光脚踩在地板上，走到床尾，绕过床来到我这一侧。接着，我听见熟悉的摩擦声，随后瞧见火柴点燃的亮光。劳拉点燃蜡烛，手分开蚊帐，上床挤在我身旁搂住我。

　　"没关系，亨利，"劳拉低声道，"我不生气。"

　　劳拉的嘴吻在我的脖子上，双手滑进我的衣服里。

杰 米

因为亨利。不知道为什么，好像一切事最终都会归结为同一个原因，因为亨利。

我又欠了亨利一个大人情。我自作自受，身陷囹圄，是亨利又把我救了出来。他不告诉我这次花了多少钱，但我估计差不多有一千块。

我不光欠亨利的人情。就因为我，镇里的房子、室内卫生间和草坪，劳拉渴望的这一切也成了泡影，她还得再忍受一年室外厕所的臭味，还有泥巴。她从没因此责备过我，甚至连眉头都没皱一下，还热情地欢迎我回家，就好像我刚从教堂回来，而不是县里的监狱。很多女人看上去甜美可亲，但那只是表象，不过是她们从小学习，并一直磨炼，直到二十几岁时达到炉火纯青的一种演技而已。我的两个姐姐就是这方面的大师，可劳拉不同，她的甜美可亲是发自内心的。

除此之外，我还对不起多蒂·蒂普顿。发生意外（大家提起那件事时，都说"意外"，只有父亲除外，他说的是"你那次醉酒之后的横冲直撞"，还管我叫"奶牛杀手"）的一周后，我偷偷溜到格林维尔市去看她。多蒂见到我非常开心，对一个让她得了脑震荡，还让她一只胳膊打上石膏的男人还能祈求什么呢？她换上裙子，涂上口红，一只手给我弄了一杯威士忌调酒，还对我身上的伤关心备至。问我饿不饿？忙不迭地给我做吃的，一点也不觉得麻烦。我脑海中闪过在她客厅桌旁，用她结婚瓷盘吃晚餐的情景，毫无疑问之后我们还会在她卧室里用点甜点。我突然想一跃而起，夺门而出，那冲动简直像参加战斗前那样强烈。是多蒂牺牲了的丈夫阻止了我。乔·蒂普顿从放在壁炉上的银制相框里直直瞪着我，他身穿着军服，军帽下的脸面色凝重，仿佛在说：你敢走试试，你这个狗娘养的杂种。于是我又逗留了片刻，喝了点酒，和多蒂有说有笑。在酒精的帮助之下，我笑得更轻松，也更容易说假话。待到该告别的时候，我表现得既温柔又深感遗憾——好像安东尼在与埃及艳后告别。好极了，我仿佛听到乔说，现在给我滚蛋。当我告诉多蒂以后再也不能相见时，她向我贴近了一点，但没有哭。这让我松了一口气，我感到如释重负。

那些曾闯入我生命中的人，都像多蒂一样没纠缠过我，让我省了很多麻烦。结果也就纵容了我再继续这样下去，这并不难。喝个烂醉可以一解千愁，但也会让我想起那些画面：熊熊燃烧的飞机尾巴后喷着黑色的烟，从天空坠落；人们从飞机上掉下来，降落伞着了火，或者根本没有降落伞，与其被活活烧死，不如从飞机上跳下来。敌人的高射炮突突突喷着火光，把人打成了碎片，从天而降的有被击落的飞机，跳下飞机的士兵，还有他们身体的碎片。

人们说必须心怀仇恨才能当步兵，这话不适用于空军。我从未见过敌人的样子。一想起敌人，我的脑海里只会出现一个白色椭圆形，没有五官，再加上金色的平头——虽然我知道我们的炸弹也落在很多女人和孩子头上，可在我的想象中，敌人的形象一直是平头，没有刘海、卷发或辫子。有时我们只是选中某个大城市，然后将它夷为平地。另外有些时候，如果轰炸机无法抵达主要目标，通常是军工厂或军事设施，我们就会选择被称之为AWM 的临时目标，AWM 是 "Auf Wiedersehen, Motherfuckers" 的缩写，意思为"再见，王八蛋"。空军有一条不成文的规定，绝不把炸弹带回家。在我执行最后一次轰炸任务时，因为暴风雨无法抵达预设目标——一座弹药库，于是我们把所有炸弹都投到一个全是难民的大型公园。根据情报显示，那里有纳粹党卫军躲在难民里。但不管怎么说，陪着那些纳粹党卫军一同丧命的还有几千名无辜的老百姓。等我们飞回基地，向上级报告后，上级称赞我们做得好。

在快要撞上牛的几秒钟前，那头牛扭过头，眼睛直直地盯着我。它本来可以躲开，却就站在那儿，一动不动，眼睁睁瞧着我的车撞在它身上。

我本可以和亨利聊聊战场上的事儿，可每次当我一提起战争，我就开玩笑或编个故事。亨利不会理解我的感受。亨利也许可以理解我为国战斗的荣誉，可他不会理解我的内疚，更不会理解我有时想驾驶飞机撞向敌人的战斗机，试图与敌人同归于尽的冲动。亨利渴望把一切都抛在脑后——这个想法本身就很可笑。我哥哥最渴望的东西就在他的脚下。每天晚上刮靴子上的泥巴时，亨利看上去都是一副温柔小心的样子。亨利在农场里如鱼得水，就像我曾经翱翔在天空中一样。这正是我不想和亨利倾诉的另一个原因：我不忍心破坏他的幸福。

唯一可以让我远离噩梦的东西是威士忌。自从发生那次意外之后，我知道亨利、劳拉，还有帕比都紧盯着我，在他们面前我只喝几杯啤酒。真正的酒偷偷喝。我把酒藏得到处都是——藏在室外厕所的顶上、屋外的谷仓里、前门廊的地板下——我随身带着一盒柠檬糖以掩盖我嘴里的酒气。我小心翼翼控制着我的酒量，从没喝得摇摇晃晃，白天每次都喝得量刚刚好。大多数的酒随着我干活出汗排泄掉了。我是这个家的开心果，负责逗大家开心，要想做到这点我需要酒的帮助，白天喝剩下的酒正好都派上了用场。

说句自夸的话，我隐瞒得天衣无缝。谁也没发现我的小秘密，只有一个人除外，那就是弗洛伦丝·杰克逊。什么事都瞒不过她那双机警的眼睛。有一次我在我的枕头下发现半瓶杰克·丹尼威士忌，就好像威士忌酒精灵给我送来了礼物。但我知道这肯定是弗洛伦丝干的好事，那天是洗衣服的日子，我的床单换过。我一定把酒落在了什么地方，弗洛伦丝发现还给了我。除了这次善意之举之外，弗洛伦丝并不太喜欢我。我曾试图想争取她，可我的魅力对于她无效——她是我所遇见的女人中唯一的例外。我想弗洛伦丝肯定有种预感，预料到我在之后发生的事中所扮演的角色。这话如果被亨利听到，他肯定会嘲笑我，但我坚信黑人天生拥有一种白人没有的预感能力，一种蕴含在骨子里的能力。这种能力与思考能力不同，白人的思考能力比黑人强，可黑人的预感能力则来自更古老、更不为人知的地方。

或许弗洛伦丝早有预感，可我根本想不到从镇里回家时，顺路捎上荣塞尔会导致什么后果。那天刚过新年，我已经回到密西西比四个月了，感觉却像过去了四年。我开车去玛丽埃塔镇剪发，顺便给劳拉买点日用品，还要买些威士忌。通常我会去贝尔佐尼或楚拉镇买酒，但那天时间来不及了。我从特里克班克家商店买好东西出来，突然听到左侧发出一声巨大的爆炸声。我吓得立刻趴在地上，双手抱头，手里的一箱子日用品撒落到了街上。

"没事的，"身后有一个低沉的声音道，"是汽车的声音。"一个个子算是高的黑人从一辆停着的汽车后面走出来，他指着从旁边经过的一辆旧福特 A 型汽车，道："是汽车回火的声音。肯定是进气阀堵了。"这时，我才认出眼前这个黑人是荣塞尔·杰克逊。我和他曾说过几次话，不过只谈过农场的事而已，听亨利说过，他曾在某个黑人战斗营当过兵。

听到咯咯咯的笑声，我抬眼望去，有几个戴帽子的人正盯着我们瞧。每个星期六下午，特里克班克家商店的常客们都会聚到商店的前门廊里闲谈，聊一聊对玛丽埃塔镇最近新闻的看法——此刻，他们毫无疑问正在说亨利·麦卡伦那个在格林维尔市杀了一头牛的疯弟弟。我羞得面色通红，赶紧弯腰要把刚才撒落一地的东西捡起来。荣塞尔也过来帮我的忙，把几个滚开的橘子捡起来递给我。面粉袋开着口掉在了地上，有一半面粉洒到了土地上，万幸我的威士忌都没事儿。捡起威士忌时，我手抖得厉害，一下子没抓住酒瓶，酒又掉到了地上。

若是此时荣塞尔说点什么，甚至发出丁点同情或安慰的动静，我也许不会去捡酒，而是上去揍他——天知道，我当时有多想揍人。可荣塞尔没给我机会。他只是伸出手，掌心向下，让我看他的手像我一样抖得厉害。我在他脸上瞧见与我同样的沮丧、愤怒，甚至比我更甚。

"你觉得这手抖会好吗?"荣塞尔低头瞧着自己的手,问道。

"他们说最终会好的,"我答道,"你是走着来的吗?"

"是的。父亲要用骡子犁地。"

"来吧,我载你一程。"

荣塞尔向车后斗走去。我本想让他坐副驾——今天天气这么冷,还开始下起了雨——但我注意到商店门廊的那些人正瞧着我们,我突然想起亨利提过,荣塞尔此前曾在这儿和一些白人有过冲突。等我们开车出了镇子,我停下车,把头伸出车窗外,大喊道:"下来坐前边吧?"

"我在后边挺好的。"荣塞尔喊着答道。

此刻,淅淅沥沥的小雨已变成绵绵细雨。我瞧不见车后的荣塞尔,但想必他身上肯定又冷又湿,很快会全身湿透的。"进来,士兵!"我吼道,"这是命令!"

我感觉车子一颤,荣塞尔跳下车,打开副驾的门上了车,带来一股汗水和毛料衣服湿了的味道。我本以为他会说谢谢,可他一开口却是:"你怎么知道我的军衔比你低?"

我哈哈大笑。"你已经服从我的命令了,不是吗?另外,我是上尉。"

荣塞尔头一扬,道:"黑人也有上尉,我曾见过很多黑人上尉。"

"我猜你是中士。"

"是的。"荣塞尔道。

我手伸进我们中间放着的箱子,拔掉威士忌的瓶塞,灌了一大口酒。"好吧,中士,你回到三角洲感觉如何?"

荣塞尔没答话,只扭头盯着窗外。一开始,我以为自己的话惹恼了他，随后意识到他只是不想打扰我喝酒。这个荣塞尔·杰克逊，人还真不赖，我心里边想，边又喝了一大口酒。但转念一想，才发现另一个问题：荣塞尔不瞧我是因为他觉得我不会给他酒喝。他在维护自己的尊严，同时也让我变成了一个混蛋。想到这我有些恼怒，把酒向荣塞尔一递。"给，来一口。"

"不了，谢谢。"荣塞尔道。

"你总是这么固执，还是只有白人想对你客气时，你才这样？"

荣塞尔接过酒，飞快抿了一口，目光一直在打量着我脸上的表情。事实上，刚才我还不想给他喝，尤其是酒瓶里只剩下最后一口了。我也不知道自己不再在乎酒，给荣塞尔喝到底是好事还是坏事。

"你这是哪种当兵的喝法？"荣塞尔抿了一小口，想将酒还给我时，我说道。听到这话，荣塞尔狠狠喝了一大口，灌的太多一下子呛住，把一些酒洒到了身上。"别浪费，"我说道，"那可是我的药，对我来说每一滴都很珍贵。"

我从荣塞尔手中接过酒瓶，瞧见他注意到我手上缺了一根手指。"这是战争时伤的？"荣塞尔问道。

"是的，冻掉的。"

"飞行员怎么会冻伤。"

"在两万英尺的高空上，风刮起来像凛冽的刀子，你知道那有多冷吗？我说的可是零下五六十度。"

"你为什么要开窗？"

"没办法。没有雨刷器。天一下雨，你只能靠把头伸出窗外看咯。"

荣塞尔摇摇头。"我还以为我困在铁皮罐头里已经够遭罪的了。"

"你是坦克兵?"

"没错。巴顿的先锋军。"

"你在头盔里小便过吗?"

"当然,多了去了。"

"飞机驾驶舱里有方便用的管子,但有时用防弹头盔更方便。在两万英尺的高空上,尿不到一分钟就会结冰。有一次我在头盔里方便了之后,完全忘了这回事。那是一次长距离飞行任务。等我们接近目标,我戴上头盔,开始进行轰炸,与此同时还要躲避敌人的高射炮射击,这时我突然感觉有东西流到我脸上。等闻到味道我才明白是怎么一回事。"

荣塞尔听了放声狂笑。"等你回到军官俱乐部,他们一定会笑死你的。"

"我的战友每次一听到这儿就笑死了,从没让我把故事讲完。我是说幸存的那些战友。"

"是的,我知道。"

天色渐黑,气温已经低得可以瞧见空气中飘散着嘴里呼出的白气。我挂挡加速向农场驶去,接下来的一路上我们都没再说话,只用威士忌递过来、递过去,你一口、我一口,代替了交谈。当我们的车停在杰克逊家门前,正碰到哈普在外面水泵前给桶接水。瞧见自己儿子坐在车前面,哈普一脸警觉的夸张神情看起来滑稽可笑。

我摇下车窗:"晚上好,哈普。"

"一切都好吗,杰米先生。"

"一切都好。我从镇上回来时顺路把荣塞尔带回来了。"

荣塞尔打开车门，下了车，脚下有些趔趄。"谢谢你送我回来。"荣塞尔道。

"不用客气。"荣塞尔刚要关上车门，我说道，"下周六下午我还要去镇里，我可以顺道过来看看，如果你也想去的话，我们可以一起走。"

荣塞尔瞥了眼他的父亲，然后对着我点了点头，态度严肃得像个法官。正是此刻的这个举动决定了荣塞尔的命运。

把所有事情归结在荣塞尔身上，好像是我在推卸责任。但如果换个角度，事情的转折点也可以是其他某个时刻，比如我们可以点兵点将，点到哪个算哪个：汽车回火的时候，荣塞尔坐到副驾的时候，我把威士忌递给他的时候。但我觉得应该是他站在雨中，半醉半醒向我点头的时候，正是这一刻决定了他之后的命运。我相信，如果你去问荣塞尔，如果他能回答，他也会同意我的看法。

第三部

劳 拉

爱上亨利的弟弟，就好像坐在你信赖之人开的车里，在一路颠簸中，我任由眼皮不知不觉渐渐打架，最终陷入沉睡。任由一词是关键，我本可以悬崖勒马，及时收手，像过去我对付烦恼的感情问题那样，把爱赶进脑中黑暗的角落，然后把它死死锁在里面，不放它出来。我曾试过去挣扎，去反抗，可充其量只能算半推半就，最终难逃失败的下场。

从来农场第一天，杰米的一举一动就讨人喜欢。他对我的厨艺和做的大小事情都赞不绝口。那赞扬仿佛在对我说：我一直关注着你，惦记着要如何让你开心呢。对他的这种关注我有种如饥似渴的渴望，让我整个人开心得如沐春风。对女人来说，日常琐碎生活中的关心尤为重要，亨利不是细心体贴型的男人，这些小事他根本想不到。在孟菲斯，我时刻有娘家人的陪伴，这件事的重要性还体现不出来，可到了"泥巴地"，无人关注的我仿佛陷入巨大的感情真空之中。亨利的全部心思都放在农场上。要想让他多关注我一些，恐怕我必须得长出尾巴，像骡子一样叫才行。

有件事我需要澄清一下：当我说杰米的一举一动讨人喜欢时，

我并非想说他勾引我。哦，他是经常和我有说有笑，但他和所有人，包括男人也这样。他喜欢讨别人喜欢，这听起来像是个游戏，对有些男人来说没错，可杰米不是浪荡的人，他只是渴望被人喜欢，这是我后来才想明白的。当时我眼里只有杰米关注我讲话的神情，他身子前倾，头略微倾向一侧，好像要听清我说的每一个字。我只注意到杰米给我摘的野花，他把花插在厨房桌上的牛奶瓶里，还有他逗小家伙们玩时，她们脸上绽放的笑容。

伊莎贝尔俨然成了杰米的小跟班，我对此很开心。我一直没能在伊莎贝尔身上投入足够的爱和关心。杰米察觉到伊莎贝尔心中的渴望，用极大的爱去弥补她心中的缺失，伊莎贝尔也投桃报李，对杰米喜爱至深。只要杰米在家，其他人就好像成了空气。当杰米浑身是土、疲惫不堪地从地里干完活回来，伊莎贝尔会举着胖乎乎的小手冲向他，像浸礼会教徒迎向上帝。杰米摇头说道："今晚太累不能抱你了，小贝拉。"伊莎贝尔则跳着小脚，霸道得不依不饶，她知道杰米肯定会蹲下抱起她，抱着她开始转圈，一圈又一圈，伊莎贝尔开心得大声尖叫。杰米不只爱她，而是只爱她。这对小家伙来说意味着一切。没过多久，伊莎贝尔就执意要求大家喊她贝拉，谁再喊伊莎贝尔，她理都不理，亨利甚至为此打了她一顿屁股，可也不管用。作为亨利的骨肉，伊莎贝尔身上同样流着我的血，起码继承了我的倔强，最后她终于得偿所愿，人人都开始喊她贝拉。

虽然杰米不再像战前那么开朗，可大家还是因为他变得其乐融融。帕比不再吹毛求疵，亨利开怀大笑的次数多了，睡得也比往常更踏实。我好像重生了，又恢复了流产前的活力，不再憎恨亨利，也不再抱怨农场物资匮乏了。亨利肯定看得出来，我心情由阴转晴是因为杰米，如果他真介意的话，他不会任由事态继续发展。他似乎对此已经习惯了，正如多年前他对我说的"杰米会让女孩们容光焕发"。自己的妻子会对自己的弟弟有非分之想，这对亨利来说简直像天方夜谭。

可我确实有了非分之想，我的心中有种从未有过如此强烈的冲动。一切事物都变成了诱惑，连切西红柿、在花园里除草、用梳子梳头都能勾起我的冲动。我的全身感官变得异常敏感。食物看着更加美味，香气愈发诱人。人也比平常饿得更快，出汗更多。我感觉此刻我的身体甚至比我怀孕时还奇怪。

即便如此，要不是杰米为我建了那个淋浴室的话，我们之间也根本不会有事发生。那个淋浴室成了压垮我心理防线的最后一根稻草。要想明白这其中的原因，你首先要想象一下没有自来水和浴室，你的生活会变成什么样子。伺候全家人洗澡要操劳整整一天，因此我们只在星期六才洗澡。夏天，我先给澡盆填满水，等上午的阳光把洗澡水晒暖之后，先给两个女儿洗，然后再自己洗，边洗还要边祈祷，祈祷光着身子时，谁也别有事找我。为了遮羞，我们在两根晒衣绳上挂上床单，把浴盆放在中间——这也就意味着，洗澡时有两面毫无遮挡，一刮起风来，整个田间都能瞧见有人在洗澡。等我洗完，我得再把盆里灌满水给帕比用。等帕比洗完，我要把水倒了，然后再填满——老头子有时会一边抱怨，一边帮忙，但大多数时候都是我一个人干——我还要做好准备给从田里回来的亨利和杰米洗澡。一到冬天，我先要把澡盆和水桶拖进厨房，用炉子加热。尽管洗澡如此大费周折，我依然觉得每个星期六是我一周里最开心的日子，因为只有这一天，我才觉得自己干干净净。

除了周六，其他日子里我们只能臭烘烘的。你可以尽情赞美辛勤劳动流下的热汗有多光荣，可汗水就是汗水，闻起来都一样。亨利貌似对此毫不在意，我可一直适应不了。我一腔幽怨地怀念起长青街那栋房子里的小浴室，过去我完全没把它当回事，有时甚至还抱怨水压不足，陶瓷浴缸破了缺口。现在当我在厨房，用桶里的冷水淅淅沥沥浇在身上，权当洗澡时，那个小浴室简直像遥不可及的奢侈享受。

对我来说最糟糕的其实是月经期。沾上经血的衣服散发着一股浓郁的恶臭，那味道仿佛会渐渐弥漫整个房间，直到让我窒息。那时每个晚上等所有人睡着，我会偷偷溜进厨房洗衣服和清洗身体。有天晚上，当我蹲在水盆前，睡衣扎在腰间，手别扭地在两腿间擦洗时，刚好被进厨房的亨利撞见了。他马上扭头走掉了，哦，我当时羞得恨不得找个地缝钻进去！

杰米一定猜到了我会因为洗澡不便而痛苦。三月的一天，我从格林维尔市买完东西回到农场，发现房子后院突然多了个新奇玩意，一座狭小的木头小屋，屋子上方装着滑轮，滑轮上连着一个大木桶。我和女儿停车时，杰米刚好忙活完。

"这是什么东西，杰米叔叔？"阿曼达·莉纳闷道。

"这是个淋浴室，小牵牛花。"

"我不喜欢淋浴，我喜欢泡澡！"贝拉嚷道。

"宝贝，这不是给你的，是给你妈妈的。"

贝拉皱皱眉头，杰米抚摸着她的头发，瞧着我。"嗨，"杰米道，"你觉得怎么样？"

"这真是我见过的最棒的东西。"

它确实是最棒的，我说的是实话。但就像"泥巴地"里的所有东西一样，冲澡也需要付出一点劳动。我还要先用炉子加热水，然后把水桶拖到室外——两或三桶水，这取决于你是否想洗头发。将大淋浴桶放下，灌满热水，然后通过滑轮上的绳子把桶拉起来。接着进淋浴室，脱了衣服搭在木屋的墙壁上。等一切就绪，轻轻拉一下连在淋浴桶上方的绳子，倾斜桶子让水倾泻而下浇在身上，然后给身上抹上肥皂，接着再重复之前的过程，直到洗干净为止。

当晚我就用淋浴室冲了澡。那是一个温暖宜人的早春夜晚，充满生命活力的微风轻柔地包裹着我的身体，让人心旷神怡。我走进木屋，关上门，把自己与外面的世界隔离开来。耳边只听到虫子撞在木屋四壁上低沉的咚咚声，还有青蛙的鸣叫，这是三角洲地区永恒不变的音乐。远处传来阿曼达·莉练习音阶的钢琴声和男人们的交谈声。我脱了衣服，站了几分钟，任由温暖的微风轻抚我的身体。头上的天空中飘着大朵的云彩，夕阳给云朵镀上了一层绚丽的金粉色。我拉了一下绳子，任由水倾泻而下浸润我的身体，同时想着我的小叔子。想着杰米双手锯开木板、把它们拼合在一起，再用钉子固定。他甚至还给我做了一个肥皂盒。木板条底的肥皂盒里有一小块紫色雕纹肥皂，这种肥皂只有在孟菲斯的化妆品商店里才买得到。我拿起肥皂放在鼻子下，有一股淡淡的薰衣草香味。这是我最喜爱的香味。很多年前，我曾跟杰米提过我喜欢这个香味，想不到他竟然还记得。

我一边抹肥皂，一边心里琢磨着：杰米建淋浴室时，有没有想象过此刻的情景，有没有想过在渐暗的天色中，我光着身子无拘无束地站在这里？我不知道究竟是什么更让我吃惊，是这个想法本身，还是这想法在我心底激起的欢愉。

欲望如暗流在我身体里激荡，亨利是直接受益人。此前在床上一直是亨利采取主动，现在别说他，连我自己都不敢相信，我竟然开始主动求欢。可我的要求有时会遭到亨利的拒绝，而且他对此从不解释，只抓住我正在摸索的手，放在床边上，轻轻拍一拍，然后留给我一个冷冰冰的后背。被拒绝的我胸中燃起熊熊怒火，真奇怪床竟然没被我的怒火点燃。我从来都没拒绝过亨利的要求，结婚这么多年一次也没有。他怎么可以像对待不需要的宠物一样对我，把我冷冷地晾在一旁？

我试图掩饰自己对杰米的爱，可我从不擅长伪装。父亲曾称我是他的"小号手"，因为我的所有心情都写在脸上。一天，我和弗洛伦丝在家做家务，我在做饭，她在叠洗过的衣服，弗洛伦丝道："杰米先生好些了吗？"

"好点了，"我答道，"我觉得他挺不错的。"

在农场辛苦劳作的七个月有益于杰米的身体。我并没幻想这能让他彻底恢复健康，不过他现在噩梦少了，身体也壮实了。吃我做的饭菜杰米胖了，我对此颇感骄傲。

"那是因为他找了女人。"弗洛伦丝脸上带着诡秘的笑容道。

听了这话，我喉头一紧，嗓子里仿佛被塞了一块石头。"你说什么呢？"

"瞧见这个了吗？"弗洛伦丝举起杰米的衬衫，我瞧见衣领上赫然有口红的印迹。

"那是血，"我说道，"也许是他刮胡子时不小心伤到了自己。"但我心里其实跟明镜一样，干涸的血应该是棕色。

"好吧，那就是带香味的血迹。"弗洛伦丝道。

我喉咙中的那块石头仿佛开始变大，让我几乎无法下咽。

"男人没女人不行，"弗洛伦丝自顾自继续道，"一个女人如果喜欢上一个男人，即使没有他也过得下去。因为上帝会保佑她的。可男人身边如果没有女人，日子肯定过不好。不管他再怎么挑三拣四，最终都会找个女人。当然了，像杰米先生这种人要找女人很容易。她们像路边排成行的雏菊，都等着他来摘。只要他一伸手，就——"

"闭嘴，"我怒喝道，"我不想再听到这么无礼的话。"

我们两人彼此瞪着对方，最终弗洛伦丝先低下了头，可我感觉她仿佛察觉到了什么。"去拿些水，"我说道，"我要煮点咖啡。"

弗洛伦丝乖乖听命离去，可瞧她那不慌不忙的步伐，更像是对我的大不敬。等她出了房间关上前门，我走到桌旁，拿起那件衬衫放到鼻下，我立刻闻到一股浓浓的铃兰香水味。我在脑中勾勒着用这种香水的女人的样子。她身穿低胸裙，指甲的颜色与口红一样鲜红。她笑起来声音略带沙哑，用长烟嘴抽烟，双腿交叉时会故意露出裙里的衬裙。她就是一个低贱的浪货，我心中暗道。

"闻什么好东西呢，小妞？"我转头瞧见帕比正站在前窗外，我的脸腾的一下红了。他站在那儿多久了，都听到了什么？看他一脸得意扬扬的笑容，肯定在那儿站了很久，该听到的都听到了。

我满不在乎地——我希望是如此——将衬衫扔进篮子。"还不就是汗味，"我说道，"你知道的，就是那种干活后的味道？这你也许听过。"

不等帕比张口，我赶紧溜出了房间。

四月的第一个星期六，麻烦事儿就来了。我当时正开车带帕比去镇里，迎面正好碰到杰米的车。随着两车的距离越来越近，我瞧见荣塞尔·杰克逊坐在杰米车的副驾上。荣塞尔自从回到家，一直都很低调。我们几乎没怎么见过他，只远远瞧见他在地里低头犁地的身影。帕比貌似对此感到非常满意，起码他不再每天怒气冲冲地念叨"那个油嘴滑舌的黑鬼了"。

"坐在杰米旁边的人是谁？"帕比眯着眼瞧着远去的车问道。

由于虚荣心作祟，老头子在公共场合从不戴眼镜，所以看东西只能指着我们帮忙。这次我很高兴地告诉他："我不知道，瞧不清楚。"

道路太窄两车无法并行。杰米只好把卡车停在路边，让我们先通过，我只得减速慢行。我们的车与杰米的车擦身而过时，杰米抬手和我们打招呼。荣塞尔坐在杰米身边，两眼瞧着前方。

"停车！"帕比对我命令道。我只好听话地踩下刹车，可杰米一踩油门把车子开走了。帕比晃着脑袋在后视镜里追寻着杰米车的踪影。"你瞧见了吗？我觉得他旁边坐的是那个黑鬼。"

"你说谁？"

"就是杰克逊家的那个崽子，油嘴滑舌的那个。你没瞧见他吗？"

"没有，阳光太晃眼了。"

帕比转过身，如同一条致命的毒蛇盯着我。"你不是在骗我吧，小妞？"

"当然没有，帕比。"我竭力装出一副无辜的可怜相。

帕比双手抱胸，转过脸瞧着车前方，嘴里嘟嘟囔囔。"我告诉你，最好不是那个黑鬼。"

等我们在镇里办完事，返回农场已是几小时之后的事了。我本打算抢在帕比碰到杰米之前，知会一下杰米，可偏偏不巧停车时，亨利和杰米正在卡车前干活。孩子们向车子冲过来，嚷着管我要我答应给她们买的糖果。

"进屋再给你们，"我说道，"杰米，能帮我把买的东西搬到屋里去吗？"

"你先给我等一下，"帕比对杰米道，"今天和你坐在卡车里的那人是谁？"

杰米飞快瞥了我一眼，我对他轻轻摇摇头，希望他能理解我的暗示，编点儿瞎话糊弄过去。

"听见我在问你话吗？你到底说不说？"帕比说道。

"姑娘们，进屋去，"我说道，"我马上过去。"

女儿们不情愿地进了屋。杰米等小家伙们走远听不到了，才对帕比道："是荣塞尔·杰克逊。怎么了？"杰米说话时口气淡定，可两颊通红。我怀疑他是不是暗地里又在喝酒。

"你们这是怎么了？"亨利纳闷道。

"我从镇上回来刚好顺道载了荣塞尔一程。我们的父亲显然对此感到不满。"

"如果你让他坐在前排，就不行。我相信你哥哥也不会同意的。"帕比道。

亨利一脸难以置信的表情。"从镇上回来的一路上，你都让他和你一起坐在车里？"

"是又怎么样？"杰米道，"这有什么？"

"有人瞧见你们吗？"

"没有，我又不怕让他们看见。"

杰米挑衅地盯着亨利，亨利瞧着杰米，脸上露出我所熟悉的既愤怒又伤心，还有我曾见过的迷惑不解的表情。亨利摇摇头。

"你真是变了,"亨利道,"我怀疑你还知不知道自己是谁。"亨利转身向房子走去,杰米瞧着亨利的背影,似乎想拉住他,可最终一动没动。

"别再让我抓住你和那个黑鬼。"帕比道。

"不然怎么样?"杰米道,"你打算拿着手杖追着我打吗?"

老头子咧嘴一笑,露出一口又长又黄的牙齿。帕比几乎从来不笑,可一笑起来既古怪又讨厌。"哦,我不会那样对你的。"

帕比也跟着亨利进了屋,外面只剩下我和杰米。杰米身体紧绷,仿佛摆好姿势要大打一架或开飞机。我站着左右为难,不知道是该安慰还是训他。

"我不能再待在这儿了,"杰米道,"我得去镇里。"

去找他的女人,我心中暗道。"别走,"我说道,"我今晚炖兔子。"

杰米伸出手,用一只手指轻轻拂过我的脸庞。我发誓,我当时全身的神经都在颤抖。"亲爱的劳拉。"杰米道。

我瞧着杰米离开,瞧着他的卡车先是卷起一阵尘土,然后渐渐变小,直到从我眼前消失不见了。炖兔子,我心中暗道。我只能给杰米这个,这也是我唯一能给杰米的东西。一想到这儿,我心里凄苦得像刚喝下了黄连水。

弗洛伦丝

"抱歉，杰米先生，我今天怎么笨手笨脚的。"在我三次扫到杰米的脚，第三次时，麦卡伦夫人训了我一顿，打发我去房子外面干活，剩下的地她来扫。我不在乎麦卡伦夫人怎么想，也不在乎杰米的想法。我只想让杰米离开，可尽管我在他的脚印上洒了盐，在他床下放了曼陀罗和橡胶做成的符咒也没用，他就是赖着不走。他就像个讨厌的人，无论怎样都会再回到农场。

这小伙子确实漂亮，英俊潇洒，笑起来像个小男孩。人们情不自禁地会喜欢上他，那感觉就像小孩子喜欢冬青果。小孩子不知道冬青果有毒，只觉得红红的冬青果很漂亮，很想尝一口。当你把冬青果抢走，小孩子会痛哭流涕，好像你抢走了他们的心肝宝贝。这个世界上很多邪恶的东西看上去都无比漂亮。

杰米·麦卡伦不邪恶，不像帕比，但他和帕比有一点相同：都不干好事。杰米意志软弱。一到中午都满嘴酒气，每周一他的衣服上都是女人的香水味。一个男人有生理需要，甚至喜爱喝酒，依然可以成为上帝的信徒，可杰米·麦卡伦的心里破了一个大洞，是恶魔喜欢的那种洞。那简直像是为恶魔准备的高速公路，邀请恶魔在他心里兴风作浪。我本以为这是战争在杰米身上留下的创伤，最终会被时间抚平，可那个洞却变得越来越大。除了我，他们家的人都没意识到问题的严重性，被杰米·麦卡伦骗得团团转，尤其是麦卡伦夫人。瞧她盯着杰米的眼神你会觉得杰米不是她的小叔子，而是她丈夫。亨利·麦卡伦貌似没发现任何苗头，即使发现了，好像也不在意。我这么跟你说吧，如果我的姐妹们敢多看我家哈普一眼，看我不把她们的脸挠开花。

荣塞尔也着了杰米的魔。我知道他们两人每星期六下午都开车出去，也知道荣塞尔天黑出门散步去做什么。但凡在这片地区生活，懂得好歹的黑人都知道，天黑后能去的地方只有一个：厕所。可荣塞尔不是去厕所，我知道他去哪儿了。他去了河边那座快要倒塌的锯木厂，和杰米·麦卡伦喝得酩酊大醉。我有很多次瞧见荣塞尔往那个方向走，还听到他晚上回来时跌跌撞撞的声音。我劝他离那个杰米远点，可他就是不听。

"你在做什么，为什么和那个白人混在一起？"我问荣塞尔。

"没什么。就是聊聊天。"

"你是在给自己找麻烦。"

荣塞尔摇摇脑袋。"他和其他白人不一样。"

"你说得没错，"我说道，"杰米·麦卡伦的兜里揣着一条毒蛇，而且无论他走到哪儿，都带着那条蛇。等哪天这条蛇准备咬人的时候，咬的可不是他，哦，不是他。那条蛇会将它的毒牙刺入和他在一起的人。你最好确定那个倒霉的不是你。"

"你不了解他。"荣塞尔道。

"我只知道他每天都离不开威士忌，背着全家人喝。"

荣塞尔不敢正眼瞧我。"他只是在借酒疗伤。"荣塞尔道。

我的儿子也受了伤，这点我清楚，他只是不愿和我们说。自从他从战场回了家，就像一座被封起来的房子，什么话都听不进去，也什么都不说——至少对我们是这样。关于荣塞尔的事儿，杰米·麦卡伦知道的甚至比我们还多。

我没告诉哈普他们喝酒的事。我不喜欢瞒着丈夫，可荣塞尔和哈普已经成天看对方不顺眼了。哈普每天逼着荣塞尔去见亨利·麦卡伦，让他和亨利谈想接手阿特伍德家旧地的事儿。那儿来了一家新佃户，可麦卡伦先生不喜欢他们，这事他曾跟哈普提过。荣塞尔告诉他父亲，他会考虑的，可他想要那块地的心情就跟猫想要池塘游泳差不多。哈普不停逼荣塞尔，纯粹是他的土地情结在作祟。

"你再这样逼荣塞尔，会把他逼得离家出走的。"我警告哈普道。

"他已经是大人了，"哈普道，"他需要有自己的土地，成个家。在这儿也可以。其中一个双胞胎可以帮他的忙。我们四个人种五十英亩地，如果棉花价格稳定在一磅三十美分之上，那么只要三四年我们就可以攒够钱给自己买块地。"

荣塞尔根本就不想买地，可把这事告诉哈普就好比对牛弹琴。哈普一旦认准某事，凡是与此事无关的他都视而不见，听而不闻。正因为如此，他才成为了一名优秀的布道者，他信仰坚定，从不动摇。人们以他为榜样。可教坛上行得通的事未必适合养家。在荣塞尔看来，他父亲根本不在乎他的感受，荣塞尔只想离开这里。我不忍瞧见荣塞尔离开，可我知道早点走对他好，所以我没管他，任由他自己决定。

到了春天，荣塞尔和杰米·麦卡伦每隔几天就喝得大醉。老麦卡伦先生撞见他们两人在一起开车时，我还挺高兴，以为这下两人会从此收手了。

荣塞尔根本没和我们提过此事，像上次他在商店和白人发生冲突一样，我们还是从亨利·麦卡伦那里听到的消息。一天下午，亨利·麦卡伦来我们家，怒气冲冲地要和哈普与荣塞尔谈谈。我和上次一样也躲起来偷听。不管男人们怎么想，我反正觉得我有权知道谁在我家前门廊里说了什么。

"我猜你应该知道我为什么来这儿，荣塞尔。"麦卡伦先生道。

"不，我不知道。"

"我弟弟说他今天开车载你从镇里回来。"

"是的。"

"我觉得这应该不止一次了。"

"是的，不止一次。"

"确切说有多久了？"

"这我说不清。"

"好吧，你知道我在说什么吗？"

"不知道，麦卡伦先生。"

"那好，那我就告诉你。"亨利·麦卡伦道，"显然，你这位儿子和我弟弟一直开着我的汽车在乡下转来转去，天知道他们这么做有多久了，两人像豆荚裹着豆子一样，亲密地一起坐在汽车前排座位上。我父亲今天瞧见了他们两个开车从镇里回来。你对这事难道一点也不知道吗？"

"不，我不知道有这事，"哈普道，"好吧，我知道杰米先生时不时开车送荣塞尔回来，但我不知道荣塞尔和他一起坐在车前面。"

事实上，哈普知道，第一次他就看到了。拉普那天也好好教训了荣塞尔，要他再也不要和白人坐在汽车前面，除非他开车，那样的话头上还要带顶黑色帽子以作证明。

"现在你都知道了，"麦卡伦先生道，"你准备说点什么吗？"

外面的三人都陷入了沉默。我感觉到哈普心中正在挣扎，正在想该怎么回答。这事儿不对，亨利·麦卡伦这么做是在逼哈普和自己的儿子作对。如果麦卡伦先生想让荣塞尔低头，他应该自己说，而不是逼哈普替他说。别这样，哈普，我心中暗道。

但没等哈普开口，荣塞尔先说了："我觉得我父亲没什么可说的，他对此事一无所知。这事儿你应该问我。"

"那好吧，"亨利·麦卡伦道，"你脑袋里到底在想什么？"

"白人让我上他的车，我就上了。"荣塞尔的语气听着貌似恭恭敬敬，可连我都听出来他说的是违心话。

"你是在和我开玩笑吗，小伙子？"亨利·麦卡伦道。

"不会，绝对没有，"哈普道，"他只是在向你解释。"

"那还是让我来给你解释一下吧，荣塞尔。如果再让我抓到你和我弟弟坐在车里，你就有大麻烦了。我说的可不是像现在这样谈谈就完事了。我父亲生起气来可不只会动嘴皮子，如果你明白我意思的话。下次杰米说要载你的时候，你就告诉他你需要运动一下，听明白了吗？"

"明白了。"荣塞尔道。

"你知道吗，哈普，"亨利·麦卡伦道，"我希望你儿子能放聪明点。"亨利提高嗓门道，"弗洛伦丝，我希望你也明白这点。"

等亨利走了，我走到前门向外张望。荣塞尔站在门廊边上，眼睛盯着麦卡伦的汽车，哈普坐在摇椅上，盯着荣塞尔的后背。

"爸爸，"荣塞尔道，"你是不是打算说，我早就告诉过你吗？"

"没必要说那个。"

"来吧，我知道你憋不住，说出来吧。"

"没有这个必要。"

很长时间里，我耳边只听见四周蟋蟀、树蛙的叫声，还有哈普摇椅发出的嘎吱声。接着，荣塞尔清清嗓子。该来的总会来的，我心中暗道。

"等摘完棉花，"荣塞尔道，"我就离开这里。"

"你去哪儿，儿子？"哈普道，"去北方的大城市？在那儿你既没有家，也没有认识的人，你根本生活不下去。"

"无论去哪儿，不管过什么样的生活，"荣塞尔道，"我觉得都比在这儿强。"

亨 利

到了播种季节，我已经忍不住想杀了我弟弟，而不管他精神有没有问题。这不但因为他发誓戒酒，却仍然喝酒骗我，最让我生气的是他的自私。杰米只顾自己开心，做事随性，从不考虑给别人造成什么后果。我正拼死拼活想在玛丽埃塔给自己和家人打下一片天地，这时有个和妓女还有黑人鬼混的弟弟肯定不会起好作用。最令我痛苦的是，我还不得不容忍劳拉维护杰米，而我父亲则坐在旁边一脸讥笑。他以为我瞧不出这其中的猫腻，他错了，就算我眼睛不够尖，我的耳朵可很灵光。

每次有杰米在，劳拉就唱歌，而只有我在的时候，劳拉就变成了哼歌。

即使这样，我也没打算说那种话，我没那个意思。可杰米欺人太甚，我话到嘴边没忍住就溜出去了，既已出口也就没法再反悔了。

当时我们正在谷仓干活。杰米挤完牛奶，拎着奶桶回屋，脚下突然一个趔趄摔了一跤，牛奶洒了他一身，地上洒得也都是。

杰米像没事人一样哈哈大笑。我猜他肯定不是故意的，可当时一瞧见他的样子我不禁火冒三丈。

"你觉得这有趣吗，好好的牛奶都洒了。"我说道。

"你肯定也听过那句老话怎么说的了，覆奶难收，哭也没用。"

瞧着杰米说话和脚下不稳的样子，我觉得他还在一直喝酒。这更让我怒火中烧。我说道："你错了，尤其是如果你洒的是别人的奶。"

听到这话，杰米脸上的笑意一下子不见了。"我明白了，"杰米讥讽道，"那我该赔给你多少钱呢，亨利？"杰米从兜里掏出一把零钱，"我瞧瞧，这儿肯定洒了得有三加仑奶，那就是大约两美元？就算两美元二十五美分。我可不想让你吃亏。"说完，他开始数钱。

"别犯浑。"我说道。

"哦，不，兄弟，我一定要赔你钱。"杰米把钱递给我，见我不肯接，伸手要把钱塞进我衬衫口袋里。我一把推开他的手，硬币掉到了地上。

"看在上帝的分上，"我说道，"这不是钱的事儿，你知道的。"

"那你说是什么事儿？你想我怎么样，亨利？"

"给我清醒点，我就想你做一件事，"我说道，"承担起责任，有点成熟男人的样子。"

"怎么，洒了一桶奶，我就不是男人了？"杰米道。

"你最近的表现看着可不像。"

杰米眯着眼睛，目露凶光，那样子简直像父亲的翻版，帕比生气时就是这副模样。"那我该怎么样，兄弟——让我像你一样？"杰米道，"大摇大摆，摆出一副自己好像万能上帝的样子，那感觉就好像这里都是你创造出来的，你只顾在农场闷头干活，根本瞧不见自己的老婆过得有多惨？这就是你所谓的男人样吗？嗯？"

从小到大我从没动过我弟弟一根头发，此刻我却忍不住很想揍他一顿。"你想做什么样的男人随你便，"我说道，"只要不是在这儿就行。"

"好的，那我现在去镇里。"杰米迈步要向外走去。

"我指的不是今天晚上。"我说道。

杰米脸上露出受伤的表情，小时候每当帕比的嘲讽刺痛他的心时，杰米脸上就是这副样子，但这表情转瞬即逝，杰米又摆出一副毫不在乎的神情，耸耸肩。"好吧，反正，"杰米道，"我已经在这个地方待够了。"

杰米一无所有，我心中暗道。既没老婆孩子，也没有自己的家。他根本不知道该如何讨生活。"嘿，"我说道，"我刚才说的不是那个意思。"

"不是吗？"杰米道，"听你说得那么顺口，你肯定在心里憋了很久了。"

"我只是觉得你应该找个地方开始新生活，"我说道，"我们都知道种地不适合你。"

"我明天就走，如果你不嫌弃我今天赖在这里的话。"

我不想杰米就这样生气一走了之。"没必要走，"我说道，"另外，我还指望你帮我种种地呢。"

杰米好像没听见我的话。"明天早上，我坐第一班汽车离开这里。"杰米道。

"我请求你多待一段时间，"我说道，"等播了种再说。"

杰米琢磨了半晌，苦笑道："只要大哥觉得好就好。"然后他就离开了谷仓，走的时候后背像士兵一样挺得直直的。虽然杰米打死也不承认，但他其实有一点和我们的父亲一模一样，那就是斤斤计较，从来也不会原谅别人。

劳　拉

如果当时亨利没有固执己见。

如果当时收音机没有转播一场球赛。

如果埃博琳好好修剪过她的树。

那么，一切就都不会发生。

四月十二日，荣塞尔事件的一周后，我和亨利、杰米还有帕比在戴克斯餐厅吃晚饭。女儿们在萝丝家给露丝·安庆祝七岁生日，小家伙们对这次茶会和睡衣派对已经期待很久了。

晚餐刚吃到一半，比尔·特里克班克来餐厅找我们。埃博琳刚才惊慌失措地打电话到商店。原来那天早上，她家榆树有根枯枝掉下来，刚好把她家屋顶砸了个大洞。万幸没人受伤，可客厅露顶了，正赶上一场巨大的暴风雨，预计暴风雨会在周一抵达格林维尔市。

"真该死，"等比尔走了，亨利道，"正赶上地刚种了一半。"

"让我去吧。"杰米主动请缨道。

"不，"亨利道，"不行。"

杰米嘴巴一抿。"为什么?"杰米道。

亨利和杰米之间依然剑拔弩张，我只能作壁上观。有两次我曾试着劝过亨利，感觉他快想要把我的脑袋拧下来了。

"你知道为什么。"亨利道。

"得了吧，已经半年过去了。就算碰巧碰到那个查理·帕泰恩，他也不会对我怎么样，况且哪会那么巧。"

"你说得对，不会那么巧，"亨利道，"因为我不许你去。"

"查理·帕泰恩是谁？"我纳闷道。

"格林维尔市的警长，"帕比插嘴道，"他不太喜欢我们家的人。"

"发生那次车祸之后，查理·帕泰恩让我不要让杰米再去镇里，"亨利道，"我也不打算再让他去了。"

"这跟那个查理·帕泰恩没关系，"杰米道，"你就是不相信我。是不是，哥哥？"

亨利站起身，从钱包里掏出十美元放在桌子上，对我道："打电话告诉埃博琳，我现在过去。然后去特里克班克家商店找人送你们回去。我去几天就回来。"

亨利俯身飞快地吻了我一下，转身刚要走，杰米一把抓住亨利的胳膊。"你是不是不信任我？"杰米继续追问道。

亨利低头瞧了眼拉着自己胳膊的手，然后瞧着杰米。"通知佃户暴风雨要来了，"亨利道，"把拖拉机开进谷仓，把孩子们卧室松动的百叶窗修好。你最好检查下房顶，有松的地方用钉子钉紧。"

亨利瞧见杰米冷冷地点点头，然后就离开了。我们吃完晚餐，去了特里克班克家商店。杰米和帕比留在门廊里，我进屋去给埃博琳打电话，之后又买了点日用品。等我出来，瞧见帕比坐在门廊一头，正和其他男人收听收音机里直播的球赛。杰米一个人坐在门廊另一头，嘴里抽着烟，闷闷不乐地瞧着大街上。我走到杰米身边，问他有没有找到人送我们回农场。

杰米点点头。"汤姆·罗西会送我们。他去种子商店了，让我们去那儿跟他碰头。"

汤姆的农场在我们农场的西侧，他还是玛丽埃塔镇的兼职副警长。想到住在一个只需要一个半警长就能管理的地方，不知为何，我竟然有种奇怪的失落感。

"你要走了吗？"我对帕比喊道。

"你觉得我看着像可以走了吗，小妞？比赛才刚刚开始。"

"我会送他回去的。"一个男人道。

"晚上六点开饭。"我说道。

见帕比对我们挥挥手，我和杰米就离开去找汤姆了。

回农场的路上，我坐在汤姆和杰米中间，杰米一路闷不作声，我只好没话找话跟汤姆聊天。等下了汤姆的车，杰米马上开着卡车去通知佃户暴风雨的事。当我听见杰米回来的动静出门，正瞧见杰米怒气冲冲地迈着大步向谷仓走去，他的头发在阳光下像一团燃烧的火焰。我大声喊他。

杰米脚下没停，喊着回道："我要去拿梯子检查屋顶。"

"那可以等一会做，"我说道，"我有话要跟你说。"

杰米停住脚步，但没回身，他的身体绷得紧紧的，双手握拳。我走过去，站在杰米身前。

"亨利不是不信任你。"我说道。

"你也这么觉得，嗯？"

"亨利要你去通知佃户，还交代你办其他的事，他是信任你的，这你还看不出来吗？"

"是啊，"杰米嘴里发出刺耳的笑声，"他信任到要赶我走。"

"别傻了。他只是在生荣塞尔那件事的气。事情早晚会过去的。"

杰米把头一扬。"这么说他还没告诉你，"杰米道，"我猜他也没跟你说。"

"说什么？"

"他赶我走的事儿。"

"你说什么？"

"他昨天赶我走。等种完地我就离开这里。很可能就是下个星期。"

我突然觉得身体正中间一阵刺痛，紧接着心里空空的，我感觉有点头晕目眩。这让我想起那次为战争献血时的感觉。不同的是，这一次失去的不只是我的血，还有我的一切。我生活中的所有活力和色彩仿佛啪的一下掉落在脚下的土里。杰米一走，我整个人好像被掏空了，又变回杰米来农场之前时的样子，无人再瞧我一眼。我会再变回那个尽忠职守、无人关注的女人，变回那个虽然手上履行着职责，可心里根本不知道自己为什么要活着的女人。我不要变回那样。不要。

听到杰米的话，我才意识到自己刚才不经意间把"不要"大声说了出来。"我必须得走，劳拉。亨利有件事说得没错，我需要重新开始生活，但我确定不是在这儿。"他对着农场的一切挥挥手——那破烂的房子和室外的建筑、丑陋的棕色土地。当然，还有我，我也是这片阴郁风景中的一分子，只属于亨利的风景。我感到胸中仿佛燃起一团怒火，火焰越燃越烈，一直烧到了我的喉哕。在那一刻，我真对亨利恨之入骨。

"我得去忙亨利交给我的差事了。"杰米道。

我瞧着杰米向谷仓走去。走到谷仓门口，杰米转过身瞧着我。"我没想到我哥哥会赶我走，"杰米道，"我从没想过他会这么做。"

我无言以对，即使搜肠刮肚也想不出该如何安慰杰米。这里已经没有任何杰米留下的理由了。

我听着杰米开走拖拉机，修理百叶窗，爬到房上检修屋顶。这些再平常不过的动静却让我心中充满了悲伤。我满脑子都在想自己很快又得过回死一般寂静的日子了。

杰米检查过屋顶，从窗前探出头，道："房顶没问题了，我再去瞧瞧别的。"

"你要喝点咖啡吗？"

"谢谢，不了。我想睡一会儿。"

杰米睡了大概二十分钟，突然开始呻吟，大喊大叫起来。我匆匆忙忙跑向披屋，到了门口竟犹豫着停下了脚步。我瞧着自己放在门闩上的那只手，我来到这片"泥巴地"后的往事一下子涌上了心头，我想起刚来农场时那些曾让自己感到胆怯和惊讶的事，现在已驾轻就熟了，我的手就是明证。我看着那指甲的毛边、红肿的关节和无名指上那一圈黄色细小的金戒指，看着自己的手抬起门闩。

杰米摊手摊脚，呈大字形仰躺在床上，只脱了鞋和袜子就睡着了。他的脚修长白皙，脚踝上蓝色弯曲的血管依稀可见，这让我心生想吻他脚的冲动。这时，杰米又大喊大叫起来，抬起一只胳膊在空中挥舞，好像想要赶走眼前的什么东西似的。我坐到杰米床边，抓住他挥舞的那只胳膊，用力向下按，另外一只手则把他汗津津的额头上的头发向后捋。"醒醒，杰米。"我安慰道。

杰米胳膊一用力挣脱了我的手，抓住我的两个肩膀，指甲刺痛了我的皮肤。当我再次喊杰米的名字时，杰米终于睁开了眼睛，眼神游离了片刻才瞧见我。杰米慢慢恢复了理智，看清楚了我是谁，也搞明白了自己身在何处。

"劳拉。"杰米道。

那时，我本该转过身去，可我没有。我挺直身子，一动不动，我心里清楚自己怎么想的，杰米也看得一清二楚，可我就任由他瞧。那是我这辈子感觉与他人最亲密的时候，甚至比之后发生的事还亲密。杰米没有任何举动，可通过他抓住我双肩的力道，我能感觉到他心底的波动。瞧见杰米的目光落在我的双唇上，我的心开始怦怦直跳，仿佛连骨头都被震得嗡嗡作响。我等着杰米把我拥入怀中，可他没有，然后我终于意识到他不会这么做的，一切取决于我。我想起亨利第一次吻我的时候，他双手捧着我的脸，就好像那是属于他的东西。这就是男人与女人的区别：男人喜欢占有，女人则等着付出。我决定不再犹豫了，我俯下身子，双唇压在杰米的嘴上，我嘴里不但尝到一股威士忌和烟草的味道，还感受到夹杂在其中的愤怒，以及一种并非由我而起的渴望。我不在乎，不想追究，也不想为难自己。杰米双手把我拉到他身上，解开我衬衫的扣子，松开袜带。我们迫不及待、心急火燎的动作将所有的犹豫和质疑都抛到了脑后。我心甘情愿地配合着杰米的撕扯。

突然，杰米的手停了下来，把我推到一边，坐起身。我心想，杰米改变主意了，肯定是的。随后杰米抓住我的手，拉我起来站在他身前。我羞愧地低着头，开始扣衬衫的扣子。杰米抬手支起我的下巴。"看着我。"杰米道。

我瞧着杰米，他的目光沉稳而狂热。杰米的大拇指拂过我的嘴，轻轻扒开我的下嘴唇，然后他的手继续向下滑去。他的手指背划过我的胸前，然后又拂过胸的另一侧。我感觉胸口发胀，体内欲流涌动，双腿直打抖，要不是正瞧着杰米的眼睛，我就会倒下去。杰米的目光中透着渴望，还有我从未见过的沉重。这时我突然明白了：我们之间并不会如我从前一直梦想的那样，为情所迷，因爱痴狂，杰米不会允许我们之间存在那种感情，这只是杰米理智权衡之后做出的一个决定，一个选择。

我的眼睛锁住杰米的目光，伸手摸索到他的皮带扣，解开皮带。在我撒手松开皮带的那一刹那，杰米嘴里发出一声长长的喘息，他双臂搂住我，把嘴压在我的唇上。

当杰米将我压在身下时，我没想过亨利或我的女儿们，也没想到通奸、罪孽和后果这些词。我完全沉浸在只有杰米和我的二人世界之中。当杰米和我水乳交融的那一刻，我头脑中仅剩下一片空白。

杰米躺在我身上沉沉睡去了，有时亨利累的时候也会这样，但此刻我的心中没有一丝往常的恼怒和怨恨。我喜欢杰米压着我身子的感觉，我闭上双眼，努力摒弃其他所有感觉，只想感受着杰米压在我身上的重量，就这样向下一直压，直到他和我的肉体融在一起。

这时，我突然想起了帕比，夕阳的余光此刻透过窗户倾洒在地上，已经到傍晚时分了，帕比随时可能回来，我只好起来了。我害怕吵醒杰米，小心翼翼地把身子从杰米身下撤出来。杰米只轻轻动了一下身子，嘴里呻吟着，可眼睛依然闭着。我从地下捡起我的衣服，抖抖尘土穿好，然后走到镜子前。镜子里的我除了头发蓬乱之外，瞧着并无异样，依然是往常那个星期六下午的劳拉·麦卡伦。奇怪的是，我感觉好像一切都变了，可好像一切又都没有变。

我听见身后传来折叠床弹簧发出的轻轻的嘎吱声，我知道杰米醒了，正在瞧着我。我应该转过身，瞧着杰米，我心中暗想，可我的身体却拒绝执行大脑的命令。我飞快地走出谷仓，既没回头看杰米，也什么都没说。我害怕瞧见杰米眼中会有羞愧，或是听到他声音中透着后悔。

大约半小时后，我听见有人发动卡车，然后开走了。

哈　普

出事的那个星期一下午，我正在外面的棚子旁给骡子套粪车，荣塞尔终于从镇里回来了。一瞧见他我就忍不住要发脾气。他去镇里帮他妈妈办点儿事，磨磨蹭蹭去了很久才回来。他回来时脸上依然是一副心不在焉的样子，我猜他可能正在幻想去纽约、芝加哥，或其他梦想要去的遥远地方，与此同时我正拼死拼活给地施肥，急需有人帮我一把。

"你去哪儿了？"我问道，"一去就是大半天。"

荣塞尔没回答我，他好像根本没听见我说话，甚至瞧都没瞧见我。两只眼睛不知道在看什么，一副失魂落魄的滑稽样，整个人好像正在想什么，魂不守舍。

"荣塞尔！"我冲他大吼了一声，"你有什么毛病吗？"

荣塞尔被我吓了一大跳，他看着我，道："抱歉，爸爸。我刚才走神了。"

"过来帮我装肥料。"

"我马上就来。"荣塞尔道。

说完他进屋去了，可大约一分钟过去，又从屋里冲出来，在门廊里四处乱转，像在找什么东西。"你瞧见一张纸吗?"荣塞尔问道。

"什么样的纸?"

"一个信封，上面有字。"

"没有，我没瞧见那东西。"我答道。

荣塞尔又跑到院子里到处找，越来越心焦。"一定是从镇子回家的路上从口袋里掉出去了。真该死!"

"荣塞尔! 信封里有什么?"

可荣塞尔没理我，眼睛直直盯着路上。"它肯定是掉到那个沟里了，"荣塞尔道，"我必须去把它找回来。"

"我正等着你帮我装肥料呢。"

"我晚点再帮你。爸爸，"荣塞尔道，说完他沿着大路向镇子方向跑去。这是我最后一次听见我儿子的声音。

荣塞尔

那个信封的一角贴着一枚德国邮票。信封辗转过众人之手，跋涉了千山万水，看起来脏兮兮、皱巴巴的。信封上那漂亮的斜体字出自女人之手。我一瞧见这封信，就知道这是蕾斯尔寄给我的。邮件审查人员已经审查过信，又重新封上了。我讨厌这帮家伙抢在我之前知道蕾斯尔说了什么。

当我从信封里掏出信时，有张照片掉在邮局的地上。我弯腰捡起照片，拿到眼前细看。这是多么神奇的事，一张小小的亮纸片竟能永远改变一个人的一生。我当时只觉得口干舌燥，心跳骤然加快。我马上打开信，希望审查人员没涂抹掉信里的内容，幸好这次内容完整无缺。

亲爱的荣塞尔：

在我朋友贝尔塔——你也许还记得——的帮助之下，我给你写了这封信。我不知道你能不能收到，但我希望可以。见到信你也许会大吃一惊。一开始，我本不打算给你写信，可又觉得一个男人应该有权知道他已经是父亲了。这正是我要告诉你的事：

你的儿子出生了。他叫弗朗茨·荣塞尔，我用我父亲和祖父的名字给他起的名。他是十一月十四日晚上十点在泰森多夫的医院出生的。那时我心里在想，你正在做什么。我试图想象你在平坦的密西西比的样子，可我想不出，只能想到你的相貌，每天瞧见小弗朗茨，我都会想起你的样子。我随信给你寄去一张照片，这样你就能瞧见他的样子了。他的眼睛和笑容像你。

你走的时候，我不知道自己已经怀了你的孩子，等我知道时，我的骄傲不允许我写信给你。现在有了这个漂亮的儿子，我开始担心如果有天他不知道自己的父亲是谁，他的笑容也许就会消失。想到这儿，我的骄傲就不重要了。这是为了弗朗茨，虽然我不知道你能否回来和我们在一起，和我、玛丽亚还有你的儿子一起生活。我知道这不是件容易的事，但我有房子，相信我们在一起会幸福的。请尽快回信，告诉我你会为了我们回来。

爱你的蕾斯尔

信的落款日期是 1947 年 2 月 2 日，距离她写这封信的日子已经过去两个多月了。——想到蕾斯尔还在苦苦等我的回信，我的心就揪作了一团。我把信凑到鼻前，可即使上面曾留有蕾斯尔的香水味，也早已经散尽了。我再次瞧着那张照片。照片里的蕾斯尔一如既往的美丽可亲，她怀里抱着一个孩子。宝宝的皮肤在照片里看着是中灰色，比我的肤色浅，我觉得颜色像我父亲的皮肤，是类似姜饼的颜色。蕾斯尔举起小家伙的小手正对着镜头打招呼。

我的蕾斯尔，我的儿子。

儿子，我有儿子了。口袋里揣着那封信，从镇里步行回家的路上，我在脑子里反复念叨着这句话。知道自己成了父亲，我眼前的世界都变得更加清晰了。天空看上去愈发湛蓝，地上星星点点的棚屋看过去也更加破烂。道路两侧刚刚种过的田地连绵起伏，像一望无垠的棕色海洋，将我和儿子分隔两地。我要怎么样才能回德国呢？到了德国我能做什么？我不会说德语，没法养活一家人。但我不能抛弃他们。也许可以把他们三个人带回美国，不过我不能带他们到这儿来，要去一个不在乎蕾斯尔是白人，而我是黑人的地方。必须到那种地方去，也许可以去加利福尼亚或向更北走。我可以问问杰米，他也许知道该去哪儿。这个问题有太多的可能和不确定性。我必须认真考虑一下，制定一个计划。与此同时，我还要尽可能帮助他们。我身上已经没剩下多少钱了，我行李袋底下的靴子里，也许还有几百块钱。我要给胡德兵营的斯科特上尉写信，他知道怎样把钱交给蕾斯尔。但我要先给蕾斯尔写封信，告诉她我依然爱着她，我正在想办法，那样她就可以把这个消息悄声告诉我的儿子。

我只顾思前想后，直到卡车快撞到我时，我才听到车的动静。等我回过头时，车已经近在眼前，直向我冲过来。当过兵的本能救了我。说时迟那时快，我一下子跳进路旁的阴沟，掉进泥巴里。卡车和我擦身而过，差一点就要了我的小命，随后车子也一头冲进了前面的阴沟里。这时我才认出那是麦卡伦家的卡车。那一刻，我还以为是老麦卡伦想杀我，但等车门打开，出来的人却是杰米。哦，更贴切的说法应该是掉出来，他已经喝得酩酊大醉，我还从没见过他醉成这个样子，他嘴里还在不停念叨着什么。杰米一手拎着酒瓶，另一只手拿着香烟，跌跌撞撞向我走来。

"是你吗，荣塞尔？"

"没错，是我。"

"你没事吧？"

"像一只满身是泥的猪猡，其他没事。"

"像你这样在大马路中间走，被撞死也是自找的。"

"一个醉醺醺的飞行员还撞不死我。"我说道。

杰米听了哈哈大笑，扑通一声，一屁股坐在沟边，我爬起来坐到他身边。杰米看过去像得了一场大病，两眼通红，胡子也没刮，满身大汗。他狠狠灌了一口酒，然后把酒瓶递给我，瓶子里的酒差不多都被他喝了，仅剩点底而已。

"不了，谢谢，我不喝了，"我说道，"你也最好别再喝了。"

杰米对我摇摇指头。"别以为我醉了，各位先生。"他抬起左手道，"这是我的旗官，我的右手。"然后他举起拿着酒瓶的另外一只手，酒喷出来洒在他裤脚上，他似乎都没注意到。"这是我的左手。哦，上帝啊！人们居然会把一个仇敌放进自己的嘴里，让它偷去他们的头脑！我们该欢天喜地，狂欢……狂欢，后面是什么来着^①？"

杰米瞧着我就好像我该知道似的。我只得耸耸肩。

"鼓掌——对的，是鼓掌！——将我们自己变成野兽！"杰米左手在空中一挥，突然来了个九十度鞠躬。要不是我一把抓住他的衬衫领子把他拉起来，他非一头摔进沟里不可。

"嘿，"我说道，"出什么事了吗？"

杰米摇摇头，一边盯着酒瓶，一边用手指甲抠着酒标，许久也没出声，然后说道："你做过最坏的事是什么？"

---

① 此处杰米所说的话是戏剧《奥赛罗》中的台词。

"我想应该是杀死霍利斯。"有天晚上我曾在锯木厂跟他说过这事儿：霍利斯的腿被手雷炸没了，他求我杀了他，最后我对着战友的头开了枪。

"不，我是说伤害他人的事。你永远也不会原谅自己的事。你从没做过这种事吗？"

有，我心说，那就是离开蕾斯尔。我差点把蕾斯尔的事告诉杰米，我想大声说出来：我当父亲了，我有一个儿子。我跟杰米讲过很多事，比如杀死霍利斯，不让白鬼子进我们的坦克，还有一次我和杰米去巴黎卡巴莱夜总会，那里跳舞的女孩都赤条条地一丝不挂。但这些事与我和白人女人有了孩子是两码事。杰米·麦卡伦从小在密西西比长大，如果他听了后恼怒，去举报我，人们会把我送进监狱关上十年，前提是去监狱的路上我没有被私刑处死。

"没有，"我说道，"我想不起来还有其他什么事。"

"我有。我辜负了一个女人，这个镇子的公主。"

"你说什么呢？什么公主？"

"她是一个可爱的女人，盲目崇拜着一个风流成性、性格有缺陷的男人。崇拜、通奸——哈！"

原来他是为这事而苦恼。杰米的话让我想起了我参军前喜欢的乔希，我说道："你不该招惹有夫之妇，那只会伤了你的心。最好忘记她，再不要见她。"

杰米点点头。"没错，我下周就离开这儿。"

"你要去哪儿？"

"不知道。也许去加利福尼亚。我总想去那儿瞧瞧。"

"我有朋友住在洛杉矶。吉米说，那儿从来都是不冷也不热，也几乎从不下雨。当然他也许是在跟我开玩笑。"

杰米瞧着我，眼中突然闪过一丝清醒，就是有时你从醉汉眼中能看到的那种目光，就好像他们突然清醒了过来，终于能看清楚你是谁了。"你也应该离开这儿，荣塞尔，"杰米道，"现在没你帮忙，哈普也能行。"

"我正打算离开，等庄稼一种上我就走。"

"太好了。这儿不适合你。"

杰米喝光威士忌，把酒瓶丢进沟里，刚想站起来却双腿一软没站起来。我起身扶他起来。"我觉得你最好让我送你回家。"我说道。

"我还是自己走吧。"

我们费了九牛二虎之力才把卡车从沟里推出来，我带着杰米把车一直开到桥边，然后下了车。杰米应该可以从这儿自己开回家，我不想让亨利·麦卡伦或那个老头子瞧见我们在一起。

"剩下的路你小心点开，"我嘱咐杰米道，"别又把哪个黑人赶到沟里去。"

杰米咧嘴一乐，伸出手。我们两人握了手。"离开前我们也许见不到了，"杰米道，"你好好保重，听见了吗？"

"你也一样。"

"我想让你知道，我一直把你当朋友。"

杰米不等我回答就挥挥手，开走了。我跟在卡车后面，沿着大路向家走，瞧着杰米的车在路前面晃来晃去，心里不禁感叹，有时候这真是个奇怪的世界。

等我发现信不见时，我到家已至少有半小时了。我首先觉得信可能掉在沟里了。我沿着原路往回跑，可我在沟里只找到杰米的威士忌酒瓶。我又沿着去镇上的路找，还是没发现信的踪影。邮局早已下班关门了，而且我确定离开邮局时信肯定在我身上。那就只有两个可能：有人捡到了信，或者信掉在了麦卡伦家的卡车里。我努力让自己平静下来，如果信真掉到卡车里，杰米肯定会发现的。他绝不会把信给别人看，会替我保管。说不定现在他已经去我家，要把信还给我了。否则，信就还留在卡车上，我可以等天黑偷偷溜过去，趁没人发现把信拿回来。

当我向家走时，天色已黑，还下起了大雨。我出来时没戴帽子，现在浑身都湿透了。我走到一半时，又碰到有车向我冲过来。我转身瞧见身后有两辆车飞驰而来。我马上跳进沟里，可那两辆车并未扬长而去，而是一下子在我身旁刹住了车。我认不出第一辆是谁的车，但后面那辆卡车我很熟悉。车子里坐的都是白人，汽车里面坐了四个人，卡车里可能还有三个人。不知道为什么，这帮人在昏暗的天色中看上去好像在闪闪发光。等他们下了车，我立刻明白为什么会这样了。

劳 拉

星期六，杰米没回来，星期日也没见到人。周日萝丝带女儿来农场玩，我问她在镇里有没有看到杰米，萝丝说没看见。等待的这几天显得格外漫长。下身甜蜜的疼痛感一直提醒着我和杰米做过什么。家中随处可见的小物件也仿佛在时不时地提醒我应为此感到内疚——我瞧见亨利的睡裤从卧室的衣帽钉上孤零零地垂下来，还有那躺在五斗橱里的亨利的梳子，枕头上亨利的一缕白色发丝——可我并不觉得羞愧和后悔，反而阵阵纳闷。我一直自认稳重端庄，做梦也想不到自己会那样胆大妄为和激情四射，这着实令人难以置信。我忍不住在脑中一遍一遍回放着和杰米在一起的情景。结果就是我煎玉米饼冒了烟，忘了喂家禽，在炉子上烫伤了手臂。

帕比今天的心情尤其不爽。他的香烟快抽完了，汽车却被杰米开走了，没车他根本无法出门。星期一一大早，帕比就抽掉了最后一根烟，接下来没烟可抽的时间他就开始折磨我。指责我的饼干烤得干巴巴的，问我是不是想噎死他？指责我地板扫得不干净，脏得简直连黑人都不愿意走在上面。指责我的孩子吵得他要死。他还指责我做的咖啡味道太淡，说他已经告诉过我一万次了，他要喝浓咖啡。

此刻除非步行，否则帕比只能等亨利或杰米回家，才可能去镇上。

"真他妈的该死，他人到底死哪儿去了？"帕比第十次咆哮道。

"注意你的言辞，"我说道，"孩子们都在这儿呢。"

帕比出门到门廊上盯着路上的动静去了，但我想门廊此刻也肯定希望和我们待在屋里。弗洛伦丝今天回家休息。我给姑娘们缝补裙子，小家伙们则在剪纸娃娃。我们能听见帕比在外面来回踱步，咚咚咚的沉重脚步声透过窗户传到屋里。

"他就这个德行，"老头子道，"净干蠢事。只顾自己，根本不考虑别人。"

听到帕比竟然抱怨杰米和其他人自私，我实在憋不住笑了起来。这时，百叶窗突然砰的一声打开，帕比气冲冲地从窗户里探出头，这一幕不禁让我想起那种用来捉弄人、能突然蹦出布谷鸟报时的布谷鸟钟。

"你傻笑什么？"帕比恶狠狠道。

"我在笑贝拉刚才说的话。"

"老人没烟抽，你觉得这很好笑吗。等你老了，你就知道这滋味了。你只能自己照顾自己，没人愿意搭理你。"

"你可以骑我们的骡子去镇里。"我假装一本正经地建议道。

帕比不喜欢动物，尤其大一点的动物，他虽然总不承认，但我觉得他害怕动物。正因如此，我们农场才什么宠物都没养，因为帕比受不了。

"我才不会做那种事，"帕比道，"为什么不问问那个黑妞去不去呢？你就跟她说，我给她两块钱跑腿费。"

"我想弗洛伦丝肯定在忙，不会去给你买烟的。"

帕比的头突然缩了回去，一如出现时那样吓人一跳。"不用了，"帕比道，"我看见我们的卡车回来了。"

小家伙们都跑到门廊迎接她们的叔叔去了。我先深吸了一口气，也跟在后面走了出去。在杰米面前不能露出破绽，以免引起帕比的怀疑。

"又喝得醉醺醺的。"帕比一脸不屑道。

汽车在路上摇摇晃晃。一会儿冲到路下，一会儿又冲进刚播过种的地里。我暗自庆幸，幸好亨利不在，不然非得被气中风不可。杰米把车停在房前，挣扎着从车里爬出来。贝拉刚要飞扑过去，被我一把拉住了。杰米蓬头垢面，胡子也没刮，整个人看上去一塌糊涂。衬衫的一角还支在裤子前面。"下午好，劳拉，帕比，还有小家伙们。"杰米嘴上打着招呼，脚下却摇摇晃晃站立不稳。

"你有烟吗？"老头子问道。

"你好，儿子，"杰米嘴里咕哝着，含糊不清道，"很高兴见到你，你今天过得好吗？帕比，谢谢你的关心，我很好，你好吗？"

"你想自说自话随你便，先把你的烟给我。"

杰米伸手从衬衣口袋里掏出一包好彩牌香烟，扔给他父亲。可力气不够掉在了地上，帕比只好弯腰把烟捡起来。"只剩一根烟了。"老头子道。

"其他的估计都被我抽了。"

"你知道吗，你真是屁用没有。"

"起码，我还有一根烟。也算有点用。除非你不想要。"

"把车钥匙给我。"

杰米举起钥匙，钥匙在他手中叮当作响。"好好说，也许我会给你。"

帕比迈步向杰米走去，他脚步迟缓，一脸狰狞。"想跟我玩？嗯？大英雄先生？"老头子左手拿着手杖，但没支在地上，而是像棍子一样紧握在手中。"继续说啊，让我们瞧瞧到底谁才是男人。瞧，我已经知道答案了，但我想你还不知道。我觉得你还没搞清楚状况，跟我在这儿耍嘴皮子，因为你欠揍，想让我修理你，对不对，小子？"

老头子走到杰米面前，停下脚步，身子前倾直到两人的脸就要贴在一起。这两人看起来长得真像啊！我竟然从未注意过这点，我一直认为帕比相貌丑陋，可他和杰米看着简直像一个模子里刻出来的：讥笑时立起的眉毛，扭曲的面颊和略显凶恶、咧开的大嘴。

"我说得不对吗？"老头子再次挑衅道。

我被这场面吓呆了，刚想冲过去分开两人。这时，帕比突然举起手杖，对着杰米的脸作势要打，杰米吓得一闪身，向后退了一步。

"瞧你那怂样，"帕比道，"现在把该死的钥匙给我。"

杰米一松手，钥匙掉到了地上。老头子从烟盒里抖出一支烟，点燃吸了一口，对着杰米的脸吐了一口烟。杰米整个人瘫倒在地上，双膝跪地吐了起来。嘴里喷出来的都是液体，看不见任何食物。真不知道他最后一餐吃了什么东西。我走过去跪在杰米身边，手足无措，只能轻轻拍着他的后背，瞧着他身体抽搐。杰米身上的衬衫已经完全被汗水浸湿了。

这时，我听到一阵刺耳的笑声，抬头瞧见老头子正坐在汽车驾驶室里瞧着我们。"哎哟，这两人还真挺般配。"帕比道。

"你快走吧。"我说道。

"你巴不得赶我走好把他留给你，是不是，小妞？可他醉成这个鬼样子，对你也没什么用。"

"你在胡说什么？"

"你心里明白我在说什么。"

"不，我不明白。"

"那你脸怎么红了，嗯？"帕比启动汽车。"别让他躺着睡，"帕比道，"小心再吐呛死他。"

帕比开着车一溜烟不见了。我低头瞧着杰米，他已经不吐了，软绵绵地躺在地上。"他好的时候，勉强还算个人，"杰米哑着嗓子道，"不好的时候，简直禽兽不如。"

"杰米叔叔怎么了？"阿曼达·莉喊道。

我转头发现小家伙们正瞧着我们，我刚才竟然把她们忘得一干二净。"叔叔只是肚子不舒服而已，"我说道，"帮我个忙，宝贝，给我拿一条干净的抹布来。在水桶里沾一下，拧干，然后拿过来。再拿一杯水。"

"好的，妈妈。"

我费了九牛二虎之力才把杰米扶到披屋。杰米一进屋就趴倒在床上，一动也不动了。我脱下他的鞋，发现他的袜子都不见了。那一瞬间，我脑中突然闪过一幅清晰的画面，他的袜子正可恨地躺在某个女人的床下。我费了好一番力气才把杰米翻过来，等他侧身躺好，我一低头发现杰米正瞧着我，脸上的表情让人琢磨不透。

"亲爱的劳拉，"杰米道，"我的善良天使。"他抬起双手放在我的胸上，不肯离手，我身体里又涌现出那熟悉的感觉，体内有一股暗流涌过。杰米闭上眼，眼皮在颤抖，双手垂落到床上。这时，我听到屋顶上响起了熟悉的声音，先是轻轻柔柔，渐渐开始急促，最后越来越猛烈。天下起了雨。

等前门"砰"的一声打开，弗洛伦丝风风火火地冲进来时，已经是两小时之后的事了。我和女儿们刚坐下要吃晚餐。帕比还没回来，我准备不再等他了。小家伙们已经饥肠辘辘，我的肚子也咕噜作响了。

"杰米先生在哪儿？"弗洛伦丝一张口就问道。她身上的衣服全湿透了，嘴里大口喘着粗气，像是一路跑过来的。

"他在披屋里睡觉。出什么事了吗？"

"那卡车在哪儿？"

"帕比开着去镇里了。你到底怎么了？"

"荣塞尔之前去了镇里，可到现在还没回来。杰米先生什么时候回家的？"

弗洛伦丝无礼的态度让我感到有些不爽。"你刚走他就回来了，"我说道，"这好像不关你的事。"

"我儿子肯定出事儿了，"弗洛伦丝道，"这事一定跟杰米先生有关，我知道。"

"你胡说。荣塞尔走了多久了？"

"大约五点钟就走了。他现在本该到家了。"

"那这事就跟杰米没关系。我刚才说了，他大约从三点半起就一直在家。荣塞尔说不定在镇子里碰巧遇见朋友，忘记看时间了。你知道年轻人都这样。"

弗洛伦丝只摇了一下脑袋，但我却感到她散发出如排山倒海般的否定。"不，他在这儿没有任何朋友，除了杰米先生。"

"他们是朋友，你这话是什么意思？"

"你必须叫醒他，我有话要问他。"

我噌地一下站起身。"我不会这么做的。杰米累坏了，他需要休息。"

弗洛伦丝鼻孔一张，眼睛瞄向前门。她想从我身边冲过去叫醒杰米，我心中暗道。可我挡不住她，她比我高一英尺，足足比我重四十磅。自我认识弗洛伦丝以来，这是我第一次感到怕她。

"你最好回家去，"我劝道，"我估计荣塞尔已经回家了，正担心你怎么不见了。"

弗洛伦丝的目光里透着冷冷的敌意，这一下子激起了我的怒火。她怎么敢在我家屋檐下威胁我？我记得帕比有次曾告诉小家伙们，莉莉·梅不是她们的朋友，永远也不会是。如果黑人和白人发生战争，莉莉·梅肯定会站在黑人一边，会毫不犹豫地杀死她们。我当时听到那番话感到很生气，现在却觉得帕比说得不无道理。

贝拉喝奶不小心呛到了，突然咳起来。我走过去拍了拍她的后背，然后又瞧着弗洛伦丝。我突然回想起我们第一次见面的情形，想起那时自己因为担心孩子的病情有多么的不可理喻。回忆像一股清凉的风，让我一下子冷静了下来。站在我面前的不是要杀人的黑人，而是一位心急如焚的母亲。

"你看着她们，"我说道，"我去问问杰米。"

我敲敲披屋的门，没人应答，于是推开门，提灯的灯光射进屋内，只照着两张空床。杰米的枕头套摸着是冷的。我去了室外厕所，也没找到杰米。谷仓里黑漆漆的，没有亮灯。在如此糟糕的天气里只靠步行，杰米能去哪儿呢？从他回家到现在还不到三个小时，杰米应该还没醒酒。帕比又去哪儿了？特里克班克家的商店也早该关门了，老头子通常不会错过晚餐和抱怨我做饭难吃的机会的。

我真是越想越担心，我回到屋里。"杰米人不在，"我对弗洛伦丝道，"他肯定出去散步醒酒去了。他有时候会晚上出去。我确定他肯定和荣塞尔没关系。"

弗洛伦丝急匆匆向门口走去。我跟着来到门廊边上。"等杰米一回来，我就让他去你家，"我喊道，"好让你安心。我确定你的担心是多余的。"

可我就像在对空气说话，弗洛伦丝的身影早已消失在黑暗之中。

杰 米

我被瓢泼大雨惊醒了。三角洲的暴风雨砸在铁皮屋顶上，那动静会让人产生身在战场的幻觉。有那么一小会儿，我还真以为自己正在德国上空，身陷德国梅塞施米特式战斗机的包围之中，接着我才突然意识到自己在哪儿和为什么会在这儿。

我躺在一片黑暗之中，体会着自己身体的状况。我头疼欲裂，口干舌燥，还有点醉意，还没清醒到能面对帕比和劳拉。我恍惚记得之前曾发生过不快，但记不清到底发生了什么，我也不在意。喝酒最大的好处就是能让人忘记烦恼，所以我对酒来者不拒。我在床下摸索到之前藏的酒瓶，拿起来却发现轻飘飘的，瓶子里只剩下几口酒而已，我把酒喝光，闭上眼睛，等着酒劲上来。我胃里空空的，所以没过多久酒劲就上来了。我本想就此再睡一觉，可膀胱憋得快要爆了。我在床边的桌子上摸到提灯点燃。帕比的床上没人，桌上有一壶水，一个盆，一条叠得整整齐齐的毛巾，还有几块包着餐巾纸的玉米面包。这肯定是劳拉给我留下的。

劳拉。当我心里念出这个名字的时候，我脑海中飞快地闪过一组画面：劳拉的秀发披散而下遮住我的脸，我的双手放在她的胸上，鼻中嗅着她身上散发出的体香。我哥哥的妻子。

我走出披屋，只见外面一片漆黑，只有农场的房子里亮着灯。我站在门廊边上，对着外面的瓢泼大雨清空自己的膀胱，心里纳闷现在到底几点了。随着天空中的一道闪电划破黑暗，我瞧见院子里既没有卡车也没汽车。亨利应该明天才能回来，可帕比怎么还没回？那个可恶的老家伙可能被困在雨里了，说不定此刻正坐在掉进沟里的卡车上，骂骂咧咧地抱怨着天气和我呢。想到这儿，我不禁一乐。

拉上裤链时，我瞧见有一束光正在老锯木厂附近移动。一开始我以为是帕比回来了，可房子的方向没瞧见车大灯的光。那束光沿着河边上上下下，忽明忽灭，像有人正拿着提灯穿过树林，然后就彻底不见了。那人肯定进了锯木厂。是荣塞尔？也许是正在找地方避雨的流浪汉。管他呢，我可不想顶着这大雨过去瞧瞧。

我回到披屋，准备洗漱一下，不想带着一身掺杂着臭汗、呕吐物和威士忌的味道去见劳拉和孩子们。衣服刚脱了一半，我突然想起自己在锯木厂里藏了一小瓶威士忌。一想到酒，我恨不得马上喝上一口。没了酒精的麻醉，我只能清醒地面对劳拉，还有说不定何时才会回来的父亲和亨利。我知道荣塞尔不经我的同意不会碰那些酒，可要是被流浪汉发现了，酒肯定就没了。想到流浪汉喝光我的威士忌，我顾不得外面正下着瓢泼大雨，往嘴里胡乱塞了几块面包，穿上夹克，戴上帽子，临出门前还抓起我的 .38 口径手枪，把枪塞进衣服口袋里。

刚出门廊不过几秒，我就被大雨浇成了落汤鸡。头上的帽子也几乎要被风刮碎了，我每走一步，脚都深深陷在泥里。天色如浓墨一般漆黑，幸好时不时天上有闪电划过，否则根本看不见路。

到了锯木厂，我差点一头撞到停在外面的汽车上。汽车的引擎盖摸着还是温乎的。借着闪电的亮光，我认出这是亨利的卡车。卡车旁还停着另外一辆车。这到底是怎么回事？

我绕到锯木厂房子后面。窗户封板的缝隙间有光亮，我透过缝隙向里窥探，看到一片白花花的东西，等这个白色的东西动起来，我才意识到刚瞧见的是一个人的后脑勺，这个人头上戴着白色头套。屋子里不止一个人，大概总共有八个人，他们松散地站着围成一个圈。

"你干了她多少次？"我听到有人质问道。

这时，屋里一个人身子一动，我瞧见荣塞尔跪在这帮人中间。荣塞尔的手脚被绑在身后，脖子上套着绳子，绳子另一头搭在房梁上。握着绳子另一头的男人狠劲一拽，荣塞尔脖子一紧，头立刻仰了起来。

"快说，黑鬼！"我父亲呵斥道。

荣塞尔

我拔腿就跑，但听到霰弹枪上膛的声音，我马上站住，举起双手。一个人扯着尖嗓子道："小子，我要是你，就乖乖站着不动。"听声音像是特平医生，那个差点把我爸爸治残废的混蛋。那天在特里克班克家商店，他的声音听起来就像捏着鼻子讲话。父亲说他曾经是三 K 党成员。

"把他带上车。"这声音一听就是老麦卡伦。不知道这帮戴着头套的人里面是不是也有亨利·麦卡伦。有人走到我身后，在我头上套上粗麻布袋。我奋力挣扎，这人给了我腰上一拳，又有人上来抓住我的两只胳膊，把我双手绑在身后。他们把我拖到车旁，扔上车。那两个人也跟着我一起上了车，一边一个把我夹在中间，然后车就开动了。

湿乎乎的麻布袋闻起来好像有股咖啡的味道，应该是从特里克班克家的商店拿的。来之前他们肯定先在那里碰了头。这让我心存一丝侥幸，如果特里克班克大人当时在场，听见他们的谈话，等这帮人一走，她就会给塔克警长打电话。警长虽然不是黑人的朋友，但也不会容忍黑人被私刑处死，绝对不会。

"听着，"我说道，"我会离开这里。"

"给我闭嘴，黑鬼。"那个我认为是特平医生的男人喝道。

"我今晚就走，再不——"

"他说了，闭嘴。"坐在我另一侧的男人吼道。

一个硬邦邦的东西突然狠狠砸在我的肋骨上，让我只剩下出气，没了进气，疼得好像肋骨都断了几根。我再没出声，这帮人一路上也不说话。有人点燃了香烟。我从来不怎么喜欢抽烟，可此时此刻闻到烟味，恨不得马上来一根。这听起来是不是很滑稽？我的身体疼得快要死了，居然还惦记着享受。

车子转了一个弯之后，开始上下颠簸起来，应该是下了公路。几分钟后，车子停了下来。他们把我拽出车，推着我走了一段路，然后进了一栋建筑。倾盆大雨砸在房顶上，像有一千个人在为他们鼓掌喝彩。他们把我推倒跪在地上，我感到有一条绳子套在我脖子上。绳子收紧到不至于勒得我喘不上气，但只要用力一拉就可以。我的头被套在闷热的粗麻布袋里呼吸困难，汗水和咖啡的味道刺激得我两眼生疼，粗麻扎得我的脸瘙痒难耐。一个人被吊死需要多长时间？幸运的话，只要脖子一断，人马上就会死，否则……我突然感到恐慌，我像军队生存训练里教的那样，放缓呼吸，努力平复自己的心情。我要保持冷静，等待逃生的机会。如果我逃不掉，如果他们想杀了我，在这帮王八蛋面前我要死得像个男人。我是 761 坦克营的军士，一名黑豹营战士。他们别想把我变成一个贪生怕死的黑鬼。

这时，有人一把扯掉了我头上的麻布袋。一开始，我只瞧见很多腿，等这帮人稍稍向后退了几步，我才发现自己在老锯木厂里。之前很多个夜晚，我和杰米·麦卡伦曾在这里畅饮威士忌。

我被大概七或八个人围在中间，他们中多数人头上只戴着白色枕套，不过有两个人穿着真正的三K党长袍，戴着尖尖的头套，胸前有圆形的三K党徽章。徽章中间是一个正正方方的黑色十字架，十字架中间的红点看上去好像滴滴鲜血。我抬头发现绳子挂在房梁上，我顺着绳子向下看，瞧见一个身穿三K党长袍的人正双手握着绳头。此人身材高大，大约有六英尺五英寸①高，壮得简直像头熊。他应该是奥里斯·斯托克斯，他是这个镇子里最壮的。有一次，我还帮他怀孕的妻子把买的东西从特里克班克家商店送到他家去。

"你知道你为什么会在这儿吗，黑鬼？"斯托克斯问道。

"不知道，斯托克斯先生。"

斯托克斯把绳子递给其他人，伸出巨手，反手给了我一巴掌。打得我的头猛地向后一仰，我感觉有颗牙齿松动了。

"你再敢说我或其他人的名字试试，我们会让你比现在还难受，听见了吗？"

"听见了，先生。"

另外那位穿着三K党长袍的人走上前，这个人就是特平医生没错，我现在可以确定了。我瞧见他长袍下凸起的大肚子和头套洞眼里那双闪闪发光的啤酒色的眼睛。他和斯托克斯显然是这帮人里的头儿。

"把证据拿上来。"特平医生道。

有人把一个东西递给特平医生。一瞧见那只黄得像枯树皮一样的手，我就知道他是谁了。特平从老麦卡伦手中接过信和照片，

---

① 约 198 cm。

举到我面前。照片里的蕾斯尔和弗朗茨正对着我微笑。我真希望能爬进照片和他们在一起，去另外一个世界。

"你是不是和这个女人有一腿？"特平医生质问道。

虽然他手里拿着那封信，但我一声不吭，没回答他。我清楚他们除了吊死我，还可以用更残忍的方法折磨我。

"你做过什么我们已经知道得一清二楚，黑鬼，"老麦卡伦道，"但我们想听你亲口承认。"

有人一扯绳子，绳索便紧紧勒住我的脖子。"说啊，快点承认吧！"那人喝道。此人嗓音因为吸烟太多而低沉沙哑，毫无疑问是镇里开餐馆的戴克斯·德威斯。

"是的。"我答道。

"是什么？"特平医生道。

"是的，我……和她。"

"你玷污了一个白种女人。说出来。"

我摇摇头。斯托克斯又打了我一下，这次用的是拳头，一下子把我嘴里之前被他打松动的牙齿打掉了。我把牙齿吐到地上。

"我玷污了白种女人。"

"你玷污了她多少次？"特平医生道。

我又摇摇头。事实上，只有第一次算得上玷污，我当时接受了她，脑中只想着自己快乐，以为我很快会被调到其他地方去。从什么时候开始，我对她的感情变成爱了呢？我闭上眼睛，试图回想，试图再次嗅到她身上的香味，可我只闻到自己身上的汗味和眼前这帮人散发出来的仇恨。屋子里充斥着野兽身上的恶臭味道。

德威斯猛地一拉绳子，勒得我喘不上来气。

"快回答，你这个黑鬼！"老麦卡伦喝道。

"我不知道。"我几乎窒息道。

特平医生挥挥手里的照片。"足以让她有了这个——我不会管这个东西叫孩子——是孽种！这是对白人种族的玷污！"其他人听了这话立刻群情激昂，每人嘴里开始念念有词。特平医生把这帮家伙的情绪都调动起来了。"我们该如何惩罚这种恶行？"

"处死他！"斯托克斯喊道。

"要我说应该阉了他。"有人说道。

听到这话我心头一哆嗦，像被人突然浸入了冰水之中，一种前所未有的恐惧紧紧攥住了我的心。我的五脏六腑开始翻滚，我能做的只剩下不要让自己拉在裤子上。

特平医生道："如果那个女人和野兽苟且，和它睡在一起，我们就该宰了那个女人和这头野兽。他们必须得死，让他们浑身洒满鲜血。"

"把他给我吊起来。"老麦卡伦道。

就在这时，锯木厂的门"砰"的一声打开，这突如其来的声音把我们都吓了一大跳，所有人都转头望向门口。杰米·麦卡伦身上淌着雨水，站在门前。他手里举着枪，枪口对准了德威斯。

"把绳子松开。"杰米命令道。

杰　米

"把绳子松开。"我命令道。

他们中有人身子一动，我瞧见那人手里拿着霰弹枪。我马上举起枪对准那个人。"放下枪！"我命令道。

那人犹豫着不知该不该放下枪。所有人都像雕像一般一动不动。然后，我父亲喊道："他在虚张声势，"帕比道，"而且人还醉着呢。把枪对准那个黑鬼。放心，他不会开枪的。我儿子没胆子在这么近的距离杀人。"帕比走到拿着霰弹枪的那个人身前，用身体挡住我的枪口。父亲头上戴着白色头套，我的枪口正指在他两只灰白眼睛的中间。"你敢开枪吗，儿子？"帕比道。

我瞧见帕比身后的霰弹枪此刻已对准了荣塞尔的脑袋。帕比朝着我向前迈了一步，接着又迈了一步。那一瞬间，我耳中突然开始轰鸣，举着枪的手也哆嗦起来。我抬起另一只手，双手握着枪柄把枪举稳。

"给我停下。"我说道。

帕比又向前迈了一步。"你要为一个黑鬼背叛自己的亲人吗？"

"别再过来，我警告你。"

"杀了我，这个黑鬼照样得死。"

此刻我心中充满了憎恨——恨帕比，也恨我自己。我下不去手，帕比和我对此心知肚明。我现在只剩下一招了。"如果你们要杀他，最好也杀了我，"我说道，"只要荣塞尔死了，我就去找警长。我发誓我绝对会的。"

"你准备跟警长说什么，小子？"穿着三K党长袍的胖子道，"除了你父亲，你根本不知道其他人是谁。"

我眼皮都没抬，依然盯着帕比，道："你知道吗，医生，你不适合穿白色。那会让你看上去更肥。戴克斯适合白色，他那么瘦。还有奥里斯，你无所谓，你穿什么看着都是大块头。如果我是你，医生，我会选择穿棕色或黑色。"

"真该死。"德威斯道。

"闭嘴，"斯托克斯道，"他拿不出任何证据。"

"我也不需要什么证据，"我说道，"几天后我就会离开这里。你们放了荣塞尔，他会离开镇子，我也会离开，这事我们一个字也不会跟别人讲。对不对，荣塞尔？"

荣塞尔使劲点点头。

"把绳子松开，戴克斯，"我说道，"快点，放开。"

若不是我父亲突然放声大笑，这番话本可以奏效，让我和荣塞尔能逃出魔爪。我从小到大一直讨厌帕比的笑声，那声音像乌鸦的尖叫一样无情刺耳。帕比的笑声让这帮人醒了神，斯托克斯和另外一个人向我冲过来。我本可以开枪打中一人，可临到关头，我犹豫了。他们一头撞在我身上，我们一同摔到了地上。斯托克斯的拳头打在我脸上，我的双臂被人拧到身后，有人一脚正踢在我肚子上。我的枪也不知在什么时候掉了。

"黑人的朋友！"特平医生喊道，"你这个叛徒，犹大！"

拳头和脚从四面八方如雨点般砸在我身上。我听见帕比吼道："别打了！够了！"

最后，我的后脑勺挨了一脚，我一下子失去了知觉。晚安，帕比。晚安，荣塞尔。晚安。

哈 普

"求求你，上帝，"我祈祷道，"求你保佑你的孩子荣塞尔，保佑他不受到伤害，替我们为他照亮回家的路。"因为外面下着暴雨，我的祈祷像在大声吼，仿佛不这样上帝就听不见。所以，当敲门声突然响起，我们都被吓了一大跳，不过弗洛伦丝除外。她好像早有预感，知道会有人来。她连眼睛都没睁，依然自顾自地继续祈祷。但等我起身要去开门时，弗洛伦丝突然一把拽住我的腿，力气大得让我几乎挪不开步。

"别开门。"弗洛伦丝道。

弗洛伦丝的身子瑟瑟发抖，哆嗦得像辛苦耕过地的骡子。我还从没见妻子这样害怕过，起码在我们结婚之后没见过，这让我心如刀绞。莉莉·梅开始放声大哭，双胞胎兄弟也抱着头，跪在地上晃来晃去。

"别这样，"我说道，"别害怕，我们必须要坚强。"

敲门声再次响起，这次力道又大了一些，弗洛伦丝放开手。鲁埃尔和马龙互相瞧了瞧对方，像往常一样，双胞胎不用说话就能心领神会。两人扶起他们的妈妈，分别站在她两侧。他们像男人一样，腰板挺直，搂住妈妈和莉莉·梅。

我来到门前，打开门。门廊里站着一个人，一开始这人低着头，我没瞧出是谁，等对方抬起头，我才认出来是塔克警长，那一刻我心中一凛，完了，他死了。我的孩子死了。

"哈普，我有个坏消息要告诉你，"警长道，"是关于荣塞尔的。"他瞧瞧站在我身后的弗洛伦丝和孩子。"最好去外面说。"警长道。

"不用，"弗洛伦丝道，"不管什么事，你可以当着我们的面说。"

警长一侧身，低头瞧着手中的帽子。"你儿子今晚和一帮人发生了冲突。他还活着，不过伤得不轻。他真把那帮人惹火了。"

"他人在哪儿？"我问道。

"他伤得有多重？"弗洛伦丝问道。

警长只回答了我的问题。"副警长送他去贝尔佐尼镇看医生。如果你想去，我可以开车送你过去。"

弗洛伦丝走上前，站到我身旁，抓住我的手，用力攥住。"他伤得有多重？"弗洛伦丝再次问道。

警长在衣服口袋里摸索了一通，掏出一张纸。"我们在你儿子躺着的地方找到了这个。"塔克警长把纸递给我。那是一封信，上面沾满了鲜血，一开始我以为血是洒在上面的，可等我翻过信，发现其实是有人手沾着鲜血在上面写了几个词和数字：《以西结书》第7章第4节。

"上面写的什么？"弗洛伦丝问我。

可我已经惊得舌头打结，说不出话来。

"显然你儿子和一个白人女子发生了关系。"警长道。

"你说什么？什么白人女子？"弗洛伦丝不解道。

"一个德国女人。信是她写的，她告诉荣塞尔，他是孩子的父亲。"

"这不是真的，"弗洛伦丝道，"荣塞尔不会做这种事。"

我也希望警长说的是假话，可信里写得明明白白。透过血迹我能看清信上的字：*你有一个儿子，叫弗朗茨·荣塞尔。*

"信里说还有一张照片，可我们没找到。"警长道。

"他们把他怎么样了？"弗洛伦丝问道。弗洛伦丝力气大得已经把我的手攥麻了。

"他们本打算吊死他，"警长道，"不过万幸他还活着。"

"告诉我们，他们对他做了什么。"弗洛伦丝道。

我眼必不顾惜你，也不可怜你，却要按你所行的报应你，照你中间可憎的事刑罚你。你就知道我是耶和华——《以西结书》，第 7 章第 4 节。

"他们割掉了荣塞尔的舌头。"警长道。

弗洛伦丝

我儿子的舌头。

"亲爱的上帝啊,"哈普道,"亲爱的上帝,为什么会这样?"

他们割掉了荣塞尔的舌头。

"他们本打算吊死他。"警长重复道。

他们。

"是谁干的?"我问道。

"不知道。等我们赶到时,他们已经不在了。"警长道。他在说谎,连五岁小孩儿都瞧得出来警长说的是假话。

"在哪里发生的?"我问道。

"在那座老锯木厂里。"

我立刻就知道是什么人干的了。"你们怎么知道要到那儿去找荣塞尔?"我问道。

"有人通知我们,说那里会有麻烦。"警长道。

"谁?"

"那不重要,关键是你的孩子还活着,他正在赶往诊所的路上。如果你们想去看他,我们现在就该走了。"

"为什么要把他送去那么远的贝尔佐尼镇？怎么不带他去镇里找特平医生？"

警长眼神闪烁，避开我的目光，这里肯定有蹊跷。"那帮人里有他一个，是不是？"我问道，"除了他和老麦卡伦，还有谁？"

警长板起脸，斜眼道："听着，我知道你们觉得难受，但你不能随意诬陷特平医生或其他人。如果我是你，我说话会更小心一点。"

"不然怎样？把我的舌头也割掉吗？"

警长喉结猛地一动，我直直瞪着他。他是个瘦巴巴的小个子，身上的肉还比不上挨饿的鹌鹑肉多。我一下子就可以拧断他的脖子。

"你们很幸运，我们一接到线报就出动了，"警长道，"幸好我们抢在荣塞尔失血过多前发现了他。"警长就像个小孩，心里想什么都写在脸上，我能看见他心里的东西。我看得出他对我们的恐惧，对我儿子和白人女人有染的愤怒，对那残忍行径的憎恶和对那群畜生的同情。然而，我却看不出他对替那群畜生掩盖身份有丝毫愧疚，他已经对管黑人的事感到不耐烦了，想回家去找他的老婆，回去吃晚餐。

"是的，警长，"我说道，"我们一家人应该感到无比幸运。"

警长戴上帽子。"我现在该走了，你们到底要不要跟我去贝尔佐尼镇？"

哈普点头道："去。我妻子跟你一起去。"

"不，哈普，"我说道，"你去。我和孩子留在家里。"

"你确定？"哈普吃惊道，"荣塞尔肯定想见到他妈妈。"

"最好你去。"

我丈夫目光严厉地盯着我，道："你给我把门锁好。"话外之意是：你给我老实待在家里，千万别做任何蠢事。

我迎着他的目光，道："别担心我们，你只管照顾好荣塞尔。"话外之意是：其他事交给我，我会去做该做的事。

我准备用哈普的剥皮刀，那不是我们家最大的刀，但刀刃最锋利。我觉得用它捅人最容易。

劳 拉

砰砰砰的砸门声和咒骂的抱怨声把我吵醒了，听声音是帕比在大喊大叫，正用拳头砸门。"醒醒，该死的！让我进去！"

我竟然躺在沙发上睡着了，醒来时屋里漆黑一片，伸手不见五指，提灯已经自己灭了。弗洛伦丝一走，我总觉得惴惴不安，似乎今晚所有不祥的征兆都会变成恐怖的事实向我扑来，上次家里闩上门还是很久之前的事，但今晚我要把门闩上，就好像这道薄薄的木门，再加上一块宽四英寸厚二英尺的旧门闩，就能把它们拒之门外似的。

"等一下，我来了。"我说道。

老头子也许没听到，也许是太过于投入砸门不肯停下抱怨，从我找到提灯点燃，一直走到门前，帕比的吵闹声就没停。

"怎么这么久，"我打开门，帕比对我咆哮道，"我在这儿站了整整有五分钟。"他挤开我进了屋，脚在地上留下一串泥巴印，他四下打量着屋里。"杰米还没回来吗？"

"没有，可能在披屋睡觉呢。"

"我瞧过了。那儿没人。"帕比的话音里透着前所未有的火气。

他摘掉滴水的帽子挂在钉子上，然后又回到门口，眺望着黑漆漆的屋外。"或许是天黑迷了路，"帕比道，"他走着回来的，你屋里也没亮灯。"

帕比这话把责任直接推到了我头上，就好像灯本该亮着似的。我突然心中一动，感觉事情不对。"你怎么知道他走着回来的？你之前见过他？"

"他又没有车，"帕比道，"他离开这里肯定得靠腿走。"

老头子背对着我，但不用瞧他的脸，我就知道他那发黄的牙齿里透出的是假话。"你刚才问的是，他还没回来？"我说道，"如果你之前没见过他，怎么知道他离开过这里呢？"

帕比从兜里掏出香烟，抖出一根烟，然后把烟盒揉成一团，扔到门廊上。"妈的！"他抱怨道，"都被雨浇湿了。"

我走上前，抓住帕比的双肩，一把将他的身子扳过来。结婚那天依照礼仪，我不得不吻了一下帕比的脸颊，他当时明显不喜欢，自那之后这还是我第一次主动碰他。

"怎么回事？杰米出什么事了吗？"

帕比肩膀一用力甩开我的手。"别烦我，小妞。我确定他没事。"可他的语气听起来却无法令人信服，仿佛心里有鬼，在替自己开脱。那感觉好像一个淘气的小男孩，刚做了什么一直想做又不能做的坏事：比如打了妹妹或淹死了一只猫。我心里突然有种不祥的预感。

"是不是和荣塞尔·杰克逊不见了有关？"我盯着帕比的脸问道。

"谁说他不见了？"

"他妈妈。弗洛伦丝七点左右过来找过杰米。"

帕比耸耸肩。"黑人不见了有什么奇怪的。"

"如果你伤害了那个小伙子，或者杰米——"

老头子突然一脸狰狞，目光里透着凶狠。"不然怎样？来，说说你想怎样。"帕比的唾沫星子溅到了我脸上，"你以为你能吓唬到我，小妞？你最好给我想清楚。我可看见你像发情的母猪一样跟着杰米。亨利也许迟钝没注意到，我的眼睛可是雪亮的，而且我也不怕告诉他。"

我的脸"腾"的一下烧得通红，但我不怕他的威胁。"我丈夫才不会相信你的鬼话呢。"

帕比头一扬，歪着脑袋，心里打着小算盘。"亨利也许会信，也许不信，但我打赌他心里一定会觉得别扭。亨利也许不会在意，但这事儿就好像一粒种子，无须他多想。以后他就会疑神疑鬼，心里一直琢磨这事。"

"你真无耻。"

"我身上湿了，"帕比道，"去给我拿条毛巾。"

说完，帕比踱着方步，晃晃悠悠走到厨房桌旁，一屁股坐在凳子上，等我拿毛巾给他。有那么一会儿，我像个木头人一样呆呆地一动不动，任由耻辱、愤怒和恐惧在我心中轮番占据着上风。随后我的四肢仿佛自己动了起来：走到毛巾柜前，拿出一条干净的毛巾，回到帕比面前。帕比一把从我手中扯过毛巾。"现在去给我搞点吃的。我肚子饿了。"

我像上了发条的玩具人，走到炉子前，从里面拿出玉米面包，舀了一勺辣椒酱倒在碟子里。此刻我的全部心思都放在亨利身上，万一帕比真跟亨利说了什么，亨利会怎么想。我把碟子放在老头子面前，刚要离开厨房。

"听到杰米回来，"帕比嘴里塞满了面包说道，"你就过来叫醒我。如果亨利或其他人问你，今晚我在哪儿，你就说我和你一直待在家里，明白了吗？"

我瞧着帕比，幻想着他闭上那双灰白凶狠的眼睛，合上嘴，皮肤苍白，然后慢慢消失，直到在土中腐化成一堆白骨。"明白了，帕比。"我答道。

帕比对我恶毒地一咧嘴，知道他已经赢了。但我心里暗说，一个上了年纪的老人，在农场可保不齐会出点儿什么事。说不定什么时候就碰上意外，这可说不准。

我睁着双眼躺在床上，等帕比填饱肚子回床上睡觉。听到前门打开又关上的动静，我起床瞧了瞧孩子们。小家伙们正呼呼大睡，我真羡慕她们的无忧无虑。我开始动手收拾老头子吃完留下的狼藉，还好可以在边等杰米，或不管今晚会发生什么事的时候，我有事可忙。我手上做着家务，心里则乱成了一团麻。发情的母猪。我的表现真有那么明显吗？杰米也这么想我吗？这种事但凡是男人就放不下。我实在不敢想象这会令亨利有多痛苦，所以我宁肯帮帕比撒谎打掩护。可如果帕比伤害了杰米……

这时，我突然想起老头子刚说过的话，杰米也许天黑迷了路。我拿起一盏提灯出门，把灯放在门廊上，希望它像灯塔一样给杰米指路。这时，我突然瞧见谷仓里亮着光。一定是杰米——错不了。

我一心只想着赶到杰米身边，甚至顾不上换上靴子，只穿了雨衣就冲进了暴风雨中。外面风雨交加，雨水像鞭子抽打着我的身体，呼啸的狂风卷起我的头发和衣服。谷仓门关着，我用尽全身之力才把门推开。杰米正蜷曲着身体躺在脏兮兮的地上，嘴里呜呜哭着。那声音听着令人心酸，简直不像人发出的动静。我们的奶牛在棚子里焦躁不安地走来走去，哞哞的哀鸣声和杰米的啜泣声交织在一起。

我跑到杰米身旁，跪在他身边。杰米满身都是被打的伤痕。眉毛上还开了口子，一侧面颊又红又肿。我把他的头抬到我的膝盖上，摸到他后脑上肿了一个大包。我忍不住怒火中烧，这肯定是帕比干的好事，错不了。

"我去给你拿些水和干净衣服。"我说道。

"不要，"杰米伸手搂住我的腰说道，"别离开我。"他用力抱紧我，浑身哆嗦。我一边小声安抚他，一边用衣袖轻轻擦拭着他前额的伤口。等杰米不再啜泣了，我问他到底发生了什么事，杰米只摇摇头，两眼紧闭。我躺在他身后，身体贴着他，一边抚摸着他的头发，一边听着雨水噼里啪啦打在房顶上。不知过了多久，大概有十分钟，或许二十分钟吧，我突然听到骡子发出嘶鸣，空气中似乎有些异样。我睁开眼睛，发现谷仓门大开，弗洛伦丝正站在门口。她身上的衣服全湿透了，膝盖之下全是泥巴，一脸要找人拼命的架势。瞧见弗洛伦丝这副样子，我吓得浑身哆嗦，身上的汗毛都竖了起来，心说荣塞尔肯定出大事了。这时，我发现弗洛伦丝手中握着刀，荣塞尔死了，她一定是要杀我们报仇。奇怪的是，我突然不害怕了，心中只是充满遗憾，替弗洛伦丝和她儿子感到遗憾，替亨利和我的女儿感到遗憾，人们会在谷仓中发现我和杰米的尸体，替我们悲伤，还会感到困惑不解。阻止弗洛伦丝，根本不可能，我甚至连想都不去想。我闭上眼睛，身子贴紧杰米的后背，等着终将发生的一切。可我只感到有一阵风掠过，耳边听到光脚踩在泥巴上的吱吱声，那声音仿佛在低声窃语。

等我再次睁开眼睛，发现弗洛伦丝不见了。整个过程只不过大概十五秒罢了。

我在谷仓里躺了很久，突突直跳的心渐渐恢复了平静，与杰米的心跳得一样舒缓。这时一阵滚雷响起，我突然想起了小家伙们，她们如果被雷惊醒，找不到我会害怕的。然后，我又想到了帕比，他正一个人睡在披屋里，这时我才恍然大悟弗洛伦丝去了哪里。

我坐起身。杰米啜泣了一声，膝盖向胸口蜷曲，身子抱成一团。离开谷仓前，我找到了一块马鞍褥，把它盖在杰米身上，然后我跪在他身旁，在他的额头上吻了一下。

"亲爱的杰米。"我轻轻呢喃。

沉睡的杰米轻轻打着鼾，对刚发生的一切浑然不知。

我梦到了金黄色黏稠的蜂蜜。在梦里，我像个胎儿一样浮在蜂蜜里。我的双眼、鼻子和双耳里都是蜂蜜，把我与外界彻底隔绝了。我什么也没做，只是浮在甜蜜的蜂蜜里面，那种感觉舒服极了。

"妈妈，醒醒！"有个声音不断穿透蜂蜜传进我耳中，我试图不去理它，可这声音一直拖着我，要把我从蜂蜜中拉出去。"妈妈，求你了！快醒醒！"

我睁开眼，瞧见阿曼达·莉和贝拉站在我身旁。两个小家伙的嘴和下巴上沾着蜂蜜和星星点点的面包屑，摸在我身上的手也是黏糊糊的。我瞧了眼床边桌上的闹钟，已经早上九点多了。她们肯定觉得肚子饿，自己吃了早餐。

"帕比不起床，"阿曼达·莉道，"睁着眼睛。"

“什么?”

“他躺在床上，可眼睛睁着。”

“我们找不到杰米叔叔。”贝拉道。

杰米叔叔。我脑中闪过杰米压在我身上、头激情地向后仰的画面，接着想起昨晚我离开他时，他蜷作一团躺在谷仓地上。

我起了床，穿上睡袍拖鞋，带着小家伙们出门去了披屋。雨已经停了，不过只是暂时偃旗息鼓而已，天边的云看过去依然黑压压一片。我推开披屋的门，门“嘎吱”一声打开了。我知道会瞧见什么，可看见身体硬邦邦、毫无生气的帕比躺在他的小床上，再不似往日那般恶狠狠时，我心里竟感到一阵窃喜，这倒完全出乎我的意料。

“他死了吗?”阿曼达·莉问道。

“是的，亲爱的。”我答道。

“可为什么他的眼睛还睁着呢?”

阿曼达·莉噘着小嘴，她眉间的皱纹看着如此熟悉，她简直像缩小版的亨利。每当亨利感到迷惑不解时，脸上就是这副表情。我亲亲阿曼达·莉的脸，说道:“一定是他死的时候就睁着眼睛。我们帮他把眼睛闭上吧。”

我小心翼翼地手指尖向下推帕比的眼皮，不想碰到眼球，可帕比的眼皮一动不动，死了的老头子这时倒没有了脾气。我在睡衣上擦擦手指，想抹掉尸体冰冷僵硬的触感。

“他不想我们把他眼睛合上吗?”贝拉低声问道。

“不是，宝贝。只是他身体太硬了。这是死亡的自然现象。明天我们就可以把他眼睛合上了。”

帕比的尸体上看不到血迹，也没有刀伤，地板上扔着杰米的枕头。弗洛伦丝一定临时改了主意，用枕头闷死了帕比。很好，没伤口就少了很多麻烦。我俯身捡起枕头放回床上，瞧见枕头下有块白布——一个枕套，等捡起来我才发现这不是我们家的枕套，棉线发黑，而且手工粗糙。当我将枕套翻过来，发现上面有挖出来的两个眼睛孔，一下子怒从心头起。我马上将这恶心的东西团成一团，塞进睡衣口袋，等一会儿把它扔到炉子里烧掉。

"那是什么东西，妈妈？"

"只是个旧枕套。"

瞧见那东西，我脑中不禁出现一群戴着白色头套的男人，他们尽情嘲笑辱骂着围在他们中间惊恐失措、浑身冷汗的黑人。我不知道他们有多少人、在哪儿，也不知道他们是把他吊死了，还是用其他方法杀了他。这事儿一定被杰米发现了，所以昨晚他才会那样心神错乱。不知道杰米是否瞧见了整个事情的经过，目睹他父亲杀了那个可怜的男孩。

"帕比现在上天堂了吗？"贝拉问道。

老头子此刻躺在床上面无表情，从那双睁得大大的眼睛里我瞧不出他在最后咽气时有什么感觉。我希望他看见弗洛伦丝来找他，并因此惊恐万分，他奋力挣扎，祈求饶命，就像此前的荣塞尔一样，心里充满无助的愤恨。我希望弗洛伦丝杀死帕比时能感到痛快，从而得到些许安慰，终于替儿子报了仇。

"他现在归上帝处理了。"我说道。

"我们要为他祈祷吗？"阿曼达·莉问道。

"是的，应该祈祷。你们两个都过来。别害怕。"

小家伙们走上前，分别跪在我两旁。地板上的泥巴渐渐渗进我睡袍薄薄的棉布之中。一滴水珠啪嗒滴在我头上，接着又是一滴，房顶在渗水。女儿们小而柔软的身体贴着我，她们在等我开始祈祷。我闭上眼睛，一句话也说不出来。我不想祈祷帕比的灵魂得到救赎，那太虚伪了。我宁可替弗洛伦丝祈祷，上帝会理解和宽恕一个母亲的复仇，但这话不能当着孩子们的面说。于是，我只是默不作声，没领着小家伙们祈祷，也不会为了帕比祈祷。

这时，有人挡住了光线，我回头瞧见杰米站在门口。他背对着阳光，逆光中我瞧不清他的神情。贝拉起身向杰米冲去，一把抱住杰米的两条腿。"帕比死了。杰米叔叔！"贝拉大哭道。

"是的，"我说道，"很遗憾。"

杰米抱起贝拉走到床前。他身上依然穿着昨晚的脏衣服，不过梳了头，也洗过满是伤痕的脸。杰米低头瞧着父亲的尸体，眼中满是痛苦，还有悲伤。我可以理解他的痛苦，可没想到他会悲伤。这让我心如刀割。

"他似乎走得很安详，是睡梦中过世的。"我说了谎。

"我也想这样，"杰米低声喃喃道，"什么都不知道就死了。"

然后，他低头瞧着我，脸上的凄凉悲怆让人几乎不敢直视。杰米的神情中有作为一个兄弟的内疚，但没有我害怕看到的羞愧或鄙夷。杰米的脸上流露出爱与痛苦，还有一种我说不清的东西，最终我分辨出那是感谢，对我所给予他的一切的感谢。此刻，站在我面前的不是曾多次出现在我幻想中的那个勇敢无畏的飞行员，那个自信满满、笑声爽朗的英雄。尽管我为失去那样的杰米感到悲伤，可我清楚，杰米不再需要我的安慰，或者在我面前用谎言粉饰自己了。

因为之前的杰米根本是一个假象。

明白了这点，我心中不禁一惊，事实上我不该为此惊讶，因为各种迹象其实一直清清楚楚摆在我面前，向我揭示了杰米心中的软弱和隐藏于他内心不为人知的黑暗。可我选择视而不见，一厢情愿地相信那个美丽的假象。是杰米一手缔造了这个假象，并将它演绎到近乎完美和无可挑剔的地步，我则傻傻地丧失了判断力，对此完全照单全收。错在于我，是我让自己坠入爱河，爱上一个虚幻的假象。

我依然爱着杰米，可心已如止水，对这份爱再无丝毫眷恋。甚至连不久前床上激情四射的缠绵也变得越来越遥远模糊，仿佛一场春梦而已。除去肉体的欢愉，我心中反而有种怪异的空虚感。

杰米一定从我的眼神中察觉到了我思想的波动，他的目光从我脸上移开，眼睛盯着地板。他把贝拉放下，跪在我身旁，低着头，也等我开始祈祷。我再次感到不知所措。我，一个淫妇，跪在我所痛恨、被谋杀的公公的尸体前，身旁就是我的情人，我能跟上帝祈祷什么？不过我突然灵机一动，握紧杰米的手，放声唱了起来：

> 普天之下万国万民，
> 齐声赞美父子圣灵，
> 三位一体同荣同尊，
> 万有之源万福之本。阿门。

像歌唱往常熟悉的赞美诗一样，我的声音清晰有力。小家伙们马上跟着我唱了起来，这首《三一颂》是我教给她们的第一首歌曲，随后杰米也加入了我们。他的声音听起来生疏，在最后"阿门"那句上还跑调了。我发现自己竟然在想，如果换作亨利，他一定不会指望我，而会毫不犹豫地带领大家祈祷，而且也不会跑调。

杰 米

《圣经》中随处可见"汝不可"的字眼。不可杀人（《出埃及记》20:13），这是一条。不可作假见证陷害人（《出埃及记》20:16），这是第二条。不可奸淫（《出埃及记》20:14），不可露你弟兄妻子的下体（《利未记》18:16），这又是两条。你发现了吗，这些条条款款的每一条都言之凿凿，毫无破绽，让你无法推脱罪行，比如它根本不会说：不可露你弟兄妻子的下体，除非你徜徉于漆黑无边的地狱之中，迷失了自我，彻底丧失了光明和上帝的指引，而"露你弟兄妻子的下体"是回归自我的唯一途径。没有，《圣经》对大多数事情的指引都是完全绝对的。这正是我不相信上帝的原因。

有时，做错事是必不可免的。有时，这是拨乱反正的唯一方法。不能理解这点的上帝就让他见鬼去吧。

不可妄称耶和华你神的名（《出埃及记》20:7）——这又是一条。

荣塞尔被处以私刑后的第二天，我一直沉浸在昏昏沉沉的梦中。浑身疼痛，我因为宿醉而头疼欲裂。我的脑中总闪现出荣塞尔的样子，寒光闪闪的利刃，喷涌而出的鲜血和压抑不绝于耳的哀号。

我寄情于忙碌之中，用干活来麻醉自己，农场里的活多得是：暴风雨毁了鸡窝，掀掉了棉花房的半个屋顶，把我们饲养的猪逼到狂躁得想杀人。亨利还没从格林维尔市回家，但他随时会回来。我之前已经检查过桥的情况，车子可以勉强通过。瞧天上黑压压的乌云，用不了多久还会下雨。碰到这种天气，亨利知道要赶紧往家赶。

劳拉来找我时，我正在谷仓里挤奶。从昨天早上一直到现在，奶牛"维纳斯"还没被挤过奶，乳房已经涨得要爆炸了。我已经受到了它的惩罚，我的脸被它粘着苍耳的尾巴狠狠抽过两次。不过坐在奶牛旁边，倚在它温暖的身上，听奶水挤在桶里发出像小军鼓的声音，这样清空头脑的感觉还真不错。

"杰米。"劳拉说道。我抬头瞧见她正站在围栏外边。"亨利马上就回来了。我想在他回来前和你谈一谈。"

我有些不情愿地离开牛棚向她走去。劳拉涂了口红，此外再无其他装饰，她可能是我遇到的唯一一位从不虚伪的女人。可现在因为我，她也变了，我把她变成了一个说谎的人。

"小家伙们还好吗？"我问劳拉道。

"很好。她们都睡了。今天够累的。"

"我想也是。死亡让人感到不安，尤其是第一次瞧见。"

"她们问，我和你，还有亨利是不是某天也会死，我说是的，但要等很久之后。然后她们问，她们是否也会死。这可能是她们第一次意识到死亡。"

"你怎么说的？"

"实话实说。不过我觉得贝拉不信我说的。"

"那样也好，"我说道，"就让她以为自己会永生吧，趁她现在还会这么想。"

劳拉踌躇了半晌，道："我有件事想问你。"说完她从口袋里掏出一块揉成一团的白布。不等瞧见白布上的眼洞，我就知道这是什么东西了。"这是我在披屋地上捡到的。我猜这应该是帕比的。"见我没说话，劳拉继续道，"你之前见过这东西，是不是？"

我点点头，之前的一幕如同一颗手雷，在我脑中炸开了。

"杰米，告诉我出了什么事。"

我把事情原原本本告诉了劳拉。我如何瞧见锯木厂旁有亮光，于是跟着亮光去了锯木厂。我瞧见一群戴头套的人围着荣塞尔，荣塞尔脖子上套着绳子，其中有一个人是我的父亲。我闯进去想救荣塞尔，可失败了。"我甚至连枪都没开。"我说道。

"听我说，"劳拉道，"发生在那孩子身上的悲剧不是你的错。你试着去救他，这已经比多数人了不起了。我想荣塞尔会理解，肯定会感激你的。"

"嗯，我打赌他一定对我感激不尽，或许还等不及要谢谢我呢。"

"他没死？"

"是的。"

"感谢上帝。"劳拉闭上眼发自真心感谢道。

"至少我离开的时候他还活着。"我说道，然后我对劳拉说出了第一个谎言，我告诉她：我醒来睁开眼时，发现塔克警长正俯身瞧着我，其他人都已经不见了，我从警长那里了解到，他们割掉了荣塞尔的舌头。听到这里，劳拉一下子抬起手捂住了嘴。我记得当时我也是这么做的。

"汤姆·罗西开车送荣塞尔去看医生，"我说道，"荣塞尔流了很多血。"现场到处都是血，浸透了他的衬衫，在地上积成一摊，喷洒在特平医生的白色长袍上。

"为什么？"劳拉不解道，"他们为什么要这么对他？"

我从口袋里掏出一张照片，递给劳拉。她瞧了瞧照片，问我道："这上面的人是谁？"

"那是荣塞尔的德国爱人，那宝宝是这个女人给他生的孩子。除了照片应该还有一封信，但我不知道信去哪儿了。"

"他们怎么会有信和照片？"

"我不知道，"我说道，这是第二个谎言，"我猜一定是荣塞尔把它们弄丢了。"

"被他们中的某人捡到了。"

"是的。"

"除了帕比，还有谁？"

"其他人我认不出来。"我答道。

这是第三个谎言，我之所以这么说是为劳拉的安全着想。她肯定也看出来我在说谎，但没戳穿我，只盯着我若有所思，我觉得她心里正将我整个人掂来掂去，然后发现我并没她想象中那么好。这让我心生一种陌生的刺痛感。我曾为让很多女人失望而窃喜。可面对劳拉，我为什么会感到如此内疚呢？

"你打算怎么对亨利说？"劳拉问道。

"我不知道。荣塞尔的事已经够让他恼火了，没必要再告诉他，帕比是那帮人中的一分子。"

"汤姆或塔克警长在锯木厂有亲眼看到帕比吗？"

"我觉得没有。即使看到又能怎样，这是三角洲地区。警长才不会为这事去指证白人。"

"荣塞尔会吗？"

"他说不了话了。就是为了这个，他们才割了他的舌头。"

"可他还可以写下来。"

我摇摇头。"如果这么做，你觉得他会有什么下场？他的家人会有什么下场？"

劳拉突然惊恐地睁大眼睛。"那我们会有危险吗？"

"不会，"我说道，"只要我离开这里就不会。"

劳拉走到谷仓门前，双臂紧抱自己，瞧着外面棕色的田地和阴冷的天。"我真恨这个地方。"她轻声道。

我依然清晰地记得她那双手臂紧紧搂着我的力量，惊讶于她那么坚定地抓住我，让我进入她的身体。我怀疑她对亨利是否也会如此热烈而坚定，不知道她是否会像喊我的名字那样，情不自禁喊出亨利的名字。

"我觉得没必要告诉亨利，你们父亲与此事有关，"劳拉终于开口道，"真相只会让他承受没有必要的痛苦。"

"好吧，如果你这么说的话。"

劳拉转身迎着我的目光，盯着我瞧了半晌。"这事我们谁也不要提。"她说道。

亨利回到家时，身上已经被暴风雨浇透了。我和劳拉到车前去接他，可亨利只瞥了我们一眼，就急匆匆跑进田里，跪下查看着一排排新种的、可已被暴风雨吹倒的棉花。此时天又下起了雨，我们都被雨浇湿了。

"再这样下去，种子会被冲走的，到时只能重新再种了，"亨利道，"年鉴预测四月份只有小雨，真该死。这儿的雨是从什么时候开始下的？"

"大概从昨天下午五点左右，"劳拉道，"大雨下了整整一晚上。"

劳拉的声音听上去不太自然。亨利瞧了眼劳拉，然后瞧着我，眉头一皱。"你的脸怎么了？"

我完全忘了脸上还有伤这回事。我本想编个故事蒙混过关，可脑袋里一片空白。

"他被'维纳斯'踢了，"劳拉突然插嘴道，"昨晚他挤奶时，牛被雷惊到了。所有家畜都受了惊。有一头猪被其他猪踩死了。"

亨利瞧瞧劳拉，又瞧着我。"你们两个到底怎么回事，感觉有点不对头？"

劳拉等我开口告诉亨利，可我只是摇摇头，说不出话来。"亨利，"劳拉道，"你父亲走了，昨晚睡觉时走的。"

劳拉迈步上前，站到亨利身边，不过没碰他。亨利还没准备好接受别人的安抚。她真了解亨利，我心中暗道，多么般配的两个人。亨利低下头，瞧着自己泥泞的靴子。他身为家中的长子，现在已经成了一家之主。我瞧得到他身上担着的千斤重担。

"他……还在床上吗？"亨利在问我。我点点头。"我想我现在最好去瞧瞧他。"亨利道。

我们三个人一起走到披屋。亨利率先进了屋，我和劳拉跟在后面，进了屋站在他两侧。亨利拉下床单，露出帕比空洞洞凸起的双眼，那双眼睛正瞪着我们。亨利伸手想合上帕比的眼睛，劳拉抓住他的手，把它轻轻拉回来。

"别，亲爱的，"劳拉道，"我们已经试过了。他的身体已经太僵硬了。"

亨利深呼了一口气。我伸出胳膊抱住他，劳拉也一样。当我们的手在亨利背后不小心碰到的那一刹那，劳拉的手闪开了。

我认为亨利不会哭，结果果然不出我所料。亨利低头瞧着父亲的尸体，脸上漠无表情。他突然转头看着我，问道："你还好吗？"

我心中突然涌起一股憎恨。为什么亨利总要扮演那个坚强不屈、高尚可靠的人？那一刻我突然意识到，虽然我一直以亨利为榜样，但其实我一直都恨他，我之所以和他的妻子睡在一起，部分原因是出于报复，是对我无法成为他那样的人的一种报复。

"我没事。"我说道。

亨利点点头，用力捏捏我的肩膀，然后低头瞧着帕比。"不知道他在临死时能看到什么。"

"那天晚上一片漆黑，"我对亨利道，"既没有月亮，也没有星星，我怀疑他什么也看不见。"

这是第四个谎言。

"黑鬼的朋友！"特平医生喊道，"你这个犹大！"

最后，我的后脑勺挨了一脚，我一下子失去了知觉——昏迷了大概有五分钟。当我醒过来时，有人正在轻轻扇打我的脸颊。我整个人侧躺着，一边脸贴在地上。恍惚间我瞧见房间里有好多条腿和白色长袍。

"醒醒。"我听出这是我父亲的声音，他使劲推了我一下。六个戴着头套的脑袋围在我身边。我试图把我的父亲推开,却发现双手被绑在了身后。父亲拉我起来坐下,让我身子靠在墙上。这突然的一动让我感觉整个房间都在旋转,人又要倒下去。帕比一把抓住我的夹克衣领把我拉起来。"坐好,有点男人样,"帕比对着我的耳朵恶狠狠嘶吼道,"你再轻举妄动,这帮人会宰了你。"

等房间里所有东西不再晃动之后,我瞧见了荣塞尔,他还活着,正用力向上扬头,以免被绳索勒死。

"我们该怎么处置这小子?"德威斯对我挥挥手道。

"不用担心,"帕比道,"他不会说出去的,他刚才已经答应了。是不是,儿子?"

我父亲害怕了,我突然听出父亲心里的惊恐,他正试图保住我的命。我的感觉一定没错,这时我心里不禁泛起一阵寒意,心怦怦直跳,浑身出汗,但我依然努力让自己的声音保持平静自信。为了让我和荣塞尔能活着离开这里,我必须拿出我最好的演技。

"是的,"我说道,"只要放了荣塞尔,我就当什么事也没发生过。"

奥里斯·斯托克斯魁梧的身躯出现在我面前。

"你没资格在这里发号施令,你这个黑鬼的朋友。如果我是你,我会更担心自己,而不是那个黑鬼。"

"杰米不会去报警,"帕比道,"等我们告诉他那个黑鬼做过什么,他就不会去。"

"他做了什么?"我问道。

"他玷污了一个白种女人,搞大了她的肚子。"帕比道。

"胡说。荣塞尔才不会做这种事。"

"是吗？"特平医生道，"你自以为很了解他，是不是？来，你瞧瞧这个，看你还有什么话说？"

特平医生把一张照片塞到我面前，照片里有位身材苗条、金发碧眼的漂亮女人，手里抱着一个白人和黑人的混血宝宝。照片显然不是在密西西比拍的。照片里，地上覆盖着积雪，人的身后有一栋尖顶房子。

"这女的是谁？"我问道。

"一个德国女人。"特平医生道。

"你凭什么说荣塞尔就是这孩子的父亲？"

特平医生挥舞着手中的一张纸。"信里都写着呢。那女的甚至用荣塞尔的名字给这个孩子起了名。"

那一刻，我心里的感受一定都写在了脸上。"瞧？"帕比道，"我说得没错吧，只要告诉他，他就会站在我们这一边。"

我抬眼望向荣塞尔，他对着我缓缓眨眨眼，确认特平医生说得没错。在他的目光中我瞧不出羞愧，如果说有什么东西的话，更像是对我的挑战，似乎在说：你到底是个什么样的男人？我们马上就要见分晓了。我又瞧了瞧那张照片，想起我在欧洲酒吧，第一次瞧见黑人士兵和白种女人跳舞时的震惊。不过最终我适应了，士兵就是士兵，我这样告诉自己，而且那些女孩显然是出于自愿。不过那情景总让我耿耿于怀，不能完全释怀。如果我都有这种感觉，可以想象这帮戴着白色头套的人瞧见这张照片时会有多愤怒。而荣塞尔那种自豪的态度想必更是火上浇油。我知道这些人，他们沉迷于过往的光荣之中，害怕失去属于自己的东西。我对他们太了解了，他们肯定要为此讨个说法，绝不肯善罢甘休。但我不能让他们杀了荣塞尔，如果我不马上想出一个办法，荣塞尔肯定活不过今晚。

"你们为什么这么在乎一个德国贱货?"我说道。

奥里斯的靴子重重踢在我的屁股上。

"快告诉他们,你不会把今天的事说出去。"帕比急道。他的语气中透着绝望,如果我听得出来,其他人肯定也听得出来。此刻形势一触即发,再没什么比恐惧更能刺激这帮人发狂了。

"你们没听明白我的意思,"我说道,"那些德国女人不像我们的女人。她们是冷血的贱货,可以一边对着你微笑,一边伺机在你背后插刀子。她们在那边可杀了我们不少小伙子。如果荣塞尔在她们身上小小报复一下,留个孽种作纪念,我倒觉得可以称之为正义的报应。"

屋子里的人突然都不说话了,一片沉默。我心里立刻有了一丝希望。

"你还真行啊,小伙子,"特平医生道,"可惜说的都是屁话。"

"听着,我不想说我们因此给他颁一个勋章。我只想说,因为一个敌国的贱货,杀死一个立过功的战士,这么做貌似有些不妥。"

屋子里再次一片寂静。

"这个黑鬼的所作所为必须受到惩罚。"帕比道。

"不能让他再犯,"斯托克斯道,"你知道这些人一旦尝过白种女人的滋味会怎么样。怎么才能让他不再玷污白种女人呢?"

"我们就在这儿,就现在,"特平医生道,"了结他。"

特平医生打开地上的皮箱,掏出一把手术刀。有人吹起了口哨。房间里突然洋溢着一股兴奋之情。我和荣塞尔同时说道:

"请不要这样,求求你,不要这样——"

"你没事，但我们要给他一个教训。"

特平医生的话像鞭子一样抽到我们身上。"他们两个谁再多说一个字，就开枪打死这个黑鬼。"

我马上闭上了嘴，荣塞尔也一样。

"这个黑鬼玷污了白种女人，"特平医生道，"他用他的眼睛、双手、舌头，还有孽种玷污了她的身体，他必须为此受到惩罚。伙计们，我们该怎么处置他？"

这帮人立刻嚷道："阉了他。""挖了他的双眼。""把他的家伙切了。"

我突然闻到一股尿味，然后瞧见荣塞尔的裤子前面湿了一块。尿液、汗水和体味混在一起让人喘不上气来。我强忍住恶心，才没让自己吐出来。

接着，我听到我父亲的声音。"要我说，我们应该让我儿子来决定。"

"为什么让他决定？"特平医生质疑道。

"没错，"斯托克斯道，"为什么要让他来决定？"

"他做了决定，他就是我们中的一员。"帕比道。

"不，"我说道，"我不干。"

我父亲俯身瞧着我，两只眼睛眯成一条缝，嘴巴贴在我耳边，道："你知道我是在哪儿找到的那封信吗？在我们卡车的驾驶室里，在副驾的座位底下。它掉在那里只有一个可能，那就是你又让他和你坐在车里了。这是你惹出来的祸。你好好想想吧。"

我用力摇头，希望这不是真的，可心里清楚帕比说的都是真话。帕比挺起身，提高嗓音让所有人都能听到。"是你非要掺和此事。像加里·库珀①一样冲进来，挥舞着枪，威胁我们。为了一个黑鬼，威胁我，威胁你的亲生父亲！好了，这事现在和你有关了，儿子。你不想这个黑鬼死，好。那就由你来决定对他的惩罚。"

"我说了我不干。"

"你会的，"特平医生道，"否则就由我来决定。我觉得你的这位伙计肯定不会喜欢我的选择。"特平医生对着自己裆部比画了一下。其他人发出尖叫声和咯咯的笑声。荣塞尔肌肉紧绷对抗着正吊着他脖子的绳子，他浑身颤抖，哀求的目光落在我身上。

"你选择什么？"特平医生问道，"双眼、舌头、双手，还是那个家伙？选一个吧，黑鬼的朋友。"

见我默不作声，德威斯晃着霰弹枪，枪口对准我。我父亲闪到一边，把我一个人留在枪口下。德威斯一抬枪口。"选啊。"他说道。

我想要的机会来了，这么久以来我一直想追求的解脱，此刻就摆在我面前。只要我保持沉默就可以——从此一劳永逸地终结我的痛苦、我的恐惧和我的空虚。机会摆在眼前，只要我有胆子抓住它。

"快选，该死的。"我父亲对我呵斥道。

我做出了自己的选择。

---

① 加里·库珀（Gary Cooper, 1901—1961），美国著名演员，曾五次获得奥斯卡最佳男主角奖提名，两次获得奥斯卡最佳男主角，在电影中塑造了众多英雄形象。

劳　拉

帕比死后的第二天，我去了弗洛伦丝家。想了解下荣塞尔的情况，同时要和弗洛伦丝私下谈谈。我不能再雇她帮我了，她应该也不会再想干下去了，但我必须和她确认一下，还要保证她会守口如瓶。

我告诉杰米，我要去弗洛伦丝家，让他帮忙照看小家伙们。我正要出门，杰米从口袋里掏出一个东西递给我，是那张荣塞尔的德国爱人和宝宝的照片。一瞧见这照片我浑身发冷。我不愿碰这东西，想把它还给杰米。

"拿着吧，"杰米道，"为了荣塞尔，把它给弗洛伦丝，让她转告荣塞尔……"他摇摇头，神情恍惚。杰米一脸自我厌恶，说不出话来。

我轻轻握握他的手。"荣塞尔肯定会明白的。"我说道。

我本想开车去，可汽车和卡车都深陷在泥巴里，于是我拿上伞，步行出发。自昨天开始雨下得就不那么急了，可依然淅淅沥沥下个不停。经过谷仓时，亨利瞧见我，他走到敞开的门前。"你这是要去哪儿?"亨利纳闷道。

"去弗洛伦丝家。她昨天和今天都没来工作。"

亨利不知道荣塞尔出了事。哈普还没告诉他，而且因为下雨，我们从昨晚开始就和外界断了联系。当然，我和杰米什么也没说，因为按道理我们还不知道那件事。

亨利眉头紧皱。"这天气就不要出门了。晚点儿我会过去看看怎么回事。你回屋去吧。"

我灵机一动。"我有事要问弗洛伦丝，问她该怎么处理尸体。"

"好吧，但小心别摔着。路上很滑。"

亨利的关心让我一时哽咽。"我会小心的。"我说道。

给我开门的是莉莉·梅。她双眼又红又肿。我告诉她，我要找她妈妈。

"我去给你找。"莉莉·梅道。

莉莉·梅当着我的面关上了门。见此情景，我心里一紧，突然害怕起来。万一荣塞尔没能活下来怎么办？为了荣塞尔的家人和杰米，我祈祷荣塞尔能挺过来。我在门廊里只等了差不多五分钟，感觉却像等了好久。门终于再次打开，弗洛伦丝走了出来。她脸上冷若冰霜，两眼深陷，正当我以为我最害怕的事发生了时，从房子里突然传出像从喉咙里发出的呻吟声。那声音虽然听着让人心颤，可说明荣塞尔还活着。他们一定是昨天下午在河水淹没桥梁之前把荣塞尔接回来的，我心想。

"他怎么样？"我问道。

弗洛伦丝没作声，只冷冷地瞪着我，那眼神似乎在说，我知道你干了什么事。我也毫不退缩地迎着她的目光，一个淫妇面对一个杀人犯。我用眼神提醒她，我也知道她干了什么事。

"等河水一退，我们就离开这里，"弗洛伦丝简短直白地说道，"哈普今天晚些时候会告诉你丈夫。"

我心里暗自长舒了一口气，甚至连因此而感到的些许内疚也顾不得了。我不用再看见她，甚至连远远瞧着都不必了，不用每天想起我的家人如何毁了她的家。"你要去哪儿?"我问道。

弗洛伦丝耸耸肩，目光掠过我，望着外面淹在水下的田地。"离开这里。"

我能安慰她的只有一件事。"老头子死了，"我说道，"他昨晚走了，睡觉时死的。"我特意强调了最后半句话，可听我这么说，弗洛伦丝脸上没显露出丁点安心，反而看着愈发愤愤不平。"上帝知道该怎么处理他。"我说道。

弗洛伦丝摇摇头。"上帝才不在乎呢。"

似乎要证明弗洛伦丝这句话说得没错，荣塞尔又再次呻吟起来。弗洛伦丝闻声闭上了双眼。我不知道哪一个更刺痛我的心：是荣塞尔痛苦的呻吟声，还是目睹弗洛伦丝听着儿子痛苦呻吟时的表情。那感觉仿佛切掉的是弗洛伦丝的舌头。如果此刻发出这声音的人是阿曼达·莉或贝拉呢? 一想到这儿我不禁浑身打颤。我想起了维拉·阿特伍德。还想起这么多年过去了，我的母亲还在为特迪不幸夭折的双胞胎妹妹悲伤。

"我这有件东西给荣塞尔，是杰米给我的。"我掏出照片递给弗洛伦丝，"照片是在德国拍的。那个宝宝是——"

"我知道他是谁。"弗洛伦丝用手轻轻摩挲着照片，抚摸着她永远见不到的孙子的脸蛋。然后，她把照片塞进兜里，看着我，道："我该进去照顾荣塞尔了。"

"对不起。"我说道。这轻飘飘的三个字岂能承载所发生的悲剧之重，但我还是说了出来。

　　这不是你的错。六个字，代表着我不敢奢望的宽恕，我愿意用所有东西换取弗洛伦丝说出这六个字，可她只对我说了短短两个字：再见。

杰 米

我们五个人脚踩泥巴，深一脚浅一脚向坟墓走去。雨依然淅淅沥沥在下，而且起了风，肆虐的狂风仿佛从四面八方呼啸而来，可貌似总在对着我们吹，不让我们前行。我和亨利抬着棺材和绳子，劳拉带着孩子，她把贝拉抱在怀里，阿曼达·莉则拉着劳拉的裙子跟在身后。

我们来到事先挖好的坑前，放下棺材，在棺材两头系上绳子。等亨利走到坑的另一头，我将绳头扔给亨利。可当我们正要把棺材抬起放进坑里时，绳子一下子滑到中间，棺材摇晃了一下摔在地上。棺材的木板嘎吱作响，棺材里传出"砰"的一声巨响——帕比的头撞到了木板。棺材侧面有块木板翘了起来。我弯腰用大拇指将突出的钉子顶回去。

"这不行，"我说道，"只靠我们两个人放不下去。"

"无论如何也得放下去。"亨利道。

"也许我们可以站在两头，纵向拉着绳子。"

"那不行。"亨利道，"棺材太窄了。如果再不行，会把棺材摔裂的。"

我耸耸肩——那又有什么关系？

"那不行。"亨利瞥了眼孩子们，低声重复了一遍。

这时，劳拉突然指着大路上，道："瞧。杰克逊一家。"

我们瞧着杰克逊一家的四轮车越走越近。车前面坐着哈普和弗洛伦丝。双胞胎兄弟则步行跟在车两旁。家具在车上摞得高高的，堆出了尖。等车来到近前，我瞧见车后面用油布搭起一个临时帐篷，那里面躺着的一定是饱受痛苦折磨的荣塞尔。

待车经过时，亨利对他们招招手。

"不要，"劳拉道，"让他们走吧。"

亨利怒气冲冲地瞪了劳拉一眼。"那孩子的事又不是我的错。我已经警告过他，警告过他和他的父亲。现在正是播种季，他们这么一走，明知道我来不及再找其他佃户。起码我可以让他们过来帮忙搭把手。"

我张嘴刚想支持劳拉，瞧见她对我微微摇头，于是把到嘴的话又咽回了肚子里。

"哈普！"亨利迎着风喊道，"能过来帮个忙吗？"

哈普勒住骡子，他和弗洛伦丝，还有双胞胎兄弟转头瞧着我们。虽然离他们有三十码远，我依然感到一股深深的恨意。

"我们这儿需要人帮忙！"亨利喊道。

我以为他们会拒绝——他们肯定会的。可哈普突然把缰绳递给弗洛伦丝，准备下车。弗洛伦丝一把拉住哈普的胳膊，对他说了什么，哈普摇摇头，又对弗洛伦丝说了什么。

"他们在磨蹭什么呢？"亨利不耐烦地抱怨道。

哈普和弗洛伦丝正争执得不可开交。虽然声音很低，听不见他们说什么，但我能猜个八九不离十。

"不，哈普。你别过去。"

"我们打这儿经过是上帝的旨意，我不会违背上帝的意愿。让我过去，帮他们一把。"

"我才不去帮那个恶魔呢。"

"我不是去帮他，他正在地狱里受煎熬呢。我是去帮助上帝完成他的工作。"

我瞧见弗洛伦丝对着车旁啐了一口。

"那是你信仰的那个上帝。我是不会感谢那个上帝的。他从我这里得到的感谢已经够多的了。"

"那好吧。我马上就回来。"

哈普下了车，转身对着双胞胎，这时弗洛伦丝又说话了。她的意思简单明了："你别让双胞胎过去。"

哈普低着头，两眼瞧着地面，步履沉重地向坟墓走来。等他来到跟前，亨利道："谢谢你来帮忙，哈普。我希望你和你的一个儿子能帮忙把棺材放下去。"

"我可以帮你，"哈普道，"但孩子们不会过来。"

亨利闻言眉头一皱，额头上沟壑纵横。

"没关系，"劳拉马上插嘴道，"我可以帮忙。"

劳拉将怀里的贝拉放在阿曼达·莉身边，拿起一根绳头。亨利、哈普和我拿起另外三个绳头。我们一起用力把棺材抬到坑上方，把它下到坑底，然后设法把一根绳子抽出来，可另外一根怎么也拽不出来。亨利嘴里咒骂了一句，就把绳头扔进了坑底。他瞧着劳拉。

"你带《圣经》了吗?"亨利问道。

"没有，"劳拉道，"我根本忘了这回事。"

　　这时，我瞧见哈普仰头望着天，好像在倾听什么，然后哈普低头道："我这儿有本《圣经》，麦卡伦先生。"他从衬衫口袋里掏出一部已翻烂的小本《圣经》。"如果你需要的话，我可以为死者祈祷。这也许正是我会在此的原因。"我打量着哈普的脸，满以为能发现一丝嘲讽或是憎恨，可完全没有。

　　"不，哈普，"亨利道，"谢谢你，但不用了。"

　　"我为我们自己人祈祷过很多次。"哈普道。

　　"帕比不会想这样的。"亨利道。

　　"要我说，就让他做吧。"我说道。

　　"帕比不会想这样的。"亨利重复道。

　　"我希望他来祈祷。"我说道。我和亨利互相瞪着对方。

　　劳拉的加入打破了僵局。"是的，亨利，"劳拉道，"如果哈普愿意的话，我觉得我们应该让他祈祷。他是上帝的仆人。"

　　"那好吧，哈普，"亨利犹豫了片刻道，"那就开始吧。"

　　哈普匆匆翻了翻《圣经》，刚要开口念，我发现他的眼神闪烁了一下，然后将《圣经》翻到前一页。我以为他会说："耶和华是我的牧者。"（《诗篇》23:1）我觉得大家都以为哈普会这么说，可哈普一张口，说的完全出乎我们的意料。

　　"你且呼求，有谁答应你？诸圣者之中，你转向哪一位呢？"（《约伯记》5:1）哈普的声音铿锵有力。我瞧见劳拉惊讶地抬起头。之后她告诉我，那段话出自《圣经·约伯记》①——根本不是用来安慰丧亲者的词。

　　"人为妇人所生，日子短少，多有患难。"哈普继续念道，"出

---

① 《约伯记》是《圣经·旧约》的一卷，共42章。

来如花，又被割下；飞去如影，不能存留。这样的人你岂睁眼看他吗？又叫我来受审吗？谁能使洁净之物出于污秽之中呢？无论谁也不能。"

亨利的眉头越来越紧，若不是此刻突然乌云滚滚、大雨将我们浇了个透心凉，他也许会叫停哈普。在哈普大声喊着死亡和不公时，我和亨利赶忙抄起铁锹，往坑里填土。

于是，此时此刻的情景是：我们的父亲被匆匆忙忙下葬，毫不体面地躺在黑奴的坟墓里，主持葬礼的则是位黑人牧师，且正在对他进行控诉，远处还有一位靠坐在马车上，一脸漠然，一心想杀死他的女人，她心中充满了未能亲手杀死他的愤恨。

如果当初我拿着提灯进屋，帕比这时醒了，弗洛伦丝也许就能有机会手刃她的仇人了，可帕比没醒，他依然一脸平和，呼吸平稳地在床上酣睡，那样子就好像刚结束了一天的辛苦劳动，心满意足地进入了梦乡。我站在屋里，盯着帕比，随着身上的水和血一滴滴落在地板上，我心里的愤怒也在一点点燃烧。我耳边仿佛又听见帕比的声音："还以为我有三个女儿，不是两个。""我儿子没胆子在这么近的距离杀人。""这个黑鬼的所作所为必须受到惩罚。"我不记得自己有弯腰从自己床上拿起枕头，只记得一低头就瞧见手里拿着枕头。

"醒醒。"我说道。

帕比猛地惊醒，斜眼瞥着我。"你站在这儿做什么？"帕比问道。

"我想让你瞧着我，"我说道，"让你知道是我亲手干的。"

帕比双眼圆睁，张大嘴，道："你——"

"闭嘴，"我将枕头压在帕比脸上，使劲按住。帕比身体狂扭，他的手抓住我的双手，长长的指甲直扎进我手腕的肉里。我嘴上咒骂了一句,手上一松劲儿,一秒钟的时间足以让帕比转过头,呼吸了他生命中最后一口空气。我又继续向下按住枕头,用力将枕头抵住帕比的脸。帕比挣扎的幅度越来越小,一双手渐渐无力,终于放开了我的手。我又等了几分钟才把枕头从帕比脸上拿开,然后我拉平床单,合上他的嘴。但我没让他合眼。

我拿起提灯去了谷仓。半小时后,劳拉来谷仓找到我,不一会儿,弗洛伦丝也来谷仓撞见我和劳拉。劳拉以为我当时睡着了,其实我没有。我瞧见弗洛伦丝手里拿着刀,瞧见她一脸愤怒,也知道她要做什么。我真希望当时我能有办法告诉她,她要做的我已经替她做了,帕比并不是善终。抱歉没能让她亲手复仇,但我只能用眼神表达我的内疚,希望她能看得出来。

让那些我们不能言说之事,唯以沉默交流。

亨 利

这是一片充满盈盈生机的土地。一万五千年前，冰川消融让密西西比河及其支流的河水充盈，慢慢上涨直至溢出了河道，把半个大陆都淹于汪洋之下，也让两条河流之间的土地变得富饶肥沃。之后随着水面开始下降，河水在流回古老水道的同时，顺便带走了水下土壤中的沉积层，并将它们作为礼物带到了这里，带到这片三角洲地区，将它们洒入河谷，洒在黑色的土壤之上。

我把父亲埋在他讨厌触碰的这片土壤之中，与我母亲两地分隔，母亲将永远一个人长眠于格林维尔市的墓地之中。对此，母亲也许会原谅我，但我太了解帕比了，根本不寄希望他会原谅我。和痛失母亲不同，帕比的死我不难过。反正帕比也根本不想我替他落泪，但应该有人为他的离去悲伤。可当我在向他的棺材上填土时，我心里却在说：我们中没人真会为他的死而感到难过。

几天之后，杰米也离我而去。尽管我跟他明说了，杰克逊一家现在不在，我需要他再帮我几个星期，可这小子铁了心要去加利福尼亚。锯木厂的事确实是一个悲剧，可谁也不能说我没提醒过那小子。我纳闷他到底做了什么，那些人会如此惩罚他。一定是罪大恶极之事。杰米应该知道内幕，我曾问过他，可杰米只是耸耸肩，道："这是密西西比。根本不需要原因。"

不管我们之间发生过什么不愉快，我还是会想念杰米，我知道劳拉也会的。我感觉劳拉会因为杰米的离去非常难过，很可能会把这事怪到我头上。可当我们终于谈起此事——熄了灯在床上——劳拉只说了句："他需要离开这个地方。"

"那你呢？"这话一脱口而出我就心慌了。万一劳拉说她也想离开，带孩子回孟菲斯的家人身边怎么办？我没想到自己会害怕这种事，也从没想过劳拉会离开，可自从搬到这个农场，劳拉就变了，变得和我想象的完全不一样。

"我需要的是——"劳拉张口道。

那一刻，我突然不想知道答案了。"等收了庄稼，我们就住到镇里去，"我听了马上接口道，"如果你不想等太久，我可以去银行借钱。我知道让你住在这儿真太难为你了，对不起。等我们住到镇上去，一切都会好的。你等着瞧吧。"

"哦，亨利。"劳拉道。

劳拉这话到底是什么意思？屋里黑乎乎一片，我瞧不见劳拉此刻脸上的神情。我伸手去摸她，心咚咚跳得像打鼓。万一她拒绝了我——

可她没有。劳拉身子一侧，把她的头枕在我的肩膀上。"我需要的这里都有。"劳拉这样说道。

我伸手搂住劳拉，把她紧紧抱在怀里。

劳 拉

帕比下葬后的第三天，杰米离开了我们。他去了洛杉矶，虽然他不知道自己到了那儿该做什么。"也许我会去好莱坞参加试镜，"杰米哈哈大笑道，"跟埃罗尔·弗林①好好竞争一下。你觉得如何？"

杰米脸上的伤已经消退，可他看起来依然面容憔悴。我担心他只身一人在洛杉矶，没人照料。但转念一想，自己太多虑了，杰米不会单身太久。他会找到人爱他，找个漂亮的女孩给他做可口的饭菜，为他熨烫衬衫，每天守在家里等他回家。杰米要想找个女孩就像在路边摘一朵雏菊那么容易。

"我觉得埃罗尔·弗林这下要有大麻烦了。"我说道。

亨利推门出来，和我们一起站在门廊里。"如果想赶上火车，我们就该动身了。"亨利道。

"我都准备好了。"杰米道。

亨利伸出手，指着我们眼前的田地。"兄弟，你等着瞧吧。

---

① 埃罗尔·弗林（Errol Flynn，1909—1959），美籍澳大利亚裔著名演员、编剧、导演、歌手。

你会怀念这一切的。"

亨利所说的"这一切"不过是从房子到河边满是如海浪般翻腾的一片烂泥地而已，农作物已被大雨冲走，连犁沟甚至都看不见了。一只刚孵出的幼蚊恰好落在亨利的胳膊上，亨利恼怒地赶着蚊子。我见了不禁心里窃笑，可杰米却一脸严肃地答道："我肯定会怀念这一切的。"

杰米俯身跟小家伙们吻别。贝拉放声大哭，紧紧抱住杰米不松手。杰米轻轻掰开贝拉搂着他脖子的手，把贝拉交到我怀里。"我给你留了件东西，"杰米对我说道，"一件礼物。"

"什么东西？"

"现在还不在这儿，但很快就会有了。等你看见你就知道了。"

"我们该上路了。"亨利道。

杰米不自然地快速抱了我一下。"再见，感谢你所做的一切。"

我只点点头，没有讲话，害怕自己一不小心说漏了什么。只希望杰米能体会到我那一点头里蕴含的千言万语。

"我要到吃晚饭时才能回来。"亨利道。他吻了我，然后带着杰米走了。杰米会先去格林维尔，然后再去加利福尼亚。

在接下来的日子里，为找到杰米的礼物，我和小家伙们翻遍了家里的所有地方。床底下、橱柜里，还有谷仓里。他怎么可能给我们留下一个到现在还没找到的礼物？杰米离开的几周后，我终于找到了他的礼物。杰米曾帮我开辟过一小块地种菜，当我在给菜地除草时，我发现菜地边冒出几丛嫩嫩的绿芽。它们排列得异常工整，不可能是杂草。不等我摘下一个嫩芽观瞧，我的鼻子就已嗅到了它的味道，我知道杰米送给我的是什么礼物了。

整个夏天，我和亨利的床单都散发着薰衣草的香味。

现在，我的故事就要讲完了——不管怎样，这是我的版本。此刻正值十二月初，我正收拾行李准备回孟菲斯长住。亨利和我一致决定我应该回孟菲斯待产。宝宝的预产期是六周后，以我的年纪留在楚拉镇风险太大，这里距离最近的医院需要开两个小时的车。

我们是在十月份收了庄稼之后搬到镇上来的。这里的房子没有玛丽埃塔镇斯托克斯家的房子那么好，后院也没有无花果树，但我们终于有了电、自来水和室内卫生间，我对此感激涕零。镇上的生活愉快又有规律。我们每天迎着曙光起床。我给所有人做早餐，给亨利准备好带去农场的午饭。等亨利出门去农场了，我给小家伙们穿好衣服，带着她们走八个街区，送阿曼达·莉去学校。当我和贝拉回到家时，我们的黑人女仆维奥拉已经在等我们了。她只工作半天，家里没有那么多活，不需要她全天工作。上午我给贝拉读书听或做点杂事。下午三点，我们去接阿曼达·莉放学，然后我开始准备晚餐。等亨利从农场回来，我们伴着夕阳吃半小时晚餐，然后他们听收音机时，我做点缝缝补补的针线活，或是织衣服。

虽然从地图上看，我们在镇里的家距离"泥巴地"不过十英里远，可我感觉却像两个遥远的世界。有时，我会想起农场的生活和那时的我——那个满腹怨恨、心怀欲望、胆大妄为、自私自利和不忠于丈夫的我，我简直不敢相信，以为那只是一个梦。然而，我肚子里踢来踢去的宝宝在时刻提醒我，那个劳拉是真实存在的。这个宝宝是杰米的孩子，这点我确信无疑。我和杰米在一起的那天晚上，我就感到我体内似乎有个小生命苏醒了。我不会告诉杰米这孩子是他的，也许他会有所怀疑。我背叛了亨利，让他丧失了尊严，这也许是我所能给他的唯一一点微不足道的补偿。这些日子我倾尽所能去爱亨利，我这么做并非仅仅出于内疚或责任。因为爱一个人意味着在承担必要责任的同时，给予对方你所能付出的一切。

杰米在九月份结了婚。他没邀请我们参加婚礼，只是事后在他那些轻松活泼的某封信中通知了我们。接着一周之后，我们又收到一封几乎一模一样的信，就好像他之前从没给我们写过那封信一样。我和亨利都清楚这意味着什么，但谁也没明说。我祈祷杰米的新婚妻子能帮他戒掉借酒浇愁的毛病，可我清楚杰米心中有太多无法释怀的事，这点他妻子并不知道。

至于我，我肚子里的孩子不允许我释怀。这个宝宝会是一个男孩，未来将长大成为一个男人，我会像弗洛伦丝爱荣塞尔那样热切地爱着他。当我怀上这个孩子时，正好是弗洛伦丝遭受巨大痛苦之时，我会永远为此而感到遗憾，但我从不后悔，因为我对他的爱不允许我后悔。

我的故事到此就结束了。一切以爱开始，又以爱结束。

荣塞尔

白天，或黑夜。我坐在坦克里戴着头盔，头上套着粗麻布袋坐在移动的车里，坐在骡车里额头上搭着一块湿布。我被敌人团团包围，敌人散发出来的仇恨仿佛恶臭让我窒息。我喘不过气来，我祈求道，不要，先生，不要，我吓得尿了裤子。我躺在自己的血泊之中。我对着山姆大吼，快他妈的开枪，你瞧不见我们被包围了吗，可他听不见我的吼声。我一把推开山姆，站在坦克的机枪炮后，可当我扣下扳机，什么也没发生，机枪炮哑火了。我觉得口干舌燥。水，我说道，请给我一点儿水，但莉莉·梅好像也听不见我的声音，我的嘴唇在动，可一句话也说不出来，一点儿声音也没有。

我的故事就该到此为止，让我的人生终结在骡车的车厢里吗？我成了一个哑巴，因为疼痛和鸦片酊变得精神错乱，彻底一败涂地？没人喜欢这个结局，至少我不喜欢。但要想让故事有个不一样的结局，有太多的困难需要我去战胜：出身、教育、压迫、恐惧、残疾，还有羞辱，其中任何一种困难都足以压垮一个人。

只有卓越不凡的人，在家人的伟大支持之下，才有可能战胜这一切。首先，他要摆脱对鸦片酊的依赖，从自哀自怜中站起来。他的母亲会帮助他，接下来他必须说服自己给战友和从前的上级写信，告诉他们自己的遭遇。他写好信，然后撕掉，继续写，继续撕，直到有一天，他终于鼓起勇气把信寄了出去。等收到回信，他必须读信，接受他们的帮助。信会以他的名义写给费斯克大学①、塔斯基吉学院②和莫尔豪斯学院③。当莫尔豪斯学院愿意为他提供全额奖学金时——即使他不知道这到底是因为学院真想要他，还只是怜悯他，他必须收起自己的骄傲接受这份帮助。他必须离开住在格林伍德的家人，他的衬衫口袋里揣着写着"失语"的小牌子，只身远赴四百英里之外的亚特兰大市。在学习想学的知识之前，先要接受必需的教育。他只能听着自己的同学谈论理想、政治和女人，那是他无法用小小的写字板参与的交流。他必须习惯与孤独为伴，因为他的存在让其他人不舒服，他的存在提醒着其他人，如果对坏心肠的白人说了错话，他们会有什么下场。毕业之后，他必须找一份不受残疾影响的工作，而且雇主还要愿意给他机会。也许他可以去黑人报社，或是去黑人工会组织。他必须证明自己，与绝望纠缠搏斗，戒三到四次酒才能彻底摆脱酒精的麻醉。

只有能做到以上这些，他才有可能在未来某天找到一位坚强、爱他并愿意嫁给他的女人，为他生儿育女。也许他还可以帮助他

---

① 费斯克大学成立于 1866 年，位于田纳西州纳什维尔市，美国传统黑人私立大学之一。

② 塔斯基吉学院，今塔斯基吉大学，建于 1881 年，位于亚拉巴马州塔科斯基镇，美国传统黑人私立大学之一。

③ 莫尔豪斯学院建立于 1867 年，位于亚特兰大市，是一所传统上招收黑人的美国私立男子文理学院。

的兄弟姐妹出人头地；也许他可以骄傲地挺胸抬头跟在马丁·路德·金①后面，在亚特兰大市的大街上游行；甚至他也许会获得某种叫作幸福的东西。

这是你我、我们大家所期望的故事结局。我必须向你承认这未必可能，但有机会。只要他刻苦工作，努力祈祷。只要他迎难而上，百折不挠，又蒙上帝眷顾。只要他黑得耀眼，光芒四射。

---

① 马丁·路德·金（Martin Luther King Jr.，1929—1968），非裔美国人，出生于美国佐治亚州亚特兰大市，美国牧师、社会活动家、民权主义者，美国民权运动领袖。

希拉莉·乔顿访谈

为什么会写《泥土之界》这本小说？

二战结束不久，我的祖父母在阿肯色州莱克村经营农场，我从小是听着农场的故事长大的。当时农场生活条件极其简陋，只有一座未曾漆过的小木屋，没有电，也没有自来水和电话。祖父母管农场叫"泥巴地"，因为只要一下雨，水就把路淹了，人们困在农场里几天也出不去。

虽然他们在农场只住了一年，但我经常听母亲、姨妈和祖母聊农场的事，她们讲的时候，有时哈哈大笑，有时摇头叹息，这取决于她们讲的内容是妙趣横生还是骇人听闻。南方州农场里的事通常两者皆有。我喜欢听她们说那些故事，百听不厌。在她们的讲述中，我仿佛窥探到一个陌生神奇的世界，那个世界充满了自相矛盾，却又多姿多彩。这些故事加深了我对家族的了解，尤其是我发现这些故事中的主角大都是我的祖母，原因很简单，每次灾难发生时，祖父恰巧都在别处。

在我母亲和姨妈看来，她们在"泥巴地"度过的一年时光更像一次人生大冒险，这点从她们的言语中不难听出来。很久之后，我才意识到那种生活对我祖母——一个城里长大还要抚养两个小孩的女人来说，其实是一场磨难，所谓的故事其实是一种生存经历。

我是在读研究生时开始写这个故事的（当时我没意识到会成为小说）。那时布置给我的作业只要求以家庭成员的视角写个故事，我决定以祖母的视角去看农场。可最后我写出来的东西不仅像一场冒险，还有某种更黑暗更复杂的东西。故事开篇即："一提到农场，我眼前就浮现出泥巴的样子。"

如此说来，在你动笔写这个故事时，你首先想到的是你祖母？

是的，她是第一个出现在我脑海里的，且在一段时间内唯一的一个角色。我的老师很喜欢我的故事，鼓励我继续写，于是我试着将几页纸的内容扩展为一个短篇故事。因此，我的祖母就变成了劳拉，一个比我祖母更有激情更加反叛的虚构角色，故事也开始变得越来越长。等我一直写到50页时，我才意识到自己其实是在写一本小说，于是我决定为故事加入更多角色。这才有了杰米，接着是亨利，然后是弗洛伦丝和哈普。直到写了150页之后，我才加入荣塞尔这个角色！当然，随着荣塞尔的加入，整个故事情节都发生了戏剧性的转变。

但本书从头至尾，帕比并没发出过自己的声音？

实际上，在此前的九次草稿里，我都是以帕比的口吻叙述他自己的葬礼的（本书开始和结尾两部分）。我的编辑和芭芭拉·金索沃曾给过我宝贵的批评意见，他们读过草稿后，不喜欢一开始就听到帕比的声音，甚至干脆不想听帕比说话。最终我被他们说服，去掉了帕比的叙述。经过反复考虑，我觉得这两段以杰米的视角叙述更合适。

虽然帕比没有属于自己的章节，可读者显然对这个角色印象非常深刻。你对此怎么看？

没错，人们貌似很痛恨帕比！也正该如此——他的确令人讨厌。他不仅是《吉姆·克劳法》时期丑陋现象的典型代表，还是人类种种恶行的集中体现。

在本书写作过程中，你觉得你遇到的最大的困难是什么？

恰如其分的语言——尤其是非裔美国人的方言。很多朋友好心劝我："即便是福克纳 [①] 也不会以第一人称视角写黑人。"但我认为必须让我的黑人角色从自身角度出发，用自己的声音揭露那个时代的丑陋。

本书对种族主义采用了多角度叙述的方法——有些内容大家耳熟能详，但有一些细节大家几乎不太了解，比如分成佃农制度。

当我为这本书搜集资料而发现分成制度的危害时，我大吃了一惊。佃农是否拥有骡子，这一点至关重要。农户拥有自己的骡子意味着可以保留一半收入，否则就必须把四分之三的收入上交农场主。而剩下的四分之一的收入很难维系一家人的生活，无奈

---

① 威廉·福克纳（William Faulkner，1897—1962），美国文学史上最具影响力的作家之一，是意识流文学在美国的代表人物，1949 年诺贝尔文学奖得主。多角度叙事是福克纳创作的重要手法。

之下他们只好向农场主借债，在这种情况下，佃农几乎无力承受厄运、疾病和恶劣天气的打击，生活变得越发疾苦。所谓的佃农其实和奴隶差不多。

在本书的高潮部分，荣塞尔的遭遇真令人不忍卒读，我猜你写到这儿时一定也感觉很痛苦吧？

是的，没错。为了写那部分我考虑了好几个月，也没想好该怎么写。等我终于有了灵感，那些情节真的让我汗毛倒竖，我给我最好的朋友詹姆斯·卡农①打电话（他也是一个作家，是这七年里鼓励我开始写这本书的第一个读者），我说："我想到荣塞尔那部分该怎么写了。"然后告诉了他我的想法。他在电话那头沉默了很久，然后说了句："哇。"

我害怕写这部分，拖了很久。当我下定决心开始动笔时，哭了很多次。我一边写，一边大声读——我在写人物对话时必须读出来——这是为了让对话更加真实可怕。

如果读者想多了解一下那段历史时期，你可以为他们推荐几本书吗？

西奥多·罗森加滕的《最高危机：内特·肖的一生》。这本书以第一人称角度，讲述了亚拉巴马州一个种棉花的黑人农民如何经历千辛万苦，从佃农起步，最终拥有自己土地的真实经历。内特·肖是一个令人难忘的人物，聪明（虽不识字）、风趣，洞察人性。内特·肖向来自纽约的记者西奥多·罗森加滕讲述自己的

---

① 詹姆斯·卡农（James Cañón），美籍哥伦比亚裔作家，著有畅销书《小镇上的寡妇们》。

故事时，已年过八旬。那真是有趣的人生。

詹姆斯·科布的《地球上最南的地方》。

皮特·丹尼尔写过两本很棒的书：《土崩瓦解：1927年密西西比河大洪水》和《站在十字路口：20世纪的南方生活》。

美国公共电视台（PBS）制作的《美国历史》中关于黑人历史的纪录片。

克利夫顿·L.陶伯特的《从前，当我们变成黑人》。

当然，还有詹姆斯·鲍德温、威廉·福克纳、弗兰纳里·奥康纳、尤多拉·韦尔蒂和理查德·赖特等人的作品。

你已着手创作下一本小说了吗？

是的，一个与《泥土之界》截然不同的故事！我用了七年时间写《泥土之界》，现在不想再写南方和南方的那些往事了，也不会再使用第一人称叙事手法。我的第二本小说《红》（Red）的故事背景设在大约三十年后一个反乌托邦的美国。故事从得克萨斯州的克劳福德市开始，至于在哪儿结束——谁知道呢？

First published in the United States under the title:
MUDBOUND: A Novel
Copyright © 2008 by Hillary Jordan
Published by arrangement with Algonquin Books of Chapel Hill, a division of Workman
Publishing Company, Inc., New York.
Chinese language copyright 2019, Zhejiang Literature and Art Publishing House
本书中文简体字版版权，浙江文艺出版社独家所有。
版权合同登记号：图字：11–2017–221 号

图书在版编目（CIP）数据

泥土之界 /（美）希拉莉·乔顿著；房小然译. —杭州：浙江文
艺出版社，2019.2
ISBN 978–7–5339–5558–8

I. ①泥… II. ①希… ②房… III. ①长篇小说－美国－现代
IV. ①I712.45

中国版本图书馆 CIP 数据核字（2019）第 002493 号

策划统筹：曹元勇
责任编辑：李　灿
文字编辑：周灵逸
封面设计：山　川
责任印制：吴春娟

泥土之界

[美] 希拉莉·乔顿　著
房小然　译

出版：浙江文艺出版社
地址：杭州市体育场路 347 号　邮编：310006
网址：www.zjwycbs.cn
经销：浙江省新华书店集团有限公司
印刷：杭州富春印务有限公司
开本：889 毫米 × 1230 毫米　1/32
字数：222 千字
印张：9.875
插页：2
版次：2019 年 2 月第 1 版　2019 年 2 月第 1 次印刷
书号：ISBN 978–7–5339–5558–8
定价：42.00 元

版权所有 侵权必究
（如有印、装质量问题，请寄承印单位调换）